TWO GLORIOUS MORNINGS

DIR VERFALLEN

EMILY KEY

Lektorat: Marion Mergen
Korrektorat: Benisa Werbung

Covergestaltung: Art for your book

Satz & Layout: Julia Dahl / Modern Fairy Tale Design

Skoutz 4 Success UG
C/O Emily Key
Bozzarisstraße 33
81545 München, Deutschland

ISBN-13: 9798635905852
Independently published

Für Stefan P.
Danke

»Aber glaubt mir, dass man Glück und Zuversicht selbst in Zeiten der Dunkelheit zu finden vermag.«

-Albus Dumbledore, Harry Potter-

PROLOG

HELEN

Das Besondere, wenn sich zwei Menschen treffen, liegt immer darin, was sie im ersten Augenblick empfinden.

Ist es Freude, wenn man jemanden kennenlernt? Ist es ein warmes, weiches Gefühl wie das Aufstehen am Weihnachtsmorgen? Ist es Zuneigung, weil die Augen des Gegenübers eine Verbindung nach einem Zuhause ausstrahlen? Ist es vielleicht Abneigung oder Neid, weil der Mensch etwas hat, etwas darstellt, das man selbst gern besäße? Oder ist es vielleicht sogar Verachtung, weil jemand gegen die eigenen Prinzipien verstößt?

Oder es ist die Tatsache, dass sich jemand an der Bar einfach vordrängelt?

»Es mag dir ja entgangen sein«, begann ich also, da ich gerade in einem meiner Ratgeber für Selbstbewusstsein gelesen und beschlossen hatte, mich nicht mehr unterbuttern zu lassen, »dass ich hier schon vor dir stand, um Drinks zu bestellen.« Spöttisch hob ich eine frisch gezupfte Braue und sah dem hochgewachsenen Mann direkt in die Augen.

Keine Furcht zeigen!

Vertritt deine Interessen!

Du leitest jetzt eine Werbeagentur und hast Verantwortung.

Du kannst das.

Und genau deshalb zuckst du jetzt nicht zurück!

Um der ganzen Sache mehr Ausdruck zu verleihen, setzte ich noch ein »Arschloch!« hinterher, drückte dem Mann meinen

Ellbogen in die Seite und versuchte, mir meine Überraschung, dass sein zugegeben attraktiver Körper offensichtlich aus Stahl bestand, nicht anmerken zu lassen. Denn erstens bewegte er sich keinen Millimeter von seinem Platz weg und zweitens tat mir mein Ellbogen weh, nachdem dieser gegen eine Wand aus Muskeln geknallt war.

Heilige Scheiße! So ein durchtrainierter Kerl ist ganz schön lecker.

Langsam wanderte mein Blick von seiner Seite, die von einem einfachen schwarzen Shirt verdeckt war, über seine Arme, die so muskulös waren, dass ich mich fragte, ob gerade wieder diese Typen für illegale Kämpfe in der Stadt gastierten, hinauf zu seinem Gesicht. Natürlich erst, nachdem ich einen Blick auf seinen Hals und seinen Nacken geworfen hatte. Breit und sehnig wie der eines Bullen. Mmh!

»Würdest du jetzt endlich zur Seite gehen?«, fragte ich erneut mit genervtem Ton und verengte die Augen. Es war irgendwie schwer, seinem intensiven Blick aus diesen dunklen Augen standzuhalten, aber ich bemühte mich. Nein, ich würde mich nicht einschüchtern lassen von so einem … hochgewachsenen, durchtrainierten Mann, dessen Kehlkopf auffällig zuckte. Die Haut straffte sich darüber und die Muskeln schienen auch an seinem Hals stählern zu sein. Heilige Scheiße! War dieser Mann der gottverdammte Adam?

Es musste Adam sein, denn jede verfluchte Frau auf der Welt – egal, ob sie Eva hieß oder nicht – würde mit ihm ins Bett steigen und ein Stückchen von diesem leckeren Apfel haben wollen.

Bleib hart!

Sei genervt!

Er kann dir gar nichts.

»Du bist ganz schön bestimmend!«, ertönte seine dunkle, raue Stimme, und es lief mir wohlig warm den Rücken hinunter.

»Das muss ich bei Typen wie dir auch sein.«

»Bei Typen wie mir?«, fragte er und hob eine der geschwungenen Brauen. An seinem linken Mundwinkel zupfte ein Lächeln, was seinen markanten Kiefer, der von einem Bart mit perfekter Länge überzogen war, noch männlicher aussehen ließ. Zugegeben, dieser Drängler war ein Exemplar Mann der besonderen Art.

Nicht einschüchtern lassen!

Nicht ablenken lassen!

Fokus. Fokus. FOKUS!

»Ja«, sagte ich und begleitete das mit einem Nicken. »Bei Dränglern.«

»Dränglern?«, erwiderte er und nun erschien ein breites Grinsen auf seinem Gesicht. »Ich bin also ein Drängler?«

»Richtig.«

»Weil ich mich an der Bar neben dich gestellt habe?«

»Nein«, erklärte ich und richtete den Blick von seinem hypnotisierenden Lächeln auf diese dunklen, flammenden Augen. »Weil du dich hier reingequetscht hast, obwohl du genau gesehen hast, dass ich hier warte, um bedient zu werden.«

»Und was, wenn ich dir sage …«, begann er und hob mein Kinn mit seinem Zeigefinger an.

Hoppla! Scheinbar war mein Blick schon wieder auf diese vollen, weich aussehenden Lippen gerutscht.

»… dass ich mich niemals vorgedrängelt hätte, sondern dich einladen wollte?«

»Ich bitte dich!« Nun lag Spott in meiner Stimme.

Fokus, Helen. Fokus!

»Ich meinte die Frage ernst.«

»Dann würde ich dir das nicht glauben.«

»Barkeeper?«, sagte er plötzlich, ließ meinen Blick aber nicht los. »Ein Bier und was auch immer die Lady hier trinken will.«

»Ich nehme bitte drei Zombies, drei Gläser Champagner und ein Wasser.«

Wenn schon, denn schon. Immerhin schien dieser Großkotz es ernst mit der Einladung zu meinen. Warum also sollte ich nicht gleich für meine Freundinnen mitbestellen? Wir wechselten uns nämlich mit Getränkeholen ab und jetzt war eben ich an der Reihe. »Und du hast dich doch vorgedrängelt.«

»Das kann man so nicht sagen. Immerhin lade ich dich auf deinen Exzess, oder was auch immer du mit dem ganzen Kram vorhast, ein.«

»Ist ja wohl das Mindeste, nachdem ich mit dir diskutieren musste.« Ich versuchte, meine Augen böse funkeln zu lassen. Klar war es schwer, das in den blitzenden, bunten Lichtern des Clubs zu erkennen, aber sicher war sicher. Außerdem stand das in meinem Ratgeber: *Das, was Sie ausstrahlen, so fühlen Sie sich.*

Sollte bedeuten, wenn ich lächelte, fühlte ich mich glücklich. Wenn meine Mundwinkel nach unten hingen, dann war die Wahrscheinlichkeit, dass ich mich mies fühlte, deutlich höher.

»Ist es also so schlimm, sich mit mir zu unterhalten?«

»Nein«, murmelte ich, er schien es aber dennoch verstanden zu haben, denn sein Grinsen sprach Bände. »Also, wärst du kein Vordrängler, dann vielleicht nicht. Aber so …«

Er lachte laut auf und legte dabei den Kopf in den Nacken. Seine Halsmuskulatur drang dabei wieder in den Vordergrund und ich fragte mich ernsthaft, wie man einen Mann mit so einem ausgeprägten Bullenhals sexy finden konnte.

»Du tust es schon wieder«, flüsterte er in mein Ohr, und sein Duft traf mich volle Breitseite. Es war in einem Club immer der Jackpot, wenn man um diese Uhrzeit noch jemanden traf, der gut roch oder zumindest nicht nach Alkohol und Schweiß stank.

Und dieser Mann … Halleluja! Er roch wie frisch aus der Dusche, sah aus wie Adam aus dem Paradies, weshalb also sollte ich einen Drink mit ihm ablehnen? Nein, so doof war ich, entgegen all meiner Selbstbewusstseinstipps, dann doch nicht.

»Was tu ich schon wieder?«, fragte ich schließlich, als ich aus meiner positiven Schockstarre erwachte.

»Du starrst mich an!«

»Nur weil ich sauer bin, dass du dich vorgedrängelt hast.«

»Hey!«, erwiderte er charmant lächelnd. »Ich lade dich hier auf eine ganze Batterie an Getränken ein und du bist immer noch böse wegen etwas, das du mir einfach so unterstellst?«

»Richtig.«

»Das ist nicht fair.«

»Na ja, fair ist Vordrängeln auch nicht«, murmelte ich, griff nach dem Tablett mit den Getränken und grinste ihn an. »Danke für die Drinks.«

»Du bleibst nicht hier, um mit mir anzustoßen?« Seine Augen weiteten sich und er sah mich überrascht an.

Pah! Nimm das, du arroganter Kerl!

Scheinbar wusste er, wie gut er aussah und welche Wirkung er auf Frauen hatte.

»Auf keinen Fall«, rief ich aus. »Du bist ein Vordrängler!« Schelmisch grinste ich ihn an und bahnte mir meinen Weg durch die Menge. Gut, dass ich früher neben der Uni gekellnert hatte, sonst würde ich alles verschütten. Und gut, dass sich dieser Kerl die Lücke neben mir ausgesucht hatte und wir jetzt alle Drinks auf seine Kosten genießen konnten.

Weniger gut war hingegen, dass mir seine Augen, sein Lächeln und seine sinnliche Stimme einfach nicht mehr aus dem Kopf gehen wollten.

1

JOHN

»Du bist zu spät«, rügte mich meine Mom, ehe ich auch nur einen Fuß über die Schwelle getan hatte. »Wie soll ich garantieren, dass dein Steak medium ist, wenn du zu spät kommst?«

»Ich freue mich auch, Mom«, erwiderte ich augenrollend und betrat mein Elternhaus. Ich hatte das Glück gehabt, mitten in New York in einem wundervollen Reihenhaus aufwachsen zu dürfen. Wir hatten einen kleinen Garten, in welchem die Geburtstage meiner zwei Schwestern und auch meiner gefeiert werden konnten. Außerdem hatte meine jüngste Schwester Gloria dort ihre Hochzeit gefeiert. Mein Dad besaß einen riesigen Barbecue-Grill, den er zwar mit Freuden auspackte, aber nicht wirklich bedienen konnte, und meine Mom mixte Cocktails, die niemand runterbrachte, da sie wirklich nur nach Alkohol schmeckten. Sie hätten es andersherum handhaben sollen, denn auch wenn meine Mutter viel und lange arbeitete, kochte sie einzigartig gut. Mein Dad hingehen war der König der Hausbar … warum sie also zu den Geburtstagen, Gartenfesten und vor allem der Hochzeitsfeier von Gloria die Rollen getauscht hatten … nun, niemand konnte es erklären, und wir hakten es ab unter ›verdammt beschissen gelaufen‹.

Ich legte meinen Mantel über das Holzgeländer der Treppe, welche in den ersten Stock führte, und schlüpfte aus meinen Lederschuhen. Die oberste Regel im Hause Baker: Schuhe ausziehen! Ansonsten wurde meine Mutter verrückt. Sie fand nämlich, dass es sich anfühlte, als wäre man auf der Flucht, wenn man es nicht tat. Und heilige Scheiße, meine Mom war zwar nicht sonderlich streng und schimpfte wenig, aber wenn sie es einmal tat, dann ließ sie deutlich heraushängen, dass sie die Richterin am Obersten Gerichtshof des Staates New York war. FUCK! Sobald sie diesen speziellen Ton anschlug, fühlte man sich wie ein Schwerverbrecher, der einen Mord begangen hatte.

»Du arbeitest zu viel.«

»Mom!«, erwiderte ich und lief ihr in die große Wohnküche nach. Dort griff ich nach dem Bier, das mein Vater mir entgegenhielt, und begrüßte ihn. »Ich arbeite nicht mehr als du damals … oder Dad.«

»Oh, doch«, setzte sie energisch entgegen und ich registrierte, dass sie in den ›Richterton‹ abdriftete. »Du kommst aus dem Büro, das sehe ich.«

»Tut er«, stimmte mein Vater zu. »Wie war die Sitzung mit dem Aufsichtsrat?«

»Lief gut. Ich bin zufrieden.«

»Du bist die ausschlaggebende Stimme, natürlich bist du zufrieden.«

»Dad!«, murmelte ich augenrollend und nahm einen großen Schluck aus der Bierflasche. »Ich bin fair. Ich drücke meinen Kram nicht auf Teufel komm raus durch. Aber … veganes Hundefutter?« Ich unterstrich meine Worte mit einem energischen Kopfschütteln. »Es liegt nicht in der Natur eines gesunden Hundes, veganes Hundefutter zu fressen. Also, wieso sollten wir dafür Werbung machen?«

»Weil es ein Markt ist, der bedient werden will. Genau wie dieser laktosefreie Scheiß oder Gemüsepillen. Es ist eine Modeerscheinung und manchmal auch ein medizinischer Aspekt, deshalb hättest du das nicht ablehnen dürfen.«

»Es ist ein kurzer Spot, der die kleine Agentur knapp 750.000 Dollar kostet. Nein, diese Menge an Geld nehme ich nicht für ein Nischenprodukt in die Hand.«

»Das wird Helen Bradley nicht gefallen«, murmelte mein Vater.

»Mir ist egal, ob sie das toll findet oder nicht«, erklärte ich und setzte mich auf meinen Platz an dem großen Esstisch. »Wo sind die Grazien von Schwestern?«

»Deine Schwestern haben sich entschuldigt und sind erst nächste Woche wieder hier.«

Ich zuckte die Schultern. Es war ein Ritual in unserer Familie, dass wir uns einmal pro Woche, manchmal auch nur alle zwei Wochen, bei unseren Eltern zum Essen trafen. Meiner Mom war das sehr wichtig, seit wir alle von zu Hause ausgezogen waren und sie zudem seit einiger Zeit im Ruhestand war. Vielleicht war ihr auch einfach langweilig und sie fragte sich, wie sie jeden Abend mit meinem Vater, der sich aus der Werbeagentur zurückgezogen hatte, allein überstehen sollte. Wenn ich ehrlich war, und auch wenn ich mich immer darüber aufregte, dann genoss ich diese gemeinsamen Essen sehr. Familie war ein Privileg. Das hatte ich schon sehr früh gelernt, denn mein Vater war eine Vollwaise. Er war eines jener Kinder gewesen, bei dem jeder Psychologe diagnostizierte, dass er es niemals zu etwas bringen würde … na ja … und nun? Nun hatte er mir und meinen Schwestern die größte Werbeagentur in den USA übergeben. Wir hatten diverse Außenstellen, mindestens in jedem Bundesstaat eine, und wir waren Marktführer, da wir uns nicht auf einen Bereich der Werbung konzentrierten, sondern mit Spezialisten sämtliche Bereiche abdeckten – egal, ob Online- oder stationäre Werbung. Wir waren erfolgreich und ich hatte vor, dass wir es auch blieben.

Gloria, meine jüngere Schwester Eva und ich übernahmen das Unternehmen mit einem Turnover von 39 Milliarden im Jahr zu gleichen Teilen. Da die beiden Damen allerdings beschlossen hatten, Babys in diese Welt zu setzen, hatten sie sich aus eigenem Antrieb heraus zurückgezogen und fungierten nur noch als stille Teilhaberinnen. Zumindest im Moment. Für mich war das in Ordnung, denn ich wusste, dass wir dieselben Werte vertraten und die beiden mir vertrauten. Unsere Eltern, obwohl beide stets sehr viel gearbeitet hatten, waren immer innig und liebevoll mit uns umgegangen und nun zahlten sich diese engen Familienbande aus.

Und so hatte ich die alleinige Führung über das Unternehmen inne, solange meine Schwestern sich auf ihre Familien konzentrieren wollten. Okay, es gab noch den Aufsichtsrat und den

Vorstand, aber wir waren uns alle einig, was die Zukunft von *›Baker Advertising‹* anging.

»Iss dein Steak, mein Junge!«, sagte meine Mom in diesem Moment zu mir und sah mich streng an. »Du bist mit den Gedanken schon wieder ganz woanders.« Ihre Stimme war zu jeder Zeit, auch wenn sie mich rügte, immer verständnisvoll. Sie kannte es zum einen von meinem Vater nicht anders, waren die beiden doch mehr als fünfzig Jahre zusammen und davon über vierzig Jahre verheiratet. Zum anderen brachte sie damals, als sie noch Richterin war, dass ein oder andere Mal ebenso ihre Arbeit mit nach Hause.

»Hat sich Helen denn schon gemeldet?« Mein Vater griff das Thema wieder auf, während er von seinem Steak ein Stückchen abschnitt. »Die Frau hat echt Haare auf den Zähnen.«

»Warum hast du sie dann eingestellt?«

»Weil sie eine der Besten ist.«

»Gib es zu, das war dein Abschiedsgeschenk an mich, mir so eine Zicke vor die Nase zu setzen.«

Mein Vater lachte und zwinkerte mir zu.

Ha! Ich wusste es. Er hatte das mit Absicht getan. Da Helen Bradley erst vor einiger Zeit aus dem Ausland zurück in die USA gekommen war und die Leitung der New Yorker Werbeagentur übernommen hatte, waren wir uns bisher noch nie begegnet. Lange hatten wir hin und her gerechnet, ob wir die kleine Agentur in Brooklyn wirklich kaufen sollten, denn immerhin war unser Hauptsitz in Manhattan nur einen Steinwurf entfernt. Aber da wir definitiv mehr in die Sparte der Food-Industrie investieren sollten und sich dieses kleine Büro so einen großartigen Kopf geangelt hatte, war das unsere Chance, mit einer angemessenen Ablösesumme die Fühler auszustrecken. Wie auch immer. Jetzt war der Standort Teil des großen Ganzen und mit uns verbunden, also sollte sich eine Helen Bradley lieber gleich daran gewöhnen, dass Entscheidungen nicht mehr im kleinen Kämmerlein getroffen wurden. Sie würde es akzeptieren müssen, dass ich diesen lächerlichen Auftrag ablehnte.

Nachdenklich schob ich mir die mit Speck ummantelten Bohnen in den Mund. Ich hatte gehört, dass diese Helen Bradley auf die Barrikaden ging, wenn man ihr Budget kürzte oder ihre

Werbemethoden für nicht angemessen hielt. Grundsätzlich fand ich Frauen, die ihre Interessen vertraten, ja sehr sexy, aber nicht, wenn sie für eine meiner Agenturen arbeiteten und *meine* Entscheidungen infrage stellten.

»Na ja«, sagte ich schließlich, »sie wird schon in meinem Büro auftauchen, sobald sie die Info bekommen hat.« Lässig zuckte ich die Schultern und kaute auf dem Rinderfilet herum. »Dann lerne ich sie wenigstens auch einmal kennen.«

Telefoniert hatten wir. Na gut, die Firmenübernahme war auch erst vier Monate her und ich hatte selbst in Georgia und Virginia die Außenstellen noch nicht besucht, weil es bisher einfach nicht in meinen Terminplan gepasst hatte. Es war doch wesentlich anstrengender und tagesfüllender, der Inhaber und Player zu sein, anstatt einfach nur im Vorstand zu sitzen. Ich wollte nicht undankbar erscheinen oder einen falschen Eindruck vermitteln, aber es fehlte mir manchmal schon, dass ich kreativ sein und Werbekampagnen entwerfen durfte.

»Am Samstag wollen wir zu Gloria und den Kindern nach Brooklyn, kommst du mit?«, fragte mich meine Mom in diesem Moment.

»Ich kann leider nicht. Wir haben ein wichtiges Spiel.«

»Du und dein Basketball.«

»Es ist mein Ausgleich, also lass mich.« Wir lächelten uns milde an und ich trank einen Schluck Bier.

»Genau, lass ihn!«, sagte mein Dad und zwinkerte mir zu. »Solange er keine Frau und Kinder hat, findet er noch die Zeit für solchen Kram.«

»Das werde ich dann auch noch machen.«

»Wirst du nicht«, sagte er jetzt lachend und legte seine Hand auf die meiner Mutter. »Frauen und Kinder können sehr vereinnahmend sein.«

»Ich hatte mich schon gefragt, wann wir darauf zu sprechen kommen«, warf meine Mutter freudestrahlend ein. »Melanie, die Nichte meiner Freundin Stephanie, ist in der Stadt. Und sie ist Single.«

»MOM!«, rief ich und sah hilfesuchend zu meinem Vater.

Dieser schob sehr konzentriert die Bohnen auf seinem Teller hin und her.

»Sie wäre am Samstag auch bei Gloria. Zufällig natürlich.«

»Aber natürlich«, erwiderte ich sarkastisch. »Rein zufällig.«

»Darum musst du …«

»Wie schade, dass ich absolut keine Zeit habe.« Stirnrunzelnd sah ich zu meinem Dad.

»Ich helfe dir nicht aus der Sache raus, mein Junge.«

»DAD!« Ich legte mein Besteck zur Seite. »Wieso unterstützt du sie bei diesen irren Aktionen?«

»Weil ich in deinem Alter schon zehn Jahre verheiratet und fast zwanzig Jahre mit deiner Mutter zusammen war.«

»Du arbeitest nur, John«, erklärte mir meine Mama nun mit ihrer Richterinnenstimme. Gleich würde sie noch anhängen: ›Im Namen des Volkes ergeht folgendes Urteil …‹ oder irgendwas in diese Richtung. »Wie willst du da jemals eine Frau kennenlernen, die für dich geeignet ist?«

»Das klingt so, als wäre ich eine außergewöhnliche Sorte Mensch, die kein passendes Gegenstück finden würde.«

»Na ja.« Mom zuckte die Schultern. »Man könnte es meinen.«

»DAD!«, kam es erneut von mir und ich sah ihn ein weiteres Mal hilfesuchend an.

Er kaute auf dem Stück Fleisch herum, welches er sich gerade in den Mund geschoben hatte, und deutete auf seinen Teller. »Ana, es schmeckt fantastisch!«, lobte er die Köchin.

»Danke, mein Liebling«, reagierte meine Mutter freudestrahlend und sah dann sofort wieder in meine Richtung. »Du wirst langsam alt, du musst unter die Haube kommen. Zwar kannst du, bis du ins Grab fällst, Kinder zeugen, nur …«

Wieder unterbrach ich sie: »MOM!«

»Was denn?« Unbeirrt fuhr sie fort: »Ist doch so. Ich will nun einmal keine uralte Grandma sein. Ich will Zeit mit meinen Enkeln verbringen können, und das kann ich nun einmal nicht, wenn ich schon fast hundert bin, weil du keine Frau findest.«

»Es ist ja nicht so, als könne man in einen Laden gehen, sich dort eine Frau aussuchen und bezahlen.«

»Es gibt Länder …«, begann mein Vater und wieder grätschte ich dazwischen.

»DAD!« Kopfschüttelnd sah ich zwischen meinen Eltern hin und her. »Was zur Hölle ist los mit euch?«

»Was denn?«, murmelte der Mann, von dem ich meinen Namen bekommen hatte. »Es gibt Länder und Kulturen, da läuft das so.«

»Aber doch nicht mehr heute. Und vor allem nicht in New York.« Meine Geduld war am Ende und mein Appetit vergangen. Wieso war ich heute hierhergekommen? Was war noch mal der Grund, weshalb ich diese Familienessen so liebte?

Ich sollte dringend darüber nachdenken, was ich nächste Woche Donnerstag Dringendes zu tun hatte, wenn ein neues Essen anstand.

»Papperlapapp!«, rief Mom energisch. »Du brauchst dringend ein Date. Und Sex. Vielleicht hast du deshalb so schlechte Laune.«

»Heilige Scheiße, MOM!«, brüllte ich vor lauter Schreck. »Könntest du bitte aufhören, dir Gedanken über mein Sexleben zu machen? Du bist meine Mutter!«

»Eben deshalb. Und ich habe dich unter extremen Schmerzen, übrigens nach Sex mit deinem Vater und zehn Monaten Tritten in meinem Bauch, auf diese Welt gebracht. Darum lasse ich nicht zu, dass du allein bleibst.«

»Wenn meine Zeit gekommen ist, und das ist sie noch nicht, dann werde ich schon eine Frau finden, die für mich geeignet ist, okay?«

»Ach, Junge«, rief meine Mom, »komm doch am Samstag einfach und unterhalte dich mit ihr. Ganz zwanglos.«

»Ich spiele aber Basketball.«

»Mein Sohn spielt lieber Basketball als an einer Frau.« Kopfschüttelnd murmelte mein Dad diesen Satz, aber ich verstand ihn trotzdem.

»DAD!« Nun sprang ich auf. »Können wir das Thema wechseln?«

»Es muss dir doch nicht unangenehm sein, John! Wir wissen doch, dass du sexuell aktiv bist.«

»Wieso tu ich mir das an?«, flüsterte ich verzweifelt. »Wollen wir das nicht beenden, bevor es für alle peinlich wird?«

»Du musst dich einfach dem Leben stellen.«

»Aber nicht, wenn mein Sexleben und meine Eltern in einem Satz vorkommen.«

»Du bist wirklich altmodisch!«, erklärte meine Mutter und sah mich tadelnd an. »Und verklemmt.«

»Bitte was?«, fragte ich gerade, als mein Handy in meiner Hosentasche vibrierte. Für die Ablenkung dankbar, nahm ich es heraus. »Baker?«, bellte ich ins Telefon.

»Mr. Baker«, ertönte eine sanfte Stimme, die ich sofort erkannte. »Wie schön, dass ich Sie noch erreiche.«

»Helen!«, antwortete ich und stand vom Esstisch auf. War ich doch gerade noch zufrieden gewesen, dass das Gespräch mit meinen Eltern unterbrochen wurde, wollte ich jetzt am liebsten auflegen. Ihre Stimme, und das würde ich niemals zugeben, bescherte mir nämlich einen Ständer. Vom ersten Tag an. Auch wenn ich den Menschen dahinter noch nie gesehen hatte. Irgendwie waren die Telefonate mit ihr wie die bei einer Sexhotline. Helens Stimme war sexy und klang unfassbar geil. Aussehen … nun ja, nicht mein Typ – jedenfalls, was die Fotos so hergaben. Wie auch immer. »Was kann ich für Sie tun?«

»Ich habe soeben eine E-Mail erhalten, dass der Werbespot des veganen Hundefutters abgelehnt wurde. Ich bin sicher, das ist ein Versehen.«

»Nein, ist es nicht«, erklärte ich. Wenn ich einmal eine Entscheidung getroffen hatte, dann stand diese Entscheidung. Basta!

»Ich bin sicher, Mr. Baker, dass …«

Jäh unterbrach ich meine Gesprächspartnerin: »Kommen Sie doch morgen in mein Büro und wir klären das.«

»Sie können das nicht ernst meinen.«

»Doch, das tue ich.« Ich rollte die Augen und wünschte mich in meinen Fitnessclub, dorthin, wo ich meine Ruhe hätte. Vor meinen Eltern, die mein Sexleben und meine Nachkommen diskutieren wollten. Und vor Helen Bradley, die meine Entscheidung anzweifelte und umkehren wollte. »Lassen Sie sich von Jennifer einen Termin geben.«

»Ich soll Ihre Sekretärin anrufen, wenn ich Sie doch gerade am Telefon habe?«

Die Frau verstand es nicht, oder? Egal, wie seidig ihre Stimme war. Egal, wie hart sie mich werden ließ … »Richtig. Rufen Sie Jennifer an.«

»Darauf können Sie sich verlassen, Mr. Baker!«, schnurrte sie ungehalten. »Wir sprechen uns noch.«

»O ja, das hoffe ich sogar!«, erklärte ich und legte auf.

Auch wenn ich gerade freundlich gewesen war, was genau erlaubte sich diese Frau eigentlich? Sie war eine Angestellte, wenn auch eine leitende, und ich war ihr Chef. Sie dachte nicht ernsthaft, dass sie irgendwie die Macht hatte, meine Entscheidungen umzukehren, oder? Denn da dachte sie wirklich falsch.

»Alles in Ordnung?«, fragte mein Vater vom Tisch aus und ich nickte.

»Alles in Ordnung«, hörte ich mich bestätigen.

Dieses Gefühl hatte ich gerade nicht wirklich, aber ich würde hier niemanden während des Essens beunruhigen. Sollte doch Helen Bradley in meinem Büro auftauchen und sich darüber beschweren, dass ich den Werbespot gestrichen hatte. Vielleicht würde mich ihr Anblick davon kurieren, dass ich ihre Stimme heiß fand und mir die schönsten und gleichzeitig schmutzigsten Dinge mit ihr ausmalte.

Vielleicht würde es sogar dahingehend helfen, dass ich mich wirklich mit der Tochter irgendeiner Freundin meiner Mutter am Samstag traf, weil ich Dampf ablassen musste.

Vielleicht.

Vielleicht aber auch nicht.

2

HELEN

»Mistkerl«, fluchte ich ungehalten vor mich hin. »Verdammter Idiot!« Ich stand auf und begann, vor den Fenstern meines Büros auf und ab zu laufen. Es war bereits nach acht Uhr abends und draußen alles dunkel. Das Licht meines Computerbildschirmes spiegelte sich in den Scheiben, nachdenklich kaute ich auf meinem Stift herum. »Es ist vollkommen bescheuert, diesen Spot abzulehnen, du Schwachkopf.« Ja, mich konnte niemand hören. Ja, ich war schon seit ein paar Stunden allein im Büro, aber das machte nichts. Deshalb und weil ich immer hundertfünfzig Prozent gab, war ich dort, wo ich war. An der Spitze dieser Agentur. Es hätte ja niemand ahnen können, dass der Inhaber, kurz nachdem er mich als Geschäftsführerin eingestellt hatte, sein Unternehmen verkaufte. Und zwar an die größte und erfolgreichste Werbeagentur in den USA. *›Baker Advertising‹*.

Auch wenn ich die letzten neun Jahre in Spanien verbracht hatte, war ich gut in meinem Job. Werbung konnte man überall machen. Natürlich waren der Markt und die Bedürfnisse der Käufer in jedem Land anders, aber Werbung war Werbung. Vielleicht war das der Grund, weshalb ich zurück nach Hause wollte. Als ich bemerkt hatte, dass meine Kreativität zu leiden begann, sehnte ich mich nach einem Ortswechsel. Warum also nicht zurück nach New York – der Metropole des Marketings. Deshalb hatte ich mir einen neuen Job gesucht und mich gefreut, als ich tatsächlich im Food-Bereich unterkam, denn die Sportartikel, die ich im Ausland beworben hatte, waren mittlerweile für mich ausgelutscht. Nun, jetzt war ich wieder hier in New York und arbeitete in Brooklyn, lebte aber in einem Apartment im Green Village. Ich brauchte den Ausblick aufs Wasser, auch wenn es vollkommen anders war, hier zu leben als in der Leichtigkeit des Südens. Aber das machte nichts, neun Jahre am Meer in einem wundervollen Haus mit der imposanten Stadt Málaga im Rücken waren genug. Wirklich genug. Außerdem besaß ich die Immobilie dort immer noch, auch wenn ich sie nun an Urlauber vermietete. Ich konnte nahezu jederzeit dort eine Auszeit nehmen und mich wieder von der herrlichen Luft, dem warmen Wasser und dem leckeren Essen einfangen lassen. Viele meiner Freunde, denn nach einigen Jahren hatte man dort eben ein ganz normales Leben, wohnten weiterhin dort. Na ja, es würde sich alles finden.

Nur momentan ärgerte ich mich wahnsinnig über meinen neuen ›Boss‹ John Baker. Dem Gerücht, dass er ein Arschloch war, wurde er heute gerecht. Vollkommen! Spätestens als ich seine E-Mail las, die mich am Nachmittag erreicht hatte, war ich davon überzeugt, dass dieser Kerl definitiv nicht die hellste Kerze auf der Torte war. So einen Spot, so einen Markt und so einen Trend lehnte man nicht ab. New York und seine Upperclass war prädestiniert für veganes Hundefutter. Wir könnten auf einen Zug aufspringen, der unaufhaltsam an Geschwindigkeit zunahm – nicht nur hier, sondern in der kompletten westlichen Welt. Immer mehr Menschen stellten ihre Ernährung um, priesen die sogenannte ›Essthetik‹, wollten mit Healthfood dem Älterwerden trotzen, ohne Fleischverzehr der Tierquälerei und dem Klimawandel entgegenwirken, ihre Ängste kompensieren oder was auch immer. Essen war heute Lifestyle und diente nicht mehr ausschließlich dem Sattwerden. Und wenn ein Mensch das für sich lebte, vielleicht sogar noch den ein oder anderen Esoteriktrip oder spirituellen Pfad ging, dann wollte er das verdammt noch mal auch für seinen Hund. Vielleicht gab es auch medizinische Gründe, dass ein Tier auf ›Diät‹ gesetzt werden oder auf einige Inhaltsstoffe verzichten musste. Schließlich hatten Hunde heutzutage ähnlich viele Allergien und

Unverträglichkeiten wie ihre Besitzer. Der Markt würde unaufhörlich wachsen.

Verfolgte dieser Wichtigtuer denn keine Medien? Klar, natürlich ging es in den Nachrichten nicht um Hundefutter, aber um den Erhalt des Planeten. Um Gesundheit, Schönheitswahn, Seuchen, die durch Tiere übertragen wurden, Lebensmittelskandale und Abfall in Tierfutter. Viele Menschen legten sich Hunde zu, um in Form zu bleiben. Sie joggten mit ihnen durch den Central Park und fühlten sich hip. Es gab mehr Hunde als Kinder. Also, was sprach dagegen, sich diesem Markt zuzuwenden? Er war eine verdammte Goldgrube, nur kapierte das dieser Blödmann nicht.

Nein, für ihn zählten keine Visionen, sondern Erträge. Der Outcome. Klar, es war wichtig, dass man mit Plus rausging, aber mein Zweijahresplan hatte ihm das ganz deutlich gezeigt.

»Gottverdammt!«, fluchte ich leise vor mich hin, während ich die fahrenden Autos auf der Straße beobachtete. »Gottverdammte Scheiße!«

Ich würde wohl morgen tatsächlich seine Sekretärin anrufen müssen. Himmel, wie lächerlich war das eigentlich? Ich hatte ihn am Telefon, wir hätten über alles reden können, doch er wimmelte mich ab. Dieser Scheißkerl! Aber vermutlich hatte er seine Termine gar nicht im Kopf, denn solche vermeintlich großen und mächtigen Menschen ließen ja so niedere Arbeiten immer von jemand anderem erledigen. Ja, ich hatte auch eine Sekretärin, aber ich würde niemals jemanden, mit dem ich bereits am Telefon sprach, darauf hinweisen, noch einmal seine Zeit zu opfern und anzurufen, um mit meiner Sekretärin einen beschissenen Termin auszumachen. Jedenfalls nicht auf diese erbärmlich arrogante Weise wie dieser John Baker.

In den Kreisen, in denen er sich bewegte, mochte diese Arroganz ja normal sein, aber für Menschen, die bodenständig waren wie ich, wirkte das einfach nur lächerlich.

Ich werde es ihm schon um die Ohren knallen, dachte ich für mich und ein Lächeln schlich sich auf meine Lippen. Ich würde ihm schon zeigen, was es hieß, wenn man meinen Pitch ablehnte. Ich wusste, was ich tat. Und dieser Baker-Boy würde das auch noch lernen.

»Tja, Mr. Arrogant«, sprach ich vor mich hin, »das hätten Sie sich wohl lieber zweimal überlegen sollen.«

»Süße, du bist zu spät!« Meine Freundin Cynthia blickte mich tadelnd an. »Ich warte seit einer Stunde.«

Lachend legte ich meinen dünnen Schal ab und zog den Mantel aus. Es wurde zwar langsam wärmer draußen, aber wenn die Sonne abends hinter der Skyline verschwand, war es schon noch frisch.

»Als hättest du dich gelangweilt!« Ich warf einen bedeutungsvollen Blick auf das bereits leere Cocktailglas und anschließend auf ein zweites, das halb voll vor ihr stand. Ich runzelte die Stirn, als ich den Typen an der Bar ansah, der die Augen nicht von meiner rothaarigen Freundin abwenden konnte.

»Ich musste mich ja irgendwie beschäftigen«, verteidigte sie sich gespielt, zwinkerte dem Barkeeper zu und konzentrierte sich dann auf mich. »Na, Málaga-Girl? Wie läuft's? Zurück in der echten Welt?«

Ich lachte, bedeutete dem Mann hinter dem Tresen, dass ich auch so ein pinkfarbenes Gesöff wie meine Freundin wollte und antwortete ihr: »Spanien ist auch die *echte Welt*, wie du es nennst!«

»O nein, Baby«, setzte sie mir entgegen. »Wir hatten das Thema. Im Süden ticken die Uhren definitiv anders, aber sowas von. Wie lange war deine Mittagspause jeden Tag? Zwei Stunden? Drei Stunden?«

»Es waren drei. Und die Südländer machen das, weil es in den Sommermonaten in der Mittagshitze einfach nicht auszuhalten ist.«

»… sprach sie, saß auf ihrer Terrasse mit Pool und einem privaten Zugang zum Meer und schlürfte Cocktails.«

Ich lächelte beim Gedanken an jene Zeit. Cynthia hatte ja recht, so sah damals meine Mittagspause aus. Nicht täglich, aber doch oft genug. »Dafür arbeiten die Menschen dort auch länger und sitzen nicht vor Sonnenuntergang in einer Bar.«

Cynthia lehnte sich zurück, kreuzte die Arme vor der Brust

und nickte gespielt ernst. »Dann ist das natürlich etwas ganz anderes.«

»Zurück zu dir«, lenkte ich das Thema auf sie. »Was gibt es Neues von der Dating-Front?«

Über Cynthias hübsches Gesicht huschte ein Lächeln und ihre Augen scannten erneut die Sahneschnitte hinter der Bar. Dem Kerl schien das offensichtlich zu gefallen.

»Offenbar läuft es gut mit den Dates«, beantwortete ich mir die Frage selbst.

»Na ja«, begann sie zögerlich, »Jason macht momentan etwas Zicken. Er will mich exklusiv und darum geh ich auf Abstand. Und Adam bat mich, dass ich ihn auf die Hochzeit seiner Schwester begleite. Aber ich meine …«

Während der Barkeeper mir meinen Drink hinstellte und dabei extra lange bei uns am Tresen verweilte, stoppte Cynthia ihre Erzählungen. Und das war auch gut so, denn was sie dann zugab, war definitiv nicht für seine Ohren bestimmt.

»Ich will seinen Schwanz. Ganz ernsthaft. Du kannst dir nämlich nicht vorstellen, was für ein Prachtexemplar er hat. Mein Gott, ich schwöre dir, wenn einer Dildomodel sein müsste, dann würde ich ihn empfehlen. Er ist … ich kann das nicht in Worte fassen«, erklärte sie und sah mir ernst in die Augen. »Du musst das erleben. Ich kann ihn dir ausleihen.«

»Auf keinen Fall!«, rief ich aus und prostete ihr zu, bevor ich einen großen Schluck dieses furchtbar süßen Gesöffs nahm. »Ich will sicher nicht deine abgelegten Typen.«

»Du brauchst mal wieder Sex, Darling!« Jetzt sprach Cynthia mit ihrer Kindergärtnerinnenstimme. Das war nämlich ihr Beruf. Sie versuchte es mit Geduld, aber das würde nichts bringen. Ganz sicher würde ich niemanden nehmen, der sein bestes Stück bereits in einer meiner Freundinnen gehabt hatte. Auf keinen verdammten Fall!

»Ich bin bestens versorgt«, erwiderte ich brüskiert und dachte an *›la Espada‹*, meinen Vibrator aus einem Sexshop in der Innenstadt von Málaga. Ich hatte ihn nach dem spanischen Wort für *›das Schwert‹* benannt. Überaus passend, wie ich fand.

»Süße, das da unten ……«, bedeutungsvoll senkte Cynthia

den Blick auf meinen Schoß, der von einem graukarierten Bleistiftrock verdeckt war, »...... setzt langsam Spinnweben an!«

»Ach, und das willst du woher wissen?«, fragte ich, stürzte mir gierig meinen Cocktail hinter und bedeutete dem Barkeeper, dass wir noch gern zwei davon hätten.

»Ich kenne dich, seit wir als Babys nebeneinander im Krankenhaus gelegen haben. Ich kenne jeden deiner Ex-Freunde, jede verflossene Affäre und jede Geschichte zu einem Mann, der dir einen heißen, bedeutungsvollen Blick zuwarf ... und du willst mir sagen, dass du Spaß hattest und es mir nicht erzählt hast?« Lächelnd strich sie sich ihr kupferfarbenes Haar zurück. »Das glaube ich nicht.«

»Vielleicht gibt es ja ein paar Sachen, die ich dir nicht erzähle«, forderte ich sie heraus und wieder grinste sie mich nur an.

»Du bist so eine dermaßen schlechte Lügnerin.«

»Das war keine Lüge.«

»Dann ist dein Pokerface für den Arsch!«

»Lasst uns alle beten, dass sie wenigstens im Kindergarten ihre dreckige Zunge zügeln kann!«, sprach ich laut und zu niemand Bestimmtem.

Nun lachte meine beste Freundin. »O ja, das tu ich. Außer wenn Mr. Johnson kommt, dann wird das alles so richtig versaut.«

»Sag bitte nicht«, nutzte ich die Gelegenheit, um Cynthia abzulenken, »dass du etwas mit einem Daddy angefangen hast!«

»Stell keine Frage, deren Antwort du nicht ertragen kannst«, erwiderte sie seufzend und spitzte ihre roten Lippen zu einem Kussmund, als der Barkeeper die nächste Runde vor uns auf den Tresen stellte.

»Ich habe es mir überlegt«, erklärte ich prompt und hob die Hand mit einer warnenden Geste. »Antworte einfach nicht auf meine Frage!« Ein Grinsen schlich sich auf meine Lippen. »Deine ethischen Grundsätze sind momentan nicht vorhanden, oder?«

Das war das Schöne an der langen Freundschaft mit Cynthia. Ich musste ihr nichts vormachen, konnte alles so aussprechen, wie es mir in den Sinn kam, durfte ihr meine Gedanken an den Kopf knallen, genauso wie sie es bei mir tat. Wir verletzten uns manchmal gegenseitig, schossen beide übers Ziel hinaus, gerade weil wir grundverschieden waren, aber, und das war doch eigentlich das Wichtige, das Besondere an einer Freundschaft, wir konnten uns beide entschuldigen. Wenn wir bemerkten, dass wir der anderen wehgetan hatten, dann waren wir beide Frau genug, uns gegenseitig einzugestehen, dass wir gerade Mist gebaut hatten.

Cynthia setzte sich aufrecht hin, rückte ihren Busen zurecht und trug eine unschuldige Miene zur Schau. »Er ist Witwer. Und wenn er doch kaum mehr Freude an seinem Leben hat …«

»… dann kommt die überaus zuvorkommende, freundliche, herzliche Erzieherin seiner Tochter, Miss Cynthia Robertson, und zaubert ihm wieder ein Lächeln ins Gesicht.« Der Sarkasmus triefte aus jedem meiner Worte. »Du bist so zuvorkommend, meine Liebe. So, so, so zuvorkommend.«

»Na ja«, gab sie zurück, »eigentlich lächelt er nicht, wenn er abspritzt. Eigentlich formt sein Mund ein stummes ›O‹.«

Wir brachen beide in Gelächter aus. »Du bist einfach zu gütig.«

»Natürlich! Findest du auch, oder?«

»Selbstverständlich«, erwiderte ich, sah sie an und legte ihr meine Finger auf die Hand. »Danke!«

»Wofür? Dafür, dass ich dich an meinem Liebesleben teilhaben lasse, weil du keines hast? Außer *›la Espada‹*?«

»Du weißt echt alles über mich, oder?«, fragte ich und schüttelte den Kopf. »Aber nein, das meinte ich nicht … ich meinte eher, danke, dass du meinen Abend gerettet hast.«

»Was war denn los?«, schaltete sie in einen ernsten Modus um.

»*›Baker Advertising‹* ist los.«

»Dein neuer Boss?«

»Genau richtig. Mein neuer Boss.«

»Was hat er denn getan?«

Das liebte ich so an ihr. Sie wusste noch überhaupt nicht, was los war, aber natürlich ging sie pauschal erst einmal davon aus, dass der Mann in dieser Konstellation etwas angestellt hatte.

»Er hat mir den Etat für ein Projekt gestrichen.«

»Welches?«, fragte sie.

»Für das vegane Hundefutter.« Ich spürte, wie die Wut erneut in mir hochkochte.

»Oh, Süße, sei nicht traurig!«

»Traurig? O nein, ich bin nicht traurig, sondern scheißwütend auf den Arsch! Er sieht den Markt einfach nicht.«

»Also wirst du ihm ordentlich einheizen?«

»Da kannst du Gift drauf nehmen!«

»Ich liebe es, wenn du dir nichts gefallen lässt.«

»Oh, mal schauen, ob John Baker das morgen auch lieben wird.«

»Hm, vielleicht nicht gleich lieben … aber vielleicht bringt die Wut ihn dazu, mal etwas Staub zu wischen.«

»Bitte?«, fragte ich, bereute es aber sofort wieder.

»Staubwischen. Spinnweben entfernen!«

Ich tippte mir mit dem Zeigefinger gegen die Schläfe. »Würde ich dich nicht so lieben, würde ich dich umbringen!«

»Würdest du nicht, denn außer mir hat niemand die Eier, ehrlich zu dir zu sein«, flüsterte Cynthia verschwörerisch. »Aber ich denke, dieser Mr. Baker ist mit seiner Anwesenheit und der Tatsache, dass er dir Gelder streicht, ziemlich nah dran.«

»Dann werde ich ihn wohl auch umbringen müssen.«

»Ich gebe dir ein Alibi. Aber nur, wenn du mir versprichst, vorher die Spinnweben entfernen zu lassen.«

»Ich kann mir nicht vorstellen, dass er sonderlich gut aussieht oder ein Abenteuer wert ist. Der arbeitet doch nur. Und dem Foto auf der Website nach zu urteilen, würde ich eher sagen, er ist Typ Spießer statt heiße Schnitte.«

»Du bist aber auch anspruchsvoll«, warf sie ein und zwinkerte mir zu. »Dein Bettgefährte soll hübsch und gut bestückt sein.«

»Können wir es lassen, über meinen Chef zu sprechen?«

»Über deinen Boss oder über seinen Schwanz?«

»CYNTHIA!«, rief ich aus.

»Okay, okay … aber auch du kannst nicht davonlaufen, wenn dich die Lust einholt. Die Libido gewinnt. Sie gewinnt immer.«

»Du klingst wie ein Politiker, der seine Interessen vertritt.«

»Und du wie eine Angestellte, die es mit ihrem Chef treiben will.«

»Will ich nicht.«

»Willst du doch!«

»Will ich nicht.«

»Willst du doch!«

Ich antwortete nicht mehr, denn schließlich wusste ich doch wohl am besten, dass ich es nicht wollte, weil er arrogant und unhöflich war. Außerdem war er nicht mein Typ. Ich stand nämlich nicht auf diese frisierten Seitenscheitel, Poloshirt-Träger und Weiße-Zähne-Bübchen. O nein, so jemand war ganz und gar nicht mein Typ.

Auf keinen Fall.

3

HELEN

Dass ich verkatert war, trug nicht sonderlich dazu bei, meine Laune zu steigern. Dass ich mir heute Morgen schon einen Coffee to go über mein blaues Kleid gegossen hatte, war auch nicht wirklich förderlich gewesen, mir ein Lächeln ins Gesicht zu zaubern.

Nein, das war heute definitiv kein guter Tag! Vor meinem Termin mit Mr. Baker musste ich noch einmal quer durch die Stadt, um mich umzuziehen, weshalb mir zwei Stunden fehlten, in denen ich effektiv hätte arbeiten können.

Was nun aber dafür sorgte, dass meine Laune den Nullpunkt erreichte, war nicht die Tatsache, dass mein Gewinnerkleid in Kaffee getränkt wurde oder ich mit Mr. Bakers Sekretärin feilschen musste, um einen Termin zu bekommen, o nein. Das, was mich nun wirklich wütend machte, war einzig und allein das Faktum, dass er mich warten ließ. Ganz sicher mit voller Absicht. Solche Kerle brauchten dieses dumme Machtspiel.

Unser Termin war um vier.

Um vier Uhr nachmittags.

Nicht um vier Uhr dreißig oder fünf. Nein, er war um vier.

Und dass es jetzt bereits vier Uhr fünfundvierzig war, machte mich ernsthaft wütend. Innerlich steigerte ich mich so in meinen Zorn, dass ich fast bebte und mir das Atmen schwerfiel.

Natürlich ermahnte ich mich in Gedanken immer wieder, zwang mich dazu, mich an die Worte in meinem Selbsthilfebuch zu erinnern, aber nein … in mir war jetzt alles rot. Ich war zornig. Punkt!

»Sie können jetzt zu ihm«, flötete schließlich seine Sekretärin, deren Rock so knalleng war, dass man Angst haben musste, er würde platzen, wenn sie sich bewegte.

Zähneknirschend nickte ich. Es war mir kaum möglich, mich zu zügeln, aber eine innere Stimme ermahnte mich, dass ich mich jetzt einfach zusammenreißen musste, bevor ich einen Fehler beging.

Selbstbewusst drehte ich den Knauf der Tür zu seinem Büro und betrat es. Ich war auf alles vorbereitet. Auf fast alles!

Die pure Schönheit erschlug mich.

Traf mich mit voller Breitseite.

Sein Büro war … unfassbar schön.

Die Möbel waren, entgegen der allgemeinen Etikette in der Werbeindustrie, in Weiß und Milchglas gehalten. Eine Fensterfront – natürlich war die klischeehafte Fensterfront vorhanden – zeigte den Central Park von oben, denn wir waren hier in der Parkavenue auf der Upper East Side. Sein Schreibtisch war unbesetzt und ordentlich aufgeräumt, jeder Stift schien akkurat an seinem Platz zu liegen. Rechts daneben an der Wand, wo die Fenster nicht mehr bodentief waren, stand ein Regal mit diversen Award-Auszeichnungen und Werbegrafiken von Adverts, die ich aus dem Fernsehen und dem Kino erkannte. Wir hier in New York waren nicht so groß im Geschäft mit Kino-Werbung, aber auf der Website der Firma stand, dass das Adverts-Büro in L.A. mit Hollywood dick im Geschäft war. Ich drehte mich und betrachtete die Regale gegenüber der Fensterfront, sie waren mit Schallplatten gefüllt. Daneben auf einem Beistelltisch stand ein Plattenspieler, der leise Jonny Cash spielte. Die Sitzgruppe aus weißem Leder war mit schwarzen und grauen Kissen dekoriert. Davor stand ein Glastisch, auf dem Akten lagen und ein aufgeklappter Laptop.

Dahinter saß lässig John Baker.

Mein neuer Boss.

Und er war … alles andere als *nicht* heiß.

»Gibt es einen Grund, warum sie mich anstarren?« Die seidige dunkle Stimme traf mich bis ins Mark. Eigentlich direkt zwischen meine Beine. O ja, das würde Cynthia lieben.

»Ich bin nicht sicher, ob ich im richtigen Büro bin.«

»Zu wem wollen Sie denn?«, fragte er mich und ich zwinkerte mehrmals verlegen.

»Eigentlich kommt an meiner Sekretärin da draußen niemand vorbei, der nicht *wirklich* zu mir will.«

»Zu John Baker!« Ich räusperte mich und wurde den Gedanken nicht los, dass ich ihn schon einmal gesehen hatte. Ging er vielleicht in denselben Kaffeeladen wie ich oder wohnte er im selben Haus? Ehe ich eine dieser doch recht indiskreten Fragen stellten konnte, antwortete er.

»Ich bin John Baker.«

Heilige Scheiße! Klar war er John Baker, das hatte ich doch auf den Bildern gesehen und es passte zu seiner Vita, die ich ausführlich studiert hatte.

»Sie sind John Baker?«, fragte ich trotzdem wie ein kompletter Vollidiot und glotzte ihn verwirrt an, als er sich langsam zurücklehnte und die Brille abnahm.

»Wer sollte ich denn sonst sein?« Ein sinnliches Lächeln zupfte an seinem Mundwinkel.

Heilige Maria Mutter Gottes! Er sah fantastisch aus. Etwas spießig, ja. Aber … Puh! Einfach zum Anbeißen heiß!

»Sie sehen ganz anders aus als auf dem Bild Ihrer Firmenhomepage«, stellte ich laut fest und fragte mich gerade ernsthaft, wo zur Hölle ich mein Gehirn zwischen hier und seinem Vorzimmer verloren hatte.

»Ich bin auch keine zwanzig mehr.« Seine Stimme klang jetzt genervt. Keine Spur mehr von seidig sinnlich. »Aber danke, dass Sie das ansprechen, Miss Bradley. Ich werde die IT- Abteilung informieren.«

»O ja«, trug ich wenig geistreich bei. »Das sollten Sie.« Nachdenklich legte ich den Kopf schief. Ich kannte diesen Mann, aber nicht von der Website.

»Kennen wir uns nicht irgendwoher?« Die Frage verließ meinen Mund, ehe ich mich kontrollieren konnte.

WAS BITTESCHÖN IST LOS MIT MIR?

»Falls wir noch nie zusammengearbeitet haben oder Sie unter mir lagen …«, er ließ den deplatzierten Satz durch den Raum schweben, »… nein, dann kennen wir uns nicht.«

Zack! Da war sie wieder. Die Wut.

Na endlich! Ich dachte schon, sie hätte mich verlassen. Meine Wut war zurück und glücklicherweise auch mein Verstand. Jetzt fiel es mir wieder ein. Er hatte mich warten lassen. Er hatte meinen Pitch abgelehnt. O nein, ich würde mich nicht von seinen durchtrainierten Armen ablenken lassen, die den Stoff seines weißen Hemdes zu sprengen drohten. Oder der dunkelblauen Weste, die ganz sicher einen Waschbrettbauch verdeckte. Nein, ich würde mich nicht von diesem hübschen Gesicht, dem lässigen Dreitagebart und diesen dunklen Augen in die Tiefe ziehen lassen. Niemals! Auf überhaupt gar keinen Fall.

»Doch!«, rief ich plötzlich aus, als die Erleuchtung kam. »Ich kenne Sie.«

»Nun, ich bin Ihr Boss«, erwiderte er und seufzte. »Da sollte es von Vorteil sein, wenn man den Namen kennt.« Offensichtlich ging ich ihm auf die Nerven, aber das war mir gerade so was von egal.

»Nein, Sie haben mich angebaggert. Letzten Freitag. In einem Club.« Er zog eine Augenbraue nach oben und schien zu überlegen. Nachdenklich legte er seinen Kopf schief, die verstrubbelten Haare bewegten sich, was darauf schließen ließ, dass er sie nicht, wie andere Männer es taten, mit Tonnen von Haargel und Haarspray fixierte.

Hätte ich nicht haufenweise Unterlagen in den Händen gehalten, hätte ich sie vor meiner Brust gekreuzt, denn sein Blick sprach Bände.

Er erinnerte sich.

Und wie er sich erinnerte.

Aber nicht, weil er mein Gesicht wiedererkannte, o nein. Er schien sich zu erinnern, als er meinen Körper mit einem so intensiven Blick scannte, dass ich an mir herabsah, um zu prüfen, ob ich vielleicht nackt war. Brennend schoss mir Verlangen durch den Körper, dieselbe Sehnsucht, die ich nach unserer Begegnung Freitagnacht gespürt hatte, als ich von unserem Tanzausflug nach Hause gekommen war. Ich hatte sie mit meinem Vibrator ausgelebt … FUCK! Er war mein Boss. Diese leckere Sahneschnitte war wirklich mein Boss. Keinerlei Ähnlichkeit zu dem Seitenscheitel-Jungen auf der Homepage mehr. O Himmel, NEIN! Dieser Mann hier … war voll und ganz ein Mann. Er war heiß. Er war sinnlich. Er war beruflich erfolgreich, was für mich das wichtigste Attribut der Sexiness war. Und heilige Scheiße, er war mein Chef.

4

JOHN

Ich erinnerte mich. Natürlich tat ich das.

Ich hatte mich schon in dem Augenblick erinnert, als sie mein Büro betreten und sich einmal kurz umgesehen hatte, ehe sie mich auf dem Sofa sitzend entdeckt hatte.

Nachdem sie dann zu sprechen begonnen hatte, erinnerte ich mich noch viel mehr. An den Spott in ihrer Stimme, wie sie versucht hatte, selbstbewusst zu sein und sich nicht von mir unterbuttern zu lassen. Aber waren wir einmal ehrlich, ich wollte sie unterdrücken, und zwar im Bett. Mit meinem Körper.

Ich sah sie an der Bar auf Zehenspitzen stehen, obwohl sie High Heels trug. Die festen Muskeln ihrer Waden, wie sie sich nach oben reckte, um die Unterarme auf den Tresen stützen zu können. Mein Blick fiel auf ihren Apfelarsch, der mich hart werden ließ und als meine Basketballkumpels mitbekamen, dass ich ein Auge auf sie geworfen hatte, zogen sie mich damit auf und schubsten mich Richtung Bar.

Normalerweise war es nämlich nicht mein Ding, Frauen anzuquatschen. Normalerweise kamen die Frauen zu mir. Und ja, diese Arroganz nahm ich mir heraus. Wenn ein Gespräch mit einer Frau von mir ausging, dann meistens dadurch, weil sie mir vorgestellt wurde.

Aber eine komplett Fremde ansprechen? Nein, das war einfach nicht meine Hausnummer. Solche Aktionen überließ ich Männern, die sich an Wetten beteiligten oder einfach einen wegstecken wollten. Wenn ich hingegen einen wegstecken wollte, dann hielt ich mich an eine der Verflossenen. Ja, das war nicht immer leicht, denn wie weit konnte man gehen, ohne ein Arschloch zu sein? Meine Ex-Freundin Caty knallte mir regelmäßig an den Kopf, dass ich ein herumhurender Bastard wäre, was ich so nicht unterschreiben würde. Natürlich nicht! Denn das war ich keinesfalls. Ich war ein Mann, der alle Karten auf den Tisch legte und die Ladys wissen ließ, woran sie waren. Wenn ich mich mal zu einem One-Night-Stand hinreißen ließ, und da hatte ich bisher nur einen zu verbuchen. Meine Ex-Freundinnen wussten, wenn wir noch einmal miteinander ins Bett stiegen, würde sich daraus nichts Neues entwickeln. Vielleicht noch einen gemeinsamen Drink nehmen oder eine Dusche genießen, aber ich würde niemals über Nacht bleiben. Die Nächte, mein Bett und meine Wohnung waren mir heilig. Nicht zu erwähnen, dass für mich nicht das Abendessen zählte wie für die meisten anderen Menschen, sondern für mich zählte das Frühstück. Die Frau, mit der ich also länger als nur für ein paar schöne Stunden zwischen den Laken verschwand und die mit mir den Sonnenaufgang meiner Süd-Ost-Dachterrasse genießen durfte, würde die EINE sein.

Meine Gedanken schweiften wieder zu besagtem Abend, an dem ich ernsthaft in Erwägung gezogen hatte, eine Frau anzumachen, die ich nicht kannte, bei der ich mich anstrengen musste und die gewisse Erwartungen hatte. Ja, Singlefrauen sagten immer, sie hätten keine Erwartungen, aber ich wusste es besser.

Sie alle, und da nahm ich keine Frau aus, wollten angerufen werden, hofiert, beschützt und umgarnt werden. Vielleicht nicht alle von mir – so arrogant war ich auch nicht – aber von einem Mann.

Es war doch so: Waren eine Beziehung, eine Affäre oder sogar eine Ehe am Ende, jammerten die Damen immer herum, dass sie eigentlich hatten hören wollen, wie viel sie dem Gegenüber bedeuteten, wie wichtig sie waren und dass man sie nie verlieren wollte.

Aber – und jetzt kam ein gewaltiges Aber – eigentlich sagten sie das nur. Denn wenn man ihnen dann den Hof machte, lief man ihnen hinterher, nervte sie und landete auf dem Abstellgleis.

Deshalb fuhr ich am besten, wenn ich diese zwischenmenschliche Beziehung zu Frauen auf das Körperliche beschränkte und mir keine Begleitung für einen Kinobesuch oder Ähnliches krallte. Nein! Auf das große Drama, diesen unausweichlichen Showdown, wollte ich nicht zusteuern. Auf keinen Fall! Aber, wie auch immer man es sehen wollte … die sexy Frau, welche Freitagabend an der Bar gestanden hatte und deren Hintern eindeutig meinen Handabdruck durch ein zartes Spanking verdiente, hatte sich mir einladend entgegengereckt. Ihr Mund hatte etwas anderes gesagt als ihr Körper, der dicht an meinen gepresst war. Ich hatte sie gewollt, als ich an dieser Bar gestanden hatte. Und ich wollte sie auch jetzt. Ich wollte sie über meine Schulter werfen, meine Hände auf ihren prallen Hintern legen, auf ihre nackte Haut, wollte sie gegen eine Wand drücken und ficken. Animalisch, lustvoll …

Dass wir allerdings Lichtjahre von einem heftigen Fick entfernt waren, wurde mir in dem Moment klar, als sie mich aufmüpfig ansprach. Nur schwer ließ sich das Bild abschütteln, aber ich musste in die Realität zurück.

»Wissen Sie, Miss Bradley«, erklärte ich nun mit einer mir fremden Stimme, »es passiert mir nicht oft, dass sich eine Frau einladen lässt und dann nicht mal auf ein Anstandsgetränk stehen bleibt. Außerdem passiert es auch nicht oft, dass mich jemand beschuldigt, ich hätte mich vorgedrängelt. Und noch seltener passiert es, dass diese Frau dann in mein Büro schneit. Also ja, ich kann mich sehr gut an Sie erinnern.«

»Gut, das ist ja auch das Mindeste.«

Herausfordernd hob ich eine Braue und sah ihr in die Augen. »Setzen Sie sich doch, Miss Bradley!«, bot ich ihr an. »Sie haben um ein Gespräch gebeten.«

»Das stimmt«, murmelte sie, legte die Unterlagen vor sich auf dem Tisch ab und rührte sich nicht vom Fleck. »Ich stehe lieber, danke.« Innerhalb dieser wenigen Worte änderte sich ihre Tonlage komplett. Von überrascht und erstaunt zu zickig und kühl.

Aha! Sehr interessant. Wollte Sie in der vermeintlich überlegenen Position sein? Ein Grinsen schlich sich auf mein Gesicht, das ich nicht einmal versuchte zu verbergen. Ich mochte es, wenn Frauen ihre Krallen ausfuhren, wenn sie Wildkatzen waren … und FUCK! Diese Frau hier war eindeutig eine Wildkatze. Nur fragte ich mich, ob diese Miss Bradley wirklich glaubte, sie würde das hier gewinnen. Dachte sie wirklich, sie würde mit einer anderen Antwort hier herausgehen als der von gestern Abend? Wenn das der Fall war, dann hatte ich ihre Intelligenz überschätzt. Dann war sie lediglich sexy, nichts weiter.

»Also?«, forderte ich sie mit arroganter Coolness heraus und lehnte mich lässig zurück. »Was kann ich für Sie tun, Miss Bradley – jetzt, da wir geklärt haben, dass wir uns bereits kennen?« Ja, ich war ein Arschloch, aber ich konnte mir diesen Satz einfach nicht verkneifen. Unter keinen verfluchten Umständen. Ich wollte sie reizen, wie sie mich reizte.

»Sie haben meinen Pitch abgelehnt!«, kam es nun selbstbewusst aus ihrem Mund. Wieder eine andere Tonlage. Chapeau! Leidenschaftlich. Und … irgendwie ein bisschen mehr als nur angepisst. Zornig. Wütend.

Bei Gott, das Problem an dieser Sache war, und eigentlich konnte ich mich sonst immer auf die Arbeit konzentrieren, dass sie so dermaßen heiß aussah. Ihre Wangen, mit einer zarten Röte überzogen. Ihre Brust, die sich hektisch hob und senkte. Ihr hoher Puls, der durch die zarte Haut an ihrem Hals deutlich zu erkennen war. Ihre blasse Haut wirkte fast durchsichtig. Zerbrechlich.

»Und das macht Sie sauer?«

Ja, ich wollte noch etwas tiefer in der Wunde bohren. Eine Prise Salz hineinstreuen. Vielleicht würde sie mir noch weitere Facetten ihres Temperaments präsentieren.

Helen Bradleys Augen verengten sich zu Schlitzen, ihre vollen rotgeschminkten Lippen formten ein wirklich süßes *›O‹*, das eher nach ehrlicher Entrüstung als Erstaunen aussah, und ihre Nippel richteten sich auf.

Weib, wenn du in mein Büro kommst und dabei so einen dünnen BH und so ein seidiges Oberteil trägst, die kaum etwas verbergen, kannst du einfach nicht erwarten, dass ich ernst bleibe.

Ich machte mir einen Spaß aus ihrer offensichtlichen Wut. Es war dringend nötig, davon abzulenken, wie erregt ich war. Dieses Verhalten hatte am Arbeitsplatz nichts zu suchen!

»Ihr Pitch, Miss Bradley, ist – entschuldigen Sie bitte meine Offenheit – äußerst naiv.«

Holla! Da war aber jemand wirklich angepisst. Mein Schwanz wurde hart, meldete auf energische Weise Bedürfnisse an. Unauffällig verlagerte ich das Gewicht beim Sitzen und rückte ihn zurecht. Helen war eine Granate. Wie sie hier stand, wütend auf mich, weil ich ihr in einer *Geschäftsbeziehung* ein Nein geboten hatte. Aber FUCK! Diese Klamotten gehörten auch verboten. Halt! Nein! Nicht die Klamotten, die waren okay, aber dieser durchtrainierte, scheinbar biegsame Körper schrie nach mir.

Nach mir und meinem Schwanz.

»Sie finden also, dass ich naiv bin?«, griff sie meine Worte auf und fügte mutig hinzu: »Sie werden es bitter bereuen, wenn sie nicht auf den Zug der veganen Ernährung aufspringen. Das ist – entschuldigen Sie bitte meine Offenheit – nicht nur fahrlässig gegenüber Ihrem Unternehmen, sondern darüber hinaus schlichtweg dumm.«

Egal, wie geil ich war, beschimpfen ließ ich mich niemals. Nicht von einer Angestellten, nicht von einer Fremden, nicht einmal von meinen Kumpels.

»Aha! Nun, das letzte Mal, als ich nachgesehen habe, waren unsere Zahlen im Bereich *Food* hervorragend. Gerade was den Trend angeht. Sie sollten sich also besser zweimal überlegen, was Sie hier herausposaunen. Hätten Sie sich ausreichend vorbereitet, dann wüssten Sie, dass wir längst auf diesen Zug aufgesprungen sind.«

Abschätzend sah ich sie an und bemerkte, nicht ohne eine gewisse Genugtuung, wie sich ihre fein manikürten Nägel in ihre Handflächen bohrten. Gut so! Ich war auch sauer und wütend. Nicht, weil sie sich zu viel herausnahm, nein, ich war angepisst, weil sie sich scheinbar ganz und gar nicht über unsere Firma und deren Außenfilialen informiert hatte.

»Ich erwarte, Miss Bradley«, begann ich und stand auf, »dass Sie über das Portfolio der gesamten Firma mit all ihren Verknüpfungen Bescheid wissen. Sie sind nicht einfach eine Grafikerin oder Texterin, nein, Sie sind die CEO unserer Filiale in Brooklyn. Es ist also Ihr Job, im Interesse des Unternehmens sachlich und umfänglich zu agieren. Dazu gehört, dass Sie sich auskennen und nicht mit waghalsigen, komplett falschen Vermutungen und Anschuldigungen hier auftauchen und mir meine wertvolle Zeit stehlen. Haben wir uns verstanden?«

»Aber«, begann sie erneut, und ich meinte ein Knurren zu hören, als ich sie unterbrach.

»Es gibt kein Aber, daran führt kein Weg vorbei, wenn Sie Teil dieses Unternehmens sein wollen. Ich schätze Ihre Innovationsbereitschaft, aber weise sie in diesem Fall zurück, weil Ihr Pitch nicht ausgewogen und zu Ende gedacht ist.« Ich griff nach den Unterlagen, die sie zuvor in ihren Händen gehalten hatte, und hob sie ihr entgegen. Trotz der Diskussion entging mir nicht, dass sie ihren Kopf in den Nacken legen musste, um mir in die Augen zu sehen. Scheiße, das machte mich schon wieder an.

Als wir uns gegenüberstanden, mir ihr Geruch in die Nase strömte und ich mich nur mühsam davon abhalten konnte, meinen Mund auf ihren zu pressen, bemerkte ich, *wie* sauer sie war. Ihre blauen Augen, die mich kitschigerweise an das verdammte Meer in Kalifornien erinnerten, schossen Feuerpfeile auf mich ab. Ihre Kiefer mahlten aufeinander und ich registrierte, wie ihre Wangenknochen daraufhin hervortraten. Sie presste die Lippen so fest zusammen, dass ich mich fragte, ob sie überhaupt noch durchblutet wurden. Ihre Hände zitterten. Was für ein Teufelsweib!

»Sie haben keine verdammte Ahnung, was Sie da tun.«

Arrogant lächelnd blickte ich auf sie herab.

O Baby … um ehrlich zu sein, habe ich keine verfickte Ahnung, was ich in Bezug auf dich hier tue … aber in meinem Job kenne ich mich aus.

»Zweifeln Sie etwa meine Position an?«, fragte ich überheblich. Unsere Augen fochten ein Duell. Ein stummes – und das war für sie und die Vermeidung einer fristlosen Kündigung besser – Duell. Ich würde sicherlich nicht nachgeben. Auf keinen verdammten Fall! So viel stand fest.

Ihr Gesichtsausdruck wollte mir entgegenschleudern, wie scheiße sie mich fand, das konnte sie nicht verbergen. Ihre Stimme wollte mich anbrüllen und ihre Hände wollten sich um meinen Hals legen, mir wehtun, mich vielleicht sogar töten. Aber … sie tat es nicht.

Nichts von all dem.

Sie drehte sich wortlos herum und verließ mein Büro mit kontrollierter Miene. Natürlich nicht, ohne die Tür hinter sich zuzuknallen.

Normalerweise wäre ich ausgeflippt und hätte die Person ob ihrer Dreistigkeit zurückgeholt und angeschrien, aber in diesem Fall …

Lächelnd drehte ich mich zu meinen Platten um, rückte meinen immer noch steifen Schwanz zurecht und griff anschließend nach meinem Handy, um Caty zu fragen, ob sie Lust auf ein Treffen hatte. Normalerweise war Sex während der Arbeitszeit tabu, aber heute … Nach diesem Termin mit Helen Bradley fühlte es sich so an, als wäre alles möglich.

5

JOHN

Verschwitzt lag ich zwischen zerwühlten Laken und fragte mich, wie lange ich wohl noch bleiben musste, ehe ich aufspringen und meiner Wege gehen konnte.

Es war bereits weit nach Mitternacht, und auch wenn der Sex mit Caty dringend nötig gewesen war, so sehnte ich mich jetzt nach der Ruhe und Dunkelheit meiner Wohnung. Denn selbst nach einigen Stunden Abstand zwischen Helen Bradley und mir war ich immer noch sauer.

Was dachte sich diese kleine Tussi eigentlich? Wer war sie denn? Niemand – wirklich niemand – kam in mein Büro und erklärte mir, dass ich dumm sei! Ihr veganes Hundefutter war ein beschissener Nischenmarkt. Sollte sich diese Start-up-Bude doch für ihren Werbespot eine andere Agentur suchen. Ich war mir sicher, und das hatte ich in all den Jahren an der Seite meines Vaters gelernt, dass ich nicht falschlag. Ich hatte recht. Punkt!

Ja, ich war ein arroganter Bastard, aber ich konnte mich auf meine Erfahrungen und mein Wissen verlassen. Wenn ich eine solche Entscheidung traf, dann hatte das einen substanziellen Grund. Wie also kam diese Miss Fucking Bradley auf die Idee, ich wäre dumm? Das war …

»Du bist mit den Gedanken ganz woanders, John.« Caty war aufgestanden und hatte aus der Küche eine Flasche Wasser geholt, die sie mir jetzt reichte, bevor sie sich wieder nackt neben mich ins Bett fallen ließ. Wir waren lange zusammen gewesen und warum es im Endeffekt nicht geklappt hatte, lag an uns beiden. Niemand hatte den anderen betrogen oder verarscht oder beschissen, nein, wir hatten uns einfach auseinandergelebt und schließlich eingesehen, dass wir beide – damals – zu jung gewesen waren, um eine Bindung für den Rest unseres Lebens einzugehen. Das Körperliche – und vermutlich war das einer der Gründe, weshalb wir seit zwei Jahren wieder regelmäßig miteinander ins Bett stiegen – war niemals unser Problem gewesen. Auch wenn Caty im Schein des Tageslichts eine erfolgreiche Anwältin war, so konnte sie die funkelnde dunkle Seite nicht unterdrücken.

Wie auch immer. Sie kannte mich so gut wie keine zweite, und manchmal bezweifelte ich, dass es jemals eine andere Frau tun würde. Immerhin hatte ich so die perfekte Kombination: Regelmäßig Sex mit einer Frau, die genau wusste, was ich wollte, von der ich genau wusste, was sie wollte, und dennoch meine Freiheit. Diese war mir überaus wichtig. Ich würde mich niemals einsperren oder mir etwas aufzwingen lassen. Sowohl privat als auch beruflich.

Vermutlich war das der Grund, weshalb ich an getroffenen Entscheidungen nur sehr selten rüttelte. Denn heilige Scheiße, auch auf die Gefahr hin, dass ich mich wiederholte, ich wusste verfickt noch mal, was ich tat.

»Erde an John, Erde an John!« Caty strich sich eine der kurzen Haarsträhnen zurück. »Du bist heute in einem anderen Universum, oder?«

»Ärger in der Agentur.« Mürrisch setzte ich mich aufrecht hin, leerte die Wasserflasche und schwang meine Beine über den Rand des großen Bettes.

»Wieso hast du Ärger in der Agentur?«, fragte Caty, während sie in ihren Slip schlüpfte. »Du bist der Chef. Wer kann dir Ärger machen?«

»Ach, eine der CEOs einer Außenstelle.«

»Das erklärt, weshalb du heute heftiger unterwegs warst als normalerweise.«

»Sorry«, murmelte ich und schlüpfte in meine Boxershorts. »Ich wollte nicht grob sein.«

»Warst du nicht. Du warst nur noch bestimmender, als du es sonst immer bist.«

»Habe ich dir wehgetan?«, fragte ich und sah ihr erschrocken in die Augen. Auch wenn wir beide auf heftigen, harten und manchmal sehr dreckigen Sex standen, wollte ich ihr unter keinen Umständen Schmerzen bereiten.

»Nein. Alles gut, Babe«, erklärte sie grinsend und drehte mir ihre Kehrseite zu. »Ich werde heute viel an dich und deinen Schwanz denken.«

O ja, das würde sie. Mein Handabdruck war deutlich auf ihren prallen Pobacken zu sehen. Das tat ich nicht jedes Mal, aber heute hatte es mir offensichtlich Spaß gemacht. Und Caty auch.

Das Dumme war nur, dass ich auch jetzt, nachdem ich mich fast sechs Stunden an ihrem tollen Körper abreagiert hatte, nicht wesentlich weiter oder besser gelaunt war als zuvor.

In meiner gesamten Laufbahn hatte niemals jemand an meinen Entscheidungen gezweifelt – am wenigsten ich oder Dad. Diese Miss Fucking Bradley hatte wirklich Eier.

»Ich muss am Wochenende nach Minnesota und werde erst Ende nächster Woche zurück sein«, holte mich Caty zurück in die Realität.

»Alles klar, weiß ich Bescheid.«

»Von daher war das hier ein nettes Geschenk, das mich ein paar Tage beschäftigen wird.«

Ihre lobenden Worte – denn waren wir einmal ehrlich, jeder Mann wollte so etwas hören – ließen mich lächeln. »So soll es sein«, murmelte ich und zog meinen dünnen Pullover über den Kopf. Nachdem ich angezogen war, griff ich mit meiner Hand in ihren Nacken, zog sie an mich und küsste sie. Küsste sie tief und fordernd. Ich genoss, dass ich mich selbst auf ihren Lippen schmeckte, weil sie mir noch vor ein paar Minuten nach allen Regeln der Kunst einen geblasen hatte. Allerdings musste man klarstellen, dass ich sie nicht küsste, weil ich gleich noch einmal mit ihr Sex haben, sondern einfach, weil ich wiederkommen wollte. Ganz so ein egoistischer Bastard war ich auch wieder nicht. Nach all den Jahren, die wir uns nun schon kannten, wusste ich, worauf sie stand. Und nur weil ich heute ein wütender Bastard war, konnte sie nichts dafür und sollte nicht darunter leiden.

»Auch wenn wir nur miteinander schlafen, behandelst du

mich immer wie eine Königin, John«, wisperte sie an meinen Lippen, nahm die Hand weg, die sie während des Kusses auf meine Brust gelegt hatte, und schlug die Augen auf.

»Gerade deshalb behandle ich dich wie eine Lady, Baby.«

»Du bist und bleibst ein Wichser, Baker!«, sagte sie lachend, drehte sich aus meiner Umarmung und stieg wieder in ihr Bett. »Mach die Tür bitte ordentlich hinter dir zu, wenn du gehst.«

Ich lachte laut auf und nickte. »Melde dich, wenn du wieder in der Stadt bist.«

Ich griff nach meinen Sneakers, die auf dem Boden lagen, und verließ ihr Schlafzimmer.

»Du hast echt Glück, dass du so einen knackigen Arsch hast, Baker!«, rief sie mir lachend hinterher und ich grinste. Caty konnte meinem Hintern noch nie widerstehen – gerade dann, wenn ich mich bückte. Aber ich hatte nicht vor, das auch nur einen Tag lang nicht auszunutzen.

Zurück auf der Straße beschloss ich, direkt in die Firma zu fahren. Ja, es war verdammt spät und ich trug Freizeitklamotten, aber ich wusste sonst nichts mit mir anzufangen.

Das war mir noch nie passiert. Wirklich noch nie! Ich wusste immer, wohin oder was zu tun war, aber nach diesem nervenaufreibenden Tag heute, fühlte ich mich so unentschlossen wie noch nie in meinem Leben. Was war nur los mit mir?

Irgendwie wusste ich es. Helen Bradley hatte sich in meinen Kopf gebrannt und ich fragte mich, wie ich sie wieder loswerden konnte – egal, wie heiß sie war. Sie war tabu! Schlimm genug, dass ich gerade beim Vögeln mit Caty an diese impertinente Tussi gedacht hatte. Sie war meine Angestellte und damit absolut nichts für meinen Schwanz. Niemals, wirklich niemals hatte ich bisher eine Hand an eine beruflich verbandelte Person gelegt. Das brachte nämlich nur Probleme mit sich und ansonsten nichts. Zicken, eventuelle Kündigungen oder gar eine Anzeige wegen sexueller Nötigung. Nein! Nicht für einen schnellen Fick! Auf keinen verdammten Fall, das würde ich nicht machen. Dachte ich. Mein Schwanz sah das hingegen völlig anders. Der stand wie eine Eins, als ich in ein Taxi stieg und dem Fahrer die Adresse der Firma nannte.

Im Grunde hatte ich mich unter Kontrolle. Ich war schließlich kein Teenager mehr. Doch jetzt schien es fast so, als würde mein Schwanz ein Eigenleben führen, wenn ich auch nur an diesen heißen Körper dachte. Dabei begegneten mir in meiner Position immer wieder Frauen, die wunderschön waren, Models, die mit mir ausgehen wollten, gut situierte Töchter, die den ganzen Tag nichts anderes tun mussten, als auf ihre Ernährung zu achten, Sport zu treiben und sich zu schminken. Aber keine einzige dieser heißen Ladys schaffte es, dass ich nur bei dem Gedanken an sie hart wurde. Vor allem nicht, nachdem ich stundenlang meine Affäre gefickt hatte. Fuck! Ehrlich? Wenn es nicht einmal Caty schaffte, diese Helen aus meinen Gedanken zu verbannen, wie sollte ich es dann schaffen?

Heilige Scheiße! Irgendwie hatte ich das verfluchte Gefühl, dass Helen Bradley mir zum Verhängnis werden könnte, dass sie mich mehr Nerven und Gedanken kosten würde als mir lieb war … und dass sie es verdammt noch eins genießen würde.

6

HELEN

Unfassbar, wie dumm dieser Mann war. Noch viel dümmer, als ich dachte. Ich war gefrustet, natürlich war ich das. Nicht nur, weil er mich auf so arrogante Art niedergebügelt und eigentlich nicht zu Wort kommen lassen hatte, sondern auch, weil er das Potenzial nicht sah, das in der ganzen Angelegenheit steckte. Außerdem war ich von mir persönlich enttäuscht, dass ich mich hatte unterbuttern lassen. Es war doch schon immer so, dass es eine Person gab, die es machte und eine zweite, die es zuließ. Dieses Muster fand man in allen Bereichen des Lebens. Egal, ob es um Narzissten und toxische Beziehungen ging, um devote Frauen, um beste Freundinnen, die sich ausnutzen ließen, oder um die Zweckgemeinschaft einer Ehe oder Beziehung.

Und das war es, was mich wirklich ärgerte. Für mich kam nämlich alles infrage, außer mich unterdrücken zu lassen. Und damit meinte ich alle Bereiche des Lebens.

Eine Ehe zu führen, nur damit man eben sagen konnte, man ist kein Single mehr, obwohl sie scheiße lief? Würde ich niemals tun. Das hatte ich auch bereits bewiesen. Beim Sex die Zügel aus der Hand geben und mich an ein Bett fesseln lassen, devot sein? Niemals! Dafür hatte ich schon zu viele Erfahrungen mit Männern gesammelt, die eigentlich gar nicht wussten, was eine Frau will. Wie oft musste ich mich im Endeffekt selbst darum kümmern, einen Orgasmus zu finden. Nun, wie man es also drehte und wendete, ich war nicht der Typ Frau, der dazu neigte,

Dinge mit sich tun zu lassen, die meinen Grundsätzen widersprachen.

Auch nicht aus Liebe.

Niemals aus Liebe.

Umso mehr ärgerte es mich, dass ich wirklich vollkommen überfahren war von Mr. John Baker. Ja, zugegeben, es warf mich aus der Bahn, wer er war. Niemals hätte ich damit gerechnet, dass mir der Kerl von Freitagnacht, dem ich so viele Drinks aus dem Portemonnaie geleiert hatte, wirklich und wahrhaftig noch einmal begegnen würde. Noch viel weniger hatte ich bedacht, dass er möglicherweise mein Chef sein könnte. Warum auch? New York war schließlich kein Kaff. Also scheiße, ich fühlte mich überfahren und überfordert. Aber hatte ich mir nicht geschworen, dass ich stets für meine Interessen einstand und mich nicht unterdrücken ließ?

Ja, das hatte ich.

Darum ... Was zur Scheißhölle war das heute Nachmittag? Wie ein nasser Sack war ich in mich zusammengefallen, hatte resigniert und den Kerl einfach machen lassen, worauf er Bock hatte. Warum? Alle Grundsätze, alle Vorsätze waren in sich zusammengebrochen wie ein wackliges Kartenhaus, weil ... Ja, warum?

Mein Blick schweifte über das Weinglas, welches noch halb gefüllt war, anschließend zu dem Ratgeberbuch, in dem ich gerade immer wieder las. Der Titel lautete: ›*Mehr Selbstbewusstsein im Alltag*.‹ Ja, dass ich nach meiner gescheiterten Ehe mehr Vertrauen und Selbstbewusstsein im Alltag brauchte, war kein Geheimnis. Dass es allerdings auch wichtig für mein Berufsleben war, war neu. Dass mir diese Attribute auch dort abhandengekommen waren, machte mich wütend und traurig zugleich, denn ich wusste doch, wie gut ich war und was ich konnte.

»Scheiße, Helen!«, murmelte ich mir selbst kopfschüttelnd zu. Am liebsten hätte ich jetzt eine geraucht, aber das hatte ich vor ein paar Jahren aufgegeben. Und dieser Mistkerl mit seiner verflucht charmanten, aber auch arroganten Art war sicher kein Grund, um wieder mit dem Rauchen anzufangen. John Baker hatte die Tatsache, dass ich von unserem unfreiwilligen Wiedersehen überrumpelt worden war, zu seinem Vorteil genutzt und mich überwältigt. Aber … und das war doch eigentlich der springende Punkt: Ich war überwältigt, *nicht* tot! Deshalb würde ich aufstehen, mir den Staub von der Kleidung klopfen und wieder in den Kampf ziehen. Denn auch nach dieser ersten Runde, in der ich eine Niederlage zu verbuchen hatte, war ich mir absolut sicher, dass er falschlag, absolut und vollkommen auf dem Holzweg war. Ich würde ein weiteres Mal in seinem Büro aufschlagen. Diesmal perfekt vorbereitet.

Wenn John Baker dachte, er hätte den Krieg gewonnen, dann irrte er sich. Ja, es stand eins zu null, aber entschieden war hier noch lange nichts.

Zumindest nicht für mich.

Das ganze Wochenende über hatte ich mir Sätze, Situationen und Schlagworte zum Diskussionsaustausch mit diesem arroganten Mistkerl überlegt und, Gott bewahre, ich würde diese jetzt umsetzen.

Ich trug mein marineblaues Siegerkleid und hatte mich mit der Perfektion einer Visagistin zurechtgemacht. Das lag natürlich nur daran, dass ich die Power nicht nur ausstrahlen, sondern sie auch fühlen wollte. Selbstverständlich hatte das rein gar nichts mit der Tatsache zu tun, dass John Baker so ziemlich der heißeste Mann auf dem Planeten Erde war. Um ehrlich zu sein, hatte ich das Wochenende mehrmals masturbiert – mit seinem Gesicht und seinem Körper vor Augen. Die Vorstellung, wie seine Haut sich wohl anfühlte, wie stählern seine Muskeln waren und wie viele Hügel er an seinem Waschbrettbauch hatte, füllte meine Fantasie wie von selbst.

»Guten Morgen!«, sagte ich mit klarer Stimme zu seiner Sekretärin Jennifer. »Ist er da?«

»Miss Bradley!«, rief sie überrascht und sah ertappt aus. Vermutlich war sie gerade beim Online-Shoppen gewesen. »Haben Sie einen Termin?«

»Nein, ich muss ihn allerdings trotzdem sprechen.«

Meinen Worten ließ ich Taten folgen. Ich wartete gar nicht lange ab, denn jetzt oder nie. Schon beim Betreten des Gebäudes hatte ich seine verdammt gewaltige Energie gespürt. Wie er – sinnbildlich der Herrscher – auf seinem Thron dort oben saß und auf die Stadt und den Central Park hinunterblickte, als wären all die Passanten, Taxifahrer, Jogger und Fahrradfahrer seine Untertanen. Es hatte mich den ganzen Weg nach oben bis zu seinem Vorzimmer gefröstelt. Im Fahrstuhl waren Mitarbeiter zu- und ausgestiegen, alle hatten mir einen guten Morgen gewünscht, waren freundlich gewesen und hatten vor allem wirklich glücklich und zufrieden ausgesehen. Und das an einem Montag, an dem statistisch gesehen die meisten Menschen miese Laune hatten. Mich beschlich der Gedanke, dass die Kombination nicht passte. Montag, diesen Mistkerl als Chef … Warum zum Teufel hatten die alle so verflucht glücklich gelächelt?

Augenrollend war ich schließlich auf der Chef-Etage ausgestiegen und befand mich jetzt hier neben Jennifer, mit der Hand am Knauf seiner Bürotür.

»Sie können da nicht einfach so reingehen, Miss Bradley.«

Entschlossen reckte ich mein Kinn nach vorn. Und wie ich hier hineingehen konnte. »Da muss ich Sie leider eines Besseren belehren, Jennifer. Ich kann und ich werde!« Genau in diesem Moment drehte ich den Knauf, hörte ihr entsetztes Schnauben und vernahm die seidige Stimme von John Baker, der scheinbar gerade telefonierte.

Seine Augen weiteten sich, als er mich in der Tür stehen sah, aber er hatte seinen überraschten Gesichtsausdruck schnell wieder unter Kontrolle und grinste. John lauschte seinem Geschäftspartner und ich nutzte die Gelegenheit und betrachtete ihn, wie er tatsächlich auf seinem Thron saß. Er arbeitete heute nämlich am Schreibtisch. Sein Laptop war an eine Dockingstation gekoppelt, der Inhalt wurde auf einen riesigen Bildschirm projiziert, der direkt vor ihm stand. Daneben sah ich einen kleinen, über den die aktuellen Börsenkurse liefen. Der Teufel höchstpersönlich, heute in einem weißen Hemd, über dem er eine schwarz-grau-karierte Weste trug. Der oberste Hemdknopf stand offen, und ich sah an dem Kleiderständer neben seinem Stuhl, dass dort eine einsame Krawatte und ein Jackett hingen.

Meine Finger wurden feucht, als ich registrierte, dass nicht nur ich ihn von oben bis unten scannte, sondern er mich ebenso.

Sein Blick blieb etwas zu lange an meinem Busen hängen, aber das bewirkte nur, dass ich mich noch etwas mehr aufrichtete und den Rücken streckte. Es wäre doch gelacht, wenn ich mich von ihm wieder unterbuttern lassen würde. Während er meine langen Beine eingehend betrachtete, die in sexy High Heels steckten, verschmolz mein Blick mit seinem vollen Haar, das so aussah, als hätte er eben erst ein Date im Liegen verbracht.

Oh, wie gern würde ich jetzt in diesem Haar herumwühlen … Meine Klitoris – diese kleine Verräterin – begann zu pochen, als ich daran dachte, wie ich unter ihm liegen und er seinen harten und natürlich sehr großen Schwanz in mir versenken würde. Wie er mich köstlich ausfüllte und sich sein durchtrainierter Apfelarsch bei jeder Bewegung an- und entspannen würde. Blinzelnd zwang ich mich zu ignorieren, dass mein roter String-Tanga, den ich selbstverständlich nur für mich und nicht für ihn trug, – wen wollte ich hier verarschen? – bereits feucht war.

Fokus, Helen, FOKUS!

Innerlich wurde ich ganz ruhig, holte Luft und lächelte den schönen Mann vor mir an.

O*h, wenn du wüsstest, wie ich dich gleich fertig mache!*, dachte ich und setzte mich unaufgefordert auf einen der beiden Stühle, welche vor seinem Schreibtisch standen. In diesem Moment legte er auf.

»Mr. Baker«, begann Jennifer, die immer noch in dem Durchgang zu seinem Büro stand, »ich konnte nicht …«

»Schon okay, Jennifer«, unterbrach er sie. »Schließen Sie bitte die Tür!«

Aha! Scheinbar war er allgemein einfach unhöflich und es lag gar nicht nur an mir.

Geduldig wartete er ab, bis seine Sekretärin uns alleinließ, und räusperte sich. »Helen!«

Die vertrauliche Anrede schoss mir direkt zwischen die Beine. Damit hatte ich nicht gerechnet, aber … ich machte einen Fehler nur einmal.

»Ich wusste nicht, dass Sie einen Termin haben.«

»Habe ich auch nicht. John!« Ich gab es ihm mit selber Münze zurück und sah, was sein Name, der über meine Lippen kam, mit ihm anstellte. Die Kiefer aufeinanderpressend schluckte er.

»Dann wundert es mich umso mehr. Was kann ich für Sie tun?«

»Ich glaube, unser Gespräch neulich ist in völlig falschen Bahnen verlaufen. Ich glaube nämlich, dass es gut wäre, wir würden die Zahlen noch einmal miteinander durchsprechen.«

»Glauben Sie das?«, fragte er nach, lehnte sich zurück und legte die Fingerspitzen aneinander. Diese Geste war unfassbar sexy. Sein markantes Gesicht, das von einem Bart in perfekter Länge überzogen war, mit der geraden Nase und den schönen dunklen Augen, sah herausfordernd aus. Seine ganze Körperhaltung war es. Jetzt – genau jetzt – war der Moment, in dem ich nicht einknicken durfte, für den ich mich bereit und startklar gemacht hatte.

»Ja, davon bin ich sogar überzeugt.«

Wieder schien es in seinem Kopf zu arbeiten. Wägte er Für und Wider ab? Gespräch oder Rausschmiss? Die Börsenkurse liefen stumm über den Bildschirm, nur der Ventilator zum Kühlen seines Laptops war leise zu hören. Jeder Atemzug fiel mir schwer, ehe er die erlösenden Worte sprach: »Sie haben fünf Minuten!« Seine Stimme klang seidig und ruhig. »Auch wenn ich es absolut nicht leiden kann, dass man mich bei der Arbeit unterbricht.«

Ich beschloss, diesen Kommentar zu ignorieren, und mich auf das Wesentliche zu konzentrieren.

»Hier haben Sie«, ich legte ein Blatt vor ihm auf den Schreibtisch, »die Statistik mit dem zu erwartenden Kaufverhalten von Hundebesitzern. Wie Sie sehen können«, ich deutete auf die ersten beiden Monate, »sind die Umsätze hier relativ hoch angesetzt und nehmen anschließend ab. Warum ist das so? Das ist so, weil sämtliche Hundehalter erst einmal testen wollen, wie ihr Hund auf das neue Futter reagiert. Das bedeutet, dass eingekauft, ausprobiert und abgewartet wird, ehe sich die Käufer nachhaltig entscheiden.« Ich deutete auf die Monate vier, fünf und sechs. »Deshalb wird es zu diesem temporären Umsatzeinbruch kommen, bevor sich die Zahlen dann aber stabilisieren und konstant in rasanter Geschwindigkeit steigen werden.« Meine

Finger angelten nach dem nächsten Blatt. »Und Sie sehen, wir sind bei dieser Werbeanzeige am Umsatz beteiligt. Dadurch, dass wir in Brooklyn bereits das Design, die Marke und das Logo entworfen haben, bekommen wir von jeder verkauften Packung des veganen Hundefutters fünf Prozent.«

Seine Gesichtszüge verrieten Überraschung, anscheinend wusste John Klugscheißer Baker das nicht. HA! Wer kannte jetzt die Firma und wer nicht? Nimm das, du beschissen geiler Wichser!

»Das würde also bedeuten, wenn wir uns die Prognosen für die nächsten beiden Jahre ansehen«, nun legte ich das dritte Handout vor ihm ab, »dass die Agentur in Brooklyn um siebenunddreißig Prozent wachsen würde und wir den Umsatz verdreifachen.«

Genau dieser Satz war der Moment, in dem er sich nach vorn beugte und die Blätter endlich in die Hand nahm. Bis dato hatte er nämlich nur einen flüchtigen Blick darauf geworfen und mich reden lassen. Er hatte mir fünf Minuten zugestanden. Scheinbar war das in seinen Augen schon großzügig genug, deshalb musste ich mich jetzt beeilen.

»Also?«, fragte ich nach einer Frist von etwa zwanzig Sekunden, in denen er die drei Handouts in Augenschein nehmen konnte. Er hatte schließlich genug Zeit gehabt. Dass er sie nicht genutzt hatte, war sein Problem – nicht meins. »Was sagen Sie?«

»Nun …«, begann er und ich ahnte Übles, weshalb ich ihn unterbrach.

»Sie müssen doch einsehen, dass es verrückt wäre, den Auftrag abzulehnen. Wenn wir das tun, dann verdienen wir nichts an den ausgestrahlten Werbespots, die zur Primetime auf diversen Sendern laufen werden. Wir verdienen nichts am Verkauf und wir sind nicht am Erfolg beteiligt, der sich einstellen wird. Mit oder ohne uns. Ich meine, Mr. Baker – John –, lassen wir unseren miesen Start doch einmal außen vor, wenn wir diese Möglichkeit nicht nutzen, dann haben wir unseren Job nicht gut gemacht.«

Da war wieder dieses Lächeln, das an seinem Mundwinkel zupfte. Aber bevor ich mich freuen und das Ganze als positives Zeichen deuten konnte, war es wieder verschwunden.

»Wenigstens betiteln Sie heute uns beide als unfähig.«

Fragend hob ich eine Braue und atmete tief durch.

»Letzten Freitag war es nur ich, der dumm war«, erklärte er und setzte sich aufrecht hin. »Nichtsdestotrotz, und das war ein sehr guter Fünf-Minuten-Pitch, wird der Auftrag abgelehnt.«

Was? Meine Gesichtszüge entglitten mir. »Das können Sie nicht machen!« Er war wirklich vollkommen durchgeknallt und von allen guten Geistern verlassen.

»Das kann und werde ich.«

»Aber wieso? Was wollen Sie denn bitte schön für Zahlen vorgelegt bekommen, dass so etwas genehmigt wird?«

»Das tut doch gar nichts zur Sache.«

»Doch!«, setzte ich energisch entgegen. »Für mich schon.«

»Es liegt nicht an den Zahlen!«, erklärte er schließlich. »Zumindest nicht an denen, wie sie mir hier vorliegen. Es liegt daran, dass ich nicht glaube, dass das so passieren wird.«

»Was genau meinen Sie damit?«, fragte ich skeptisch nach und fühlte das schmerzende Gefühl des Untergangs in mir.

»Ich meine damit, dass ich nicht glaube, dass sich diese Esoterikschiene, dieses Lifestyle-Food und dieser vegane Quatsch durchsetzen werden. Hunde sind Fleischfresser. Punkt!«

Überrascht sah ich ihn an.

»Denken Sie etwa, ich habe mir die Unterlagen nicht angesehen und ihr Konzept dahinter verstanden?« Leise lachend schüttelte er den Kopf. »Helen, ich habe mir das gut überlegt. Wirklich gut überlegt. Und ich sage Ihnen, dass es so«, er deutete mit seinem langen, schlanken Zeigefinger auf die Sechsmonatsprognose, »nicht passieren wird.«

Doch! Würde es. Er wollte mir nur nicht glauben.

»Geben Sie mir die Chance, Ihnen zu beweisen, dass Sie falschliegen!«

»Helen, das ist hier doch kein Wettkampf.«

O doch! Genauso fühlte es sich nämlich an. Nach einem beschissenen, ganz fiesen Wettkampf, bei dem ich nur als Verlierer hervorgehen konnte.

»Bitte, Mr. Baker«, begann ich nun zu betteln, da es das Einzige war, was mir noch einfallen wollte. Ich musste ihn umstimmen – koste es, was es wolle. Schon allein für mein Ego.

»Helen, hören Sie auf!«

»Ich möchte es Ihnen beweisen, dass ich nicht falschliege. Geben Sie mir die Chance und wir sehen uns hier in sechs Monaten mit einer Flasche Champagner feiernd wieder.«

»Und ich dachte, den hätten Sie an der Bar nur bestellt, weil ich bezahlt habe«, erklärte er mit einem Lächeln und spielte auf den Abend an, an dem wir uns das erste Mal begegnet waren. »Also gut«, sagte er schließlich mit fester, dunkler Stimme. Die Tonlage ließ meine Libido wieder zum Leben erwachen und ich wünschte, er würde mir mit dieser Stimme befehlen, dass ich mich hinlegen sollte, damit er mich ficken könnte.

»Ich genehmige Ihnen die zwei Millionen Dollar unter einer Bedingung.«

Meine Nippel wurden steif, obwohl ich noch überhaupt nicht wusste, was seine Bedingung war. Aber ich hatte es geschafft, ich hatte es geschafft, dass wir die Anzeige erstellen durften.

»Ich will mit Ihnen schlafen.«

7

JOHN

Wie bescheuert war ich eigentlich?

Was hatte ich hier gerade gesagt?

Herzlichen Glückwunsch, du Vollidiot! Du wirst in wenigen Sekunden eine Mitarbeiterin weniger haben. Eine überaus fähige und extrem qualifizierte Mitarbeiterin!

Die Welt stand still. Und ehe ich etwas dazu sagen konnte, stand sie auf, ließ die Unterlagen einfach liegen und stürmte aus meinem Büro ohne ein weiteres Wort.

Oho, Johnny Boy! Du hast eine Grenze übertreten. Diese sexy Lady wird dich drankriegen wegen sexueller Belästigung. Oder Nötigung. Oder irgendwas. Du HORNOCHSE!

»Okay«, murmelte ich, fuhr mir mit beiden Händen durch mein Haar und ließ die angehaltene Luft entweichen. »Du bist ein Vollidiot.«

Was zur Hölle hatte ich mir dabei gedacht?

»Ich will mit Ihnen schlafen!«, wiederholte ich die Worte laut und schüttelte dabei den Kopf. Rastlos streifte ich an der Fensterfront entlang. Entsetzt von mir selbst. Immer wieder den Kopf schüttelnd.

»Wie bescheuert bist du eigentlich, Baker?«

O Mann! Ja, ich war echt bescheuert. Das würde teuer werden, sollte sie zum Anwalt gehen. Fuck! So wie Helen mich nämlich angesehen hatte, würde sie DEFINITIV zum Anwalt gehen, und dann wäre ich am Arsch, und zwar so richtig. So richtig, richtig heftig. Heilige Scheiße! Normalerweise schaffte ich es doch, meinen Schwanz von meinem Gehirn zu trennen, zumindest wenn ich hier im Büro war. Also, was zur beschissenen Hölle war in mich gefahren? Hatte ich keinerlei Anstand oder Selbstwertgefühl mehr zu verbuchen? Scheinbar nicht. Genügte es mir nicht mehr, meinen Schwanz in meine Ex-Freundin zu schieben? Scheinbar nicht.

FUCK! FUCK! FUCK! Durfte es wirklich wahr sein, dass ich das ausgesprochen hatte?

Mein Telefon klingelte und ich drehte mich ruckartig um. Es war unmöglich, dass dies bereits der Anwalt war oder die Polizei oder …

Als ich auf das Display blickte und die Nummer meiner Schwester sah, atmete ich auf.

»Was gibt's?«, fragte ich statt einer anständigen Begrüßung. »Ich habe zu tun.«

»Wow! Da hat ja jemand so richtig gute Laune, nicht wahr?«

»Kann man so sagen«, brummte ich mürrisch und kniff die Augen zusammen. Ich wollte mich jetzt in meinem Selbstmitleid suhlen und nicht mit ihr telefonieren.

»Mom und Dad haben in zwei Monaten Hochzeitstag.«

»Okay«, lenkte ich ein, denn meine Schwester konnte nichts für meine Dummheit. »Und weiter?«

»Gloria und ich dachten, wir organisieren eine kleine Party zu ihren Ehren.«

»Und das wollt ihr zwei Monate vorher machen?«

»Müssen wir. Überleg doch mal, wer alles kommen wird.«

»Ich dachte, sie soll klein werden?«

»Ja«, sagte sie fröhlich, und ich hörte eine Kindersendung im Hintergrund laufen. »Das ›Baker–Klein‹«

»Über wie viele Personen sprechen wir?«

»Etwa fünfzig bis hundert.« Ihre Stimme klang nach wie vor gut gelaunt.

»Das ist aber eine große Spanne.«

»Nun, lass mich doch einfach planen. Ich rufe dich ja auch nicht an, um deine Erlaubnis einzuholen, sondern um dich darüber zu informieren, dass du am zweiten Juni-Wochenende besser mal nichts vorhast.«

»Ich dachte, wir sprechen über eine Party? Wieso dann das ganze Wochenende?«

»Na gut«, erklärte sie nun mit ihrer Mutterstimme. »Es wird etwas größer und pompöser, aber es ist eben, was es ist. Wir werden nach Schottland fliegen.«

»Nach Schottland?« Jetzt war ich ehrlich genervt. Konnten wir das nicht ein anderes Mal besprechen? »Ist ja super, Schottland ist auch wirklich direkt ums Eck.«

»Ich liebe deinen Sarkasmus.«

»Und was genau machen wir dann in Schottland?«, fragte ich.

»Wir werden uns in Jims alten Familiensitz einquartieren.«

»Jim? Dein Ehemann Jim? Du drehst vollkommen durch, oder?«

»Nein, glaube mir doch, das wird der Wahnsinn. Mom und Dad wollten eigentlich in Schottland heiraten, aber hatten damals nicht das nötige Kleingeld und dann waren wir drei da. Also?«

»Und jetzt haben sie das nötige Kleingeld und die Zeit, um das zu machen?«

»Wir werden das machen!«

»Auf Jims Familiensitz«, ergänzte ich trocken. »Das Ding ist sicher runtergekommen. War Jim schon mal da? Ich meine, ich kenne ihn seit mehr als zwanzig Jahren und wusste nichts davon.«

»Du musst auch nicht alles wissen.«

»Schottland also … das Wochenende vom 10. Juni, sagtest du?«

»Ich durchschaue dich, Bruderherz. Überlege dir jetzt bloß keine Ausrede, überlege dir lieber, wen du mitbringen willst, damit die Tischordnung aufgeht.«

»Das kannst du nicht ernst meinen«, jammerte ich weiter. Dachte ich gerade wirklich noch, eine Klage wäre mein größtes Problem?

»Denkst du etwa, ich mach Witze?« Sie lachte laut auf und schimpfte anschließend mit meinem Neffen, ehe sie sich wieder auf mich konzentrierte. »Denkst du, ich habe nichts zu tun?«

»Genau das denke ich, Eva. Ganz ehrlich. Du kannst doch nicht … Schottland?«

»Ja, das wird sooo cool werden.« Ihre Stimme klang wie die einer Zwölfjährigen, die auf ein Boygroup-Konzert gehen durfte.

»Ja!« Ich hingegen klang nach Sarkasmus. »Das wird sooo toll.«

»Schön, wenn wir uns einig sind. Ich sag dir Bescheid, und schreib du doch schon einmal zusammen, wer dabei sein muss, damit Gloria und ich nur noch ergänzen müssen.«

»Moment mal!«, begann ich und fand mich auf den Beinen wieder. »Ich wollte damit nichts zu tun haben. Ich komme dahin, klar, aber ich habe nicht die Zeit, bei den Vorbereitungen zu helfen.«

»John!«, unterbrach sie meinen verzweifelten Redeschwall und erklärte wieder mit dieser Autoritätsmami-Stimme: »Das sind deine Eltern.«

Bevor ich noch etwas dazu sagen oder mich aus der Nummer herauswinden konnte, legte sie auf. Na prima! Das war ja eine super Geschichte, in die ich da wieder hineingezogen wurde. Schottland. Ich mochte Schottland nicht. Wir hatten in Edinburgh, Glasgow und Aberdeen eine Außenfiliale, nur mochte ich es nicht sonderlich, wenn ich dort aufschlagen musste. Schottland war nass und kalt und windig und … Kurz gesagt: Ich bevorzugte das Leben in der Stadt. Hier pulsierte es. Tobte es. Man konnte ohne Anfahrtskosten bei einem der tausend Lieferdienste bestellen. Wenn man dienstags in einen Club zum Feiern gehen wollte, war das kein Problem. Und wenn man in New York nicht schlafen wollte, war das auch kein Thema, denn es gab genügend Dienstleister, die dich wachhielten.

Wie auch immer. Ich mochte das Landleben nicht so sehr, auch wenn mir meine gute Erziehung leise ins Ohr flüsterte, dass ich es wohl ein Wochenende für meine Eltern aushalten würde. Dummerweise hatte ich gar nicht gefragt, wo genau dieser alte Familiensitz lag und wie groß er war. Vermutlich sprachen wir von einer Art Cottage, welches mit fünfzig bis hundert Gästen – was war das eigentlich für eine bescheuerte Spanne? – aus allen Nähten platzen würde.

»Heilige Scheiße!«, entfuhr es mir leise. »Dieser Tag konnte doch nach allem, was bisher passiert war, nur besser werden, oder?

Wie sehr ich mich doch irrte.

8

HELEN

»Helen?«, fragte meine Freundin Scarlett überrascht. »Was tust du denn hier? Waren wir zum Mittagessen verabredet?«

»Nein, waren wir nicht!«, murmelte ich, pfefferte meine Tasche auf den Stuhl vor ihrem Schreibtisch und ließ mich auf den daneben fallen. »Aber da wusste ich auch noch nicht, dass John Baker mit mir schlafen will.«

Genau in diesem Moment, als ich die Worte aussprach, besaß ich plötzlich die volle Aufmerksamkeit meiner Freundin. Scarlett legte die Brille ab und die Fingerspitzen aneinander. »Was sagst du da?«

»John Baker. Er will mit mir schlafen.«

»Wer ist bitte John Baker und wieso lässt du mich so großzügig an deinem Liebesleben teilhaben? Wäre das nicht eher was für Cynthia?«

»Nun«, erklärte ich aufgeregt. »Normalerweise schon, da hast du recht.«

»Aber?«

»Nicht, wenn es mein Boss ist.«

Jetzt breitete sich ein Grinsen auf ihrem Gesicht aus. »Dein Boss hat dir gesagt, dass er mit dir schlafen will?«

»Ja.«

»Hast du denn mit ihm geschlafen?«

»Nein!«, rief ich entsetzt und fühlte in meinem Innersten, dass es fraglich war, wie lange ich dieses prickelnde Verlangen nach ihm für mich behalten konnte.

»Du würdest aber gern mit ihm schlafen. Richtig?«

Fuck! Meine Freundin, die Anwältin, traf den Nagel nach nicht einmal zwei Minuten auf den Kopf.

»Nein!«

Spöttisch hob sie eine Braue. »Du bist also hier, weil …?«

»Weil wir ihn verklagen müssen.« Wild fuchtelte ich mit meinen Händen herum. »Wegen Nötigung.«

»Er kam dir zu nahe?«

»Nein.«

»Dann kannst du Nötigung vergessen.« Nachdenklich legte sie den Kopf schief. »Aber wegen sexueller Belästigung, da kannst du ihn drankriegen. Abgesehen von dem ganzen ethischen Kram, der seit Bill Clinton immer mehr in den Vordergrund rückt.«

»Was soll ich denn jetzt tun?«

»Nicht mit ihm schlafen?«

»Dann lehnt er mir den Werbeetat ab.«

»Erpressung«, murmelte sie, griff nach ihrem Füllfederhalter und schrieb etwas auf. »Das ist gut. Was noch?«

»Wie, was noch? Reicht das etwa noch nicht?«, fragte ich verdutzt und riss die Augen auf. »Der Mistkerl meinte, dass ich den Etat nur bekomme, wenn er mit mir schlafen darf. Das ist Erpressung, sexuelle Nötigung …«

»Sexuelle Nötigung gibt es nicht, Helen!«, erklärte sie nüchtern. »Sexuelle Belästigung gibt es.«

»Dann eben das.«

»Jetzt erzähle mal in Ruhe, was passiert ist.«

»Er hat mir auf den Busen gesehen. Mehrmals. Das konnte ich deutlich erkennen. Und er hat es genossen. So viel ist ebenso klar. Außerdem hat er gesagt, dass er mir das Geld gibt.«

»Aber?«, fragte mich meine generell pragmatisch und kühl angelegte Freundin.

»Aber nur, wenn ich mit ihm schlafe.«

»WIE hat er das gesagt?«, fragte sie nun nachdrücklich. »Ich habe eine Menge Arbeit, Helen, also konzentriere dich und sag es mir. Seine genauen Worte sind extrem wichtig.«

»Nun …«, begann ich und kramte in meinem Hirn.

Dummerweise war da nicht mehr so viel an genauem Wortlaut, denn ich hatte mich eigentlich nur darauf konzentriert, unter seinem Blick nicht dahinzuschmelzen. Es war so extrem heiß gewesen, wie er bestimmend und fordernd diesen Satz gesprochen hatte. Mmh … Ich kaute auf meiner Unterlippe herum und sah auf meine Hände. »Ich weiß es nicht mehr, was genau er gesagt hat.«

»Helen!«, ermahnte mich Scarlett mit strenger Stimme. »Das ist aber das, was ausschlaggebend ist. Was wichtig ist. Wieso hast du nicht genau zugehört?«

»Weil ich möglicherweise davon abgelenkt war, dass mein Boss mit mir ins Bett will.«

»Das wusstest du doch zu diesem Zeitpunkt noch gar nicht. Oder hat er etwa gesagt, ›ich will mit dir schlafen, dann bekommst du das Geld!‹?«

»Nein, so war es nicht. Er hat erst gesagt, dass ich das Geld bekomme, und dann weitergesprochen und gemeint, wenn ich mit ihm schlafe.«

»Das hilft uns nichts. Das ist Aussage gegen Aussage …« Nachdenklich schaute meine Freundin auf ihren Füllfederhalter. »Aber wir werden es versuchen. Es ist unfassbar, was Männer sich heutzutage immer noch alles herausnehmen. Wie großkotzig sie sich verhalten, nur weil sie die Eier hätten. Die denken doch wirklich, ihnen gehört die Welt. Wie kann dieser schleimige Mistkerl davon ausgehen, dass du ihn erotisch findest, dass du mit ihm schlafen wollen würdest? Ich meine, es grenzt schon an maßlose Arroganz, einfach pauschal mal das Thema Sex in den Raum zu werfen. Und dann auch noch vor dem Hintergrund, dass du nur dann deine berufliche Forderung erhältst. So ein Mistkerl!«

Sie warf den Füller vor sich auf den Tisch, und irgendwie beschlich mich das Gefühl, dass es hier gar nicht mehr um mich und eine Forderung oder Ähnliches ging, sondern dass sie gerade eine persönliche, verletzende Geschichte auslebte.

»Außerdem ist es gegen das Gesetz, eine Forderung an eine sexuelle Bedingung zu knüpfen. Nicht umsonst ist Straßenprostitution ungerne gesehen.«

»Scarlett!«, grätschte ich dazwischen. »Er hat mir kein Geld geboten, um mich zu vögeln.«

»Na doch«, regte sie sich weiter auf. »Irgendwie ja schon, indem er meinte, dass du nur dann den Etat für die Anzeige erhältst, wenn du … Um wie viel Geld geht es eigentlich?«

Während Scarlett sich in die Sache obsessiv hineinsteigerte, war ich wieder die Ruhe selbst. Konnte ich es doch sowieso nicht ändern, wie er sich verhalten hatte. Außerdem, wenn ich ganz ehrlich zu mir selbst war, dann fühlte ich mich nicht beleidigt. Ich fühlte mich, beschissen noch eins, verdammt von ihm angezogen. Lediglich meine moralischen Grundsätze brachten mich dazu, diese Lust, die mich durchfuhr, wenn ich nur darüber nachdachte, verzweifelt zu unterdrücken.

»Zwei Millionen.«

Sie pfiff durch die Zähne und ihre Augen weiteten sich. Lächelnd ließ ich sie nicht zu einer Antwort kommen. »Erstaunt dich diese Summe? Dachtest du, nur du darfst mit großen Beträgen arbeiten?«

»So meine ich es gar nicht. Aber das … lass mich mit einem Kollegen sprechen. Du hättest mir gleich sagen müssen, dass es um so eine verdammt hohe Summe geht. Da liegen die Karten nämlich anders.«

»Anders?«

»Besser für dich!«

»Inwiefern?«

»Besser für eine Klage, und dass er mal schön lebenslang bezahlen muss.«

»Okay, aber …«

»Nichts aber!«, unterbrach mich Scarlett und war jetzt voll in ihrem Element. Das verriet mir ihr Tunnelblick. »Ich muss arbeiten und rufe dich an, sobald ich Neuigkeiten für dich habe. Okay?«

Resigniert nickte ich, atmete tief durch und versuchte, mich beim Verlassen ihres Büros damit zu beruhigen, dass erst einmal gar nichts passierte, solange ich nicht irgendein Stück Papier unterschrieb, auf dem das Wort ›Klage‹ stand.

Heilige Scheiße!

Was hatte ich jetzt nur wieder losgetreten?

9

HELEN

Behutsam fuhr ich mit beiden Händen über die kleine schwarze Kiste, in der *›la Espada‹* zu Hause war.

Meine Fingerspitzen tanzten über dem Verschluss und letztendlich zog ich sie zurück, um an das andere Ende des Raumes zu gehen. Ich wollte es so dringend. Ich wollte so dringend einen Orgasmus haben, aber … ich tat es nicht. Ich tat rein gar nichts, denn es war eine Tatsache, dass ich dabei an *ihn* denken würde, und das wollte ich mir nicht erlauben.

Nach dem Essen aus dem Asiafood-Store, das ich auf dem Weg nach Hause mitgenommen hatte, und der halben Flasche Rotwein, die mich sein unmoralisches Angebot in einer Facette der Lust sehen ließ, fand ich seine Idee gar nicht mehr so abwegig.

Wenn man es genau betrachtete und vollkommen nüchtern die Fakten auf den Tisch legte, dann war er ein durchaus leckeres Exemplar. Er war heiß, sexy und, wie es sein Körperbau vermuten ließ, ziemlich trainiert. Erfolg und Macht waren bei diesem Körper nur Nebensache. Ja, John Baker, auch wenn er mein Chef war, wäre eine verdammte Sünde wert. Eine, wie ich annahm, ziemlich süße und dominante Sünde.

Das war nicht so ganz mein Bereich. Ich mochte es, wenn ich beim Sex den Ton angeben konnte und oben war. Wenn ich den Mann zum Kommen brachte. Wenn ich in meinem Tempo entscheiden konnte, wann und wie heftig er kam. O ja … ich war also eher der dominante Part. Vielleicht nicht im klassischen Sinn einer Domina, aber ich war gern diejenige in der überlegenen Position.

Warum ich bei John der Meinung war, er wäre keineswegs devot im Bett? Seine Augen. Seine verdammt dunklen, fast schwarzen Augen. Der tobende Sturm in ihnen, als er meine Figur scannte, als sein Blick an meinem Busen hängen blieb und dabei deutlich in seinem Gesicht stand, wie sehr es ihn anmachen würde, mich an meinen Hüften zu packen und zu ficken. Verdammt! Ich durfte nicht länger daran denken.

Vielleicht war meine Freundin Cynthia diejenige, die ständig neue Männer oder eben auch gleich zwei in ihrem Bett hatte und mehr Erfahrung beim eigentlichen Akt besaß. Aber ich war diejenige unter uns, die Körpersprache lesen konnte. Und Fuck! Jene Körpersprache, die John Baker an den Tag legte, sobald ich im selben Raum mit ihm war, sprach Bände. Sie war fast schon greifbar. Im Grunde war es ein Wunder, das er mich noch nicht berührt hatte.

»Ich Idiotin!«, murmelte ich plötzlich vor mich hin und nahm einen großen Schluck des dunkelroten Riojas. Meine Gedanken rasten. Jetzt fiel mir der Fehler erst auf. In unseren Meetings hätte ich mich auf den Pitch konzentrieren müssen. Klar dachte ich, ich wäre voll bei der Sache, aber das war ich nicht. Mein Unterbewusstsein hatte sein Verhalten, seine Körpersprache und alles rundherum gescannt. Puh! Mir war sogar aufgefallen, wie er sich auf die Lippe gebissen hatte, als ich einen etwas tieferen Atemzug getan hatte. Vermutlich, weil es ihn anmachte, wie sich meine Lippen öffneten. Vielleicht, weil es ihn anturnte, sich vorzustellen, wie ich an seinem besten Stück saugte.

O ja, wenn es mich schon so dermaßen anmachte, dass ich fühlte, wie die Nässe aus mir heraussickerte, dann wollte ich mir gar nicht ausmalen, was diese Vorstellung mit ihm anrichtete. Sein Angebot, dass ich das Geld bekäme, wenn ich mit ihm ins Bett ging, war also irgendwie ein verzweifelter Versuch, das Geschäft und die Werbung gemeinsam mit meinem Körper und dem, was ich in ihm anrichtete, unter einen Hut zu bekommen.

Wenn ich ehrlich zu mir selbst war, und das war ich immer, denn vor mir musste ich nichts schönreden oder verheimlichen, dann wollte ich mit ihm vögeln. Die ganze Nacht. So wild und leidenschaftlich, dass ich tagelang nicht sitzen konnte, dass ich beim puren Gedanken an die vergangenen gemeinsamen Stunden kam und ihn immer und immer wieder wollte.

Ich wollte diese süße Erinnerung und die folgende kontrollierte Zurückhaltung, wenn wir gemeinsam arbeiteten. Die prickelnde Hoffnung, dass diese Bettgeschichte keine einmalige Angelegenheit war. Das grenzte an Selbstzerstörung, aber … Ja, verdammt! Ich wollte mit meinem Boss John Baker ins Bett. O ja, ich wollte, dass wir vögelten, als gäbe es kein morgen, als stünden wir nicht beide vor einem tiefen Abgrund.

Mmh … diese Vorstellung löste ein Vibrieren in meinem Inneren aus. Die Realität verschwamm in meiner Fantasie. Langsam stellte ich das Glas mit dem Rotwein auf das niedrige Sideboard vor den tiefen Fenstern in meinem Wohnzimmer. Es war schwarze Nacht und kein einziger Stern am Himmel zu sehen. Die Lichter der Skyline von Manhattan spiegelten sich funkelnd in der Scheibe, als ich mit der Hand in meine Yogahose schlüpfte und damit begann, den Finger um meine Klitoris kreisen zu lassen.

Ich gab mich dem Gedanken hin, welche ich vor zehn Minuten noch um jeden Preis zu unterdrücken versuchte. Ich stellte mir vor, dass er hinter mir stand, fast fühlte ich die Wärme seines trainierten Körpers. Die Vorstellung, dass seine starken Hände es waren, die mich hielten und gerade meine Scham massierten, bewirkten, dass ich feucht wurde. Nässe strömte aus mir. Meine freie Hand schlug gegen die Fensterscheibe und ich ging auf meine Zehenspitzen. Jeder Muskel meines Körpers war angespannt und wartete auf Erlösung. In meiner Fantasie konnte ich fühlen, wie er mich von hinten gegen die Scheibe presste, seinen harten Schwanz an mir rieb. Ein Zittern durchlief mich und der Druck in meinem Unterleib wurde heftiger, als er in meinen Gedanken einen seiner Finger in mich schob.

»Zwei«, flüsterte ich heiser. »Mehr!«

Hinter meinen geschlossenen Lidern kam er meiner Aufforderung nach und schob sie in mich. Laut stöhnend empfing ich meine eigenen Finger. In der Stille meiner Wohnung hallten mein heiserer Atem und meine gewisperten Worte des Bettelns von den

Wänden wider. Meine Finger wurden schneller, stießen tiefer in mich hinein. Ich wollte so dringend kommen. Johns raues Lachen dröhnte in meinem Kopf. Er flüsterte unanständige, schmutzige, zutiefst dreckige Worte in mein Ohr und ich zitterte. Die Hand an der Scheibe verkrampfte sich, ich lehnte meinen Kopf dagegen. Ich sehnte mich nach ihm, wollte ihn spüren, wie er sich in mir versenkte, mich ausfüllte, wie er mich … dominierte. Ich wollte, dass er über mir thronte, mich sein Duft umwehte und er mich mit diesen dunklen Augen ansah, die mich voll und ganz wie eine Frau fühlen ließen.

Und dann kam ich. Mit der Heftigkeit der Verzweiflung sprang ich über die Klippe und ließ mich von den Wogen des Orgasmus treiben. Mein heftiger Atem ließ die Fensterscheibe beschlagen und ich spürte die Nässe an meiner Hand, wie mir meine eigene Feuchtigkeit über die Finger lief. Nur langsam, mit klopfendem Herzen und wenig Luft in den Lungen, konnte ich meine Muskeln entspannen lassen.

Heilige Scheiße!

Was bitte schön war das? Und das ganz ohne *›la Espada‹*!

In dem Moment, als ich mein Gesicht sich in der Scheibe spiegeln sah, als ich registrierte, dass mir mein Nachbar von gegenüber zugesehen hatte und mit seiner Hand eindeutige Bewegungen machte, konnte ich mich nicht schämen.

Es war verwerflich.

Na und?

Es war moralisch vielleicht nicht vertretbar.

Egal!

Ich wollte, dass mein Chef mich fickte.

Pur. Rein. Animalisch. Heftig. Lustvoll.

Und wenn sein Angebot noch bestand, dann würde ich es verdammt noch mal annehmen.

Aufgeheizt von der sinnlichen Situation, beobachtete ich meinen Nachbarn, wie er seinen Schwanz massierte. Er war ein junger Kerl, vermutlich ein Student, in jedem Fall gut gebaut.

Voyeurismus war eigentlich nichts, das mich anmachte. Aber das war – zumindest bis vor wenigen Stunden – Sex mit meinem Boss auch nicht.

Verdammt!

10

JOHN

»Es scheint sich zu einer gewissen Routine zu entwickeln, dass Sie morgens in mein Büro stürmen, Miss Bradley.«
Langsam stand ich auf und versuchte, den heftigen Puls zu unterdrücken, der mich sofort befallen hatte, als ich erkannte, wer vor mir stand.

Sie war wunderschön. Und vor allem sexy. Heute hatte sie sich für einen dieser extrem engen Röcke entschieden, der in seinem verführerisch roten Ton von ihrer Sanduhr-Taille bis zu den Knien reichte, die in schlanke Waden übergingen. Dazu trug sie ein schwarzes Oberteil, das nur von dünnen Trägern gehalten wurde und an dem eine Spitze entlang des V-förmigen Ausschnitts verlief. Um ihre wohlgeformten Titten war es etwas enger, ihre prallen Rundungen nahmen mir den Atem. Heilige Scheiße! Wo war mein schlechtes Gewissen geblieben? Konnte es sein, dass sie mich provozierte?

Nein! Ich gehörte nicht zu den Männern, die solch ein sexy Outfit als Freifahrtschein betrachteten. Aber es fiel mir in der Tat schwer, professionell zu bleiben. Im Grunde durfte sie sich nicht beschweren, dass ich ihr frei heraus mitgeteilt hatte, dass ich Sex mit ihr wollte. Was hatte sie vor? Sie wirkte nervös, ihre Augen huschten hin und her und blieben schließlich an meinen hängen. Ich fragte mich, ob sie hier im Gebäude noch einen anderen Termin hatte, denn weder eine Handtasche noch eine Jacke für den lauwarmen Frühlingsmorgen war zu sehen. Hatte ihr denn niemand gesagt, dass man sich erkältete, wenn man so herumlief? Fuck! Was ging es mich an?

Viel, verdammt! Ihre seidige Haut … ihre ganze Erscheinung ließen meinen Schwanz pulsieren und betteln.

Heute nicht, mein Freund … heute nicht! Sind wir einfach froh, dass sie nicht sofort gekündigt hat.

War sie vielleicht deshalb hier? Wollte Sie mir ihre fristlose Kündigung persönlich mitteilen? Oder mir die Klageschrift wegen sexueller Belästigung auf den Tisch knallen?

Mich räuspernd stand ich auf, ging um den Schreibtisch herum und lehnte meinen Hintern dagegen. Ich wollte cool wirken und achtete peinlich darauf, eine offene Körperhaltung zu wahren, indem ich meine Handflächen links und rechts von mir auf der Schreibtischplatte abstürzte.

»Wieso bist du hier, Helen?«, fragte ich sie. Warum nur riskierte ich hier schon wieder meinen Job, meinen Hals und meinen Schwanz? War nicht ich derjenige, der immer die Fäden unter Kontrolle halten, der das Sagen haben wollte? Heilige Scheiße! Was machte diese Frau nur mit mir? Ihre pure Anwesenheit brachte mich um den Verstand!

»Ich bin hier«, begann sie mit leiser Stimme, was mich irritierte.

Hatte ich sie tatsächlich so dermaßen beleidigt, dass sie ihre Souveränität verlor? Man sagte mir nach, ich hätte kein Gewissen, aber das war Schwachsinn. Ich besaß sehr wohl ein Gewissen und irgendwas in mir flüsterte, dass ich ihr nicht wehtun sollte.

»Du bist hier, weil …?«, griff ich ihre Worte auf und versuchte, sie zu ermutigen. Innerlich rasten meine Gedanken und mein Herz pumpte in einer Geschwindigkeit, die auf Dauer mit Sicherheit nicht gesund war, nur würde ich mir nach außen nichts anmerken lassen. Niemals!

Aber warum war sie heute so schüchtern? Wenn ich ehrlich war, kannte ich sie kein bisschen, aber ich schätzte Helen Bradley nicht als unsicheres Lämmchen ein. Absolut nicht! Weder damals im Club noch als sie hier das erste Mal in mein Büro stürmte und mir sagte, dass ich ein Vollidiot war, und auch nicht gestern Morgen, als sie mir in knackigen fünf Minuten ihren Pitch vortrug. Also, was war los?

Es brachte nichts, das Unvermeidbare länger hinauszuzögern.

»Sag es einfach, Helen!«, ermutigte ich sie erneut. »Wir sollten es hinter uns bringen.«

»Ich nehme dein Angebot an!«, stieß sie plötzlich mit fester Stimme hervor. »Das mit dem Sex. Ich mache es.«

Diese zwölf Worte schwebten durch den Raum. Mein Herz stand still, ich vergaß zu atmen.

Damit. Hatte. Ich. Nicht. Gerechnet.

»Ich …« Meine Stimme klang belegt. »Was?«

»Ich schlafe mit dir«, sagte sie und erwachte endlich aus ihrer Schockstarre. Sie begann damit, vor mir auf- und abzulaufen und bei jeder Drehung, bei der ich ihren wundervollen Hintern sehen konnte, zählte ich in Gedanken mit, wie viel Spanking sie wohl bekommen würde.

»Natürlich nur wegen des Werbeetats«, setzte sie hinterher, und bei diesen letzten Worten schwang eine Lüge in ihren Worten mit. Ein breites Grinsen schlich sich auf mein Gesicht und mein Schwanz wurde noch eine Nummer härter. Irgendwann würde es ihn zerreißen, dessen war ich mir sicher.

»Nur wegen des Werbeetats, aber natürlich.« Es war mir nicht möglich, die Ironie vollkommen aus meiner Stimme fernzuhalten.

»Spar dir deinen Spott, Baker! Im richtigen Leben hättest du nie eine Chance bei mir gehabt, das weißt du so gut wie ich«, zischte sie und ging weiterhin auf ihren schwarzen Lack-High-Heels auf und ab. Diese Dinger musste sie unbedingt anlassen, wenn ich sie fickte.

»Aber sicher hätte ich niemals das Glück gehabt, bei dir zu landen.« Sarkasmus war eine meiner Stärken.

Jetzt blieb sie stehen, kreuzte die schlanken Arme vor der Brust – die dadurch im Übrigen sehr appetitlich nach oben gedrückt wurde – und hob eine Braue.

»Denkst du, das hier ist ein Witz?«

Ich neigte den Kopf und blickte sie wortlos an.

»Dir ist klar, dass ich dich wegen sexueller Nötigung verklagen könnte?«

Sexuelle Nötigung? Das gab es nicht, nur war ich schlau genug, mir das Lachen zu verkneifen und sie nicht zu korrigieren. Natürlich war ich gestern Abend zu einem meiner Basketballkumpels gegangen, der als Anwalt arbeitete. Zwar war ich nicht der Typ Mann, der sich über ungelegte Eier Gedanken machte, aber mich beschäftigte die Tatsache, dass ich so etwas noch nie zu einer mir fremden Frau und erst recht nicht zu einer Angestellten gesagt hatte.

»Wirst du aber nicht«, beantwortete ich ihre Frage.

»Nein«, lenkte sie schließlich das Gespräch wieder in ruhige Bahnen. »Nein, werde ich nicht.«

»Weil du mit mir schlafen willst.«

»Nun«, erklärte sie jetzt und kam vor mir zum Stehen.

Ich müsste nur meine Hand von der Schreibtischplatte lösen, dann könnte ich sie an mich ziehen. Dann könnte ich ihren wundervollen Körper spüren und mit meinen Händen über die sexy Kurven gleiten.

»Ich will nicht, dass wir miteinander schlafen«, sprach sie weiter und ich hob überrascht den Blick, der schon wieder auf ihren heißen Titten geruht hatte.

Das war doch der Deal gewesen, oder? Hatte sie nicht genau das eben noch gesagt?

»Miteinander schlafen hat etwas mit Gefühlen, Emotionen und einer tiefen Verbundenheit zu tun.«

Damit hatte sie recht. Nur wusste ich aus Erfahrung, dass eine Frau selten bis nie hören wollte, dass man sie ficken will. Zumindest nicht, wenn sie alles mitbekommt. In einem Delirium kurz vor dem Orgasmus fanden es die meisten erotisch, wenn man ihnen schmutzige Dinge ins Ohr flüsterte. Das war zumindest meine Erfahrung.

»Was willst du dann?«, fragte ich und genoss ihren Duft. Sie war so nah, zum Greifen nah, und roch nach Buttermilch-Zitronen-Muffins. Eine süße Verführung, die …

»Ich will mit dir ficken.«

Oh, wow! Das Erstaunen ließ sich nicht auf meinem Gesicht verbergen. Scheinbar unterschätzte ich Helen Bradley. Ich unterschätzte sie gewaltig!

»Das klingt gut«, räumte ich so sachlich wie möglich ein und kreuzte nun die Arme vor der Brust. »Was noch?«

Tatsächlich kam es mir so vor, als würden wir hier über einen

Vertrag verhandeln. Nur dessen Inhalt war alles andere als sachlich.

»Keine Gefühle.«

Nun biss ich mir schmunzelnd auf die Lippe. »Geht klar.«

»Ich werde oben sein.«

Oh, là, là! Jetzt wurde sie aber fordernd. Aber gut, ich könnte vorerst zustimmen. Später würde sie sowieso Wachs in meinen Händen sein.

»Wenn es dich glücklich macht, mich zu reiten. Bitte!«

»O ja …«, wisperte sie, als würde sie sich an etwas erinnern. Eine Fantasie vielleicht. »Das wird es.«

»Dann steht unser Deal.«

»Unser Deal steht«, erklärte sie mit fester Stimme und streckte mir ihre Hand entgegen, um die Sache zu besiegeln. »Zwei Millionen Dollar gegen eine Nacht mit mir.«

11

HELEN

Ich hätte es wissen müssen. John Baker griff nicht nach meiner Hand, die ich ihm bot, nein, er tat etwas, womit ich nicht gerechnet hatte. Dieser Prachtkerl wirbelte mich herum, bis ich an der Schreibtischplatte lehnte, seine Position einnahm. Er stand direkt vor mir, sein Duft …

Sein betörender Duft kroch mir in die Nase. Kaffee und Pfefferminz. Ganz anders als bei meinem Ex.

Ich kannte keinen Mann, der roch wie John Baker. Dort, wo er mich berührte, kribbelte meine Haut und wurde warm. Er kam ganz nah, so nah, dass ich endlich seine Pupillen in den fast schwarzen Iriden ausmachen konnte.

»Du hast keine Ahnung, worauf du dich gerade eingelassen hast, süße Helen«, flüsterte er. Seine Worte klangen wie eine Drohung, die mir jedoch keine Angst machte, sondern mich mit vorfreudigem Prickeln erfüllte. John legte seine warme Hand an meinen Kiefer. Sie war so groß, dass er die Hälfte meines Nackens mit umfasste.

»Nicht einmal in deinen kühnsten Träumen kannst du dir vorstellen, wie sehr ich dich will.« Seine Stimme war plötzlich dunkel und rau, schoss direkt in meine Vagina. »Alles, was du über Anziehungskraft, Sex und Lust wusstest, kannst du vergessen, süße Helen, denn das zwischen uns … das wird deine Ansprüche an einen Mann und an seinen Schwanz für immer versauen. Du wirst betteln, flehen und dich winden. Und ich werde dich kommen lassen. Ich werde dich so heftig kommen lassen, dass du nicht mehr weißt, wo ich beginne und du aufhörst. Ich werde mir Zeit für dich und deinen süßen Körper nehmen und ich werde es dir besorgen, wie es noch niemand getan hat.«

Meine Lider fielen zu, dafür öffneten sich meine Lippen.

O. Mein. Gott.

Wenn er wollte, dürfte er mich gleich hier auf diesem Tisch vögeln.

Halt!

Stopp!

NEIN!

Ich wollte doch das Zepter in der Hand halten, das war doch die Voraussetzung, dass ich diese ganze Sache überhaupt erlaubte.

»O ja, Baby …«, flüsterte er. Sein Mund war ganz nah an meinem.

Ein wohliger Schauer lief über meine nackten Arme. Diese verräterischen Nippel stellten sich auf und …

»Du weißt, was ich meine … all das, von dem du nicht dachtest, dass du es willst, wird wahr werden. Vertrau mir!«

Mein Atmen stockte. John Baker wusste längst, dass er mich genau dort hatte, wo er mich haben wollte.

Willig.

Nachgiebig.

Auf seinem Schreibtisch.

Gerade, als ich mir sicher war, er würde mich küssen und ich könnte endlich diese vollen Lippen auf meinen spüren, klingelte sein Telefon.

Er seufzte genervt. Ich fiel aus diesem Kokon der Leidenschaft und öffnete meine Augen.

»Wir werden das fortsetzen!«, erklärte er mit Blick auf sein Telefon.

Ein wichtiger Anruf? Der besondere Moment unserer Nähe war vorbei. »Ich rufe dich an und sage dir, wann und wo.«

»Aha! Das entscheidest du?«, fragte ich zickig. Ja, zickig. Warum? Erstens, weil er mich nicht geküsst hatte. Zweitens, weil ich die Fassade der Femme fatal aufrechterhalten wollte. Und drittens, weil dieses beschissene Telefon ihn von mir weggeholt hatte.

Ohne zu antworten, sah er mich mit strengem Blick an. Es

wirkte nicht lächerlich. Ganz im Gegenteil, das war sehr, sehr sexy.

»Ich rufe dich an, Helen«, sagte er geschäftsmäßig. Da er im Anschluss sofort den Hörer abhob, war ich mir ziemlich sicher, dass unser Gespräch beendet war.

Auf wackligen Knien verließ ich sein Büro.

Mit einem feuchten Höschen.

12

JOHN

Wumm! Wumm! Wumm!

»Alter, wirf!«, rief einer meiner Basketballkumpels und schüttelte den Kopf. »Was ist los mit dir, Baker?«

Schließlich, allerdings viel zu spät, warf ich den Ball in den Korb, traf und hörte wieder dieses vertraute Wumm-wumm-wumm, als der Lederball auf dem Boden der Sporthalle aufkam.

Heute hatte ich es endlich wieder einmal zum Training mit den Jungs geschafft, und heilige Scheiße, das war auch dringend nötig.

»Ja, Mann!«, rief Jim, der Ehemann meiner Schwester und einer meiner besten Freunde. »Was zur Hölle ist los mit dir?«

Müde und schwer atmend grinste ich von einem Ohr zum anderen. Ich war niemand, der seine Eroberungen in die Welt posaunte, aber ich war auch niemand, der es für sich behielt, wenn die Kumpels es wissen wollten.

»Ah!«, sagte mein Schwager. »Alles klar. Du hast eine neue Schnitte am Start.«

»So kann man es nicht sagen«, erklärte ich schließlich, als wir das Training beendeten und zur Bank hinüberliefen, um einen Schluck zu trinken. Mit meinem Handtuch, welches das Logo der ›New York Knicks‹ trug, wischte ich mir über das Gesicht. Ein Du-bist-nicht-bei-der-Sache bedeutete keineswegs, dass ich nicht schwitzte. »Aber, ich habe da etwas Neues am Laufen.«

»Wie heißt sie denn?«

Lachend schüttelte ich den Kopf. »Geht euch nichts an.«

»Aber wenn die Hochzeitsglocken läuten, dann werden wir es erfahren?«

»Wie oft muss ich noch sagen, dass ich niemals heiraten werde.« Ich warf das Handtuch nach meinem Schwager. »Und wieso haben wir überhaupt dieses Thema hier? Ist euch der Schwanz abgefallen, ihr Pussys?«

»Idiot!«, sagte Aaron. »Es ist einfach nur interessant, wenn es eine Frau schafft, dich von unserem Spiel abzulenken.«

»Es ist ja nicht so, als wäre es ein Spiel der NBA«, gab ich von mir.

»Oh!«, zog mich Jim weiter auf. »Das sind ja ganz neue Töne.«

Auch Aaron stimmte mit ein: »Hört! Hört!«

»Ihr seid solche Wichser!«, murmelte ich und trank einen Schluck Wasser.

»Was geht hier ab, Ladys?« Unser vierter Spieler heute war Tiny. Wir hatten zusammen studiert und waren seitdem befreundet. Klar, wenn man sich Cheerleader, Alkohol und ab und an einen Joint teilte, verband das. Von unserem Zimmer auf dem Campus ganz zu schweigen. Denn auch, wenn ich aus einer betuchten Familie stammte, war ich ein ganz normaler Student gewesen, der eben einfach genau das war. Ein Student.

»Unsere kleine John*issa* ziert sich, uns den Namen seiner neuen Flamme zu verraten.«

»Uh!«, stimmte Tiny mit ein. »Sollen wir dich zum Gynäkologen schicken und deine Vagina mal checken lassen?«

»Ihr könnt mich mal! Es geht euch einfach einen Scheiß an, wie sie heißt.«

»Ach komm schon, Baker!« Aaron packte seinen Kram ebenso zusammen wie wir anderen. Nach dem Basketball gingen wir immer in den Burger-Laden um die Ecke und aßen zusammen. »Ansonsten trägst du die Tussen auch wie Trophäen umher.«

»Also erstens sind das keine Tussen. Anders als du muss ich keine Frau dafür bezahlen, dass sie mit mir vögelt. Und zweitens hatte ich schon ewig keinen One-Night-Stand mehr.« Okay, die Tatsache, dass ich mir eben doch irgendwie eine Frau gekauft hatte, ließ ich aus. Der Deal zwischen Helen und mir ging niemanden etwas an. Wirklich niemanden. Also sollten sie alle ihre Fresse halten.

»Jetzt fühlt er sich angegriffen«, zog mich mein Schwager auf und tatsächlich, das tat ich. Ich fühlte mich angegriffen und auch ein klein wenig gedrängt, etwas über Helen zu sagen.

»Nein, ihr Arschlöcher, es geht euch nur einen Scheiß an.« Nachdem ich meinen Kram zusammengepackt hatte, schulterte ich meine Sporttasche.

»Steht am Sonntag das Spiel?«, fragte Aaron und wechselte somit endlich das Thema. Die Jungs und ich hatten Dauerkarten für die Knicks. Unsere Heim- und Favoritenmannschaft. Das Spiel war Sonntagabend, sollte mir also bei meiner Planung mit Helen nicht in die Quere kommen.

Ich gedachte nämlich, dass ich sie Samstagabend ausführen würde. Nicht, wie sie vielleicht vermutete, einfach nur in mein Bett … O nein, das würde später kommen … Zuerst einmal wollte ich mit ihr essen gehen und dann in die Oper. Anschließend würde ich sie in das Hotelzimmer mitnehmen, welches ich immer buchte, wenn ich es mit einer Frau trieb, die in meinem Privatleben nichts verloren hatte. Auch wenn mich der Gedanke beschlich, dass Helen Baker so viel mehr als nur die Frau für eine Nacht sein würde, ignorierte ich das völlig und hatte bereits heute Morgen die Suite im Plaza gebucht. Okay, normalerweise war es nicht gleich die Suite, in die ich einlud, aber jetzt hatte ich einfach das Gefühl, es wäre irgendwie angebracht.

Samstagabend würde unser Deal laufen. Ich freute mich darauf, mein Schwanz noch viel mehr. Ja, es war erst Mittwoch und bis zum Wochenende hatte ich noch einige Dinge zu erledigen, aber ich ließ mich nicht davon abhalten, meinen Plan zu verfolgen.

Helen Bradley würde nackt unter mir liegen.

Sie würde flehen und betteln.

Und das definitiv am nächsten Wochenende.

»Du bist schon wieder in deinem Ladys-Traumland, was?«, fragte mich Tiny und schlug mir auf die Schulter. Das holte mich in die Wirklichkeit zurück.

»Nur wenn man in Gedanken ist, heißt das nicht, dass man gleich vor sich hinträumt.«

»Klar«, stimmte mein Schwager sarkastisch zu. »Ich werde das morgen mal beim Abendessen mit deinen Schwestern und deiner Mom ansprechen.«

»Wenn dir deine Eier heilig sind, wirst du das nicht tun.«

»Ist das eine Drohung?«, fragte Jim lachend und stieß die Tür des Sportcenters auf, damit wir alle hindurchgehen konnten. »Wenn dem nämlich so ist, dann lasse ich es gern drauf ankommen.«

»Du bist echt ein Wichser. Ich habe meiner Schwester gesagt, sie soll dich nicht heiraten, aber scheiße! Wieso hat sie einfach nicht auf mich gehört?«

Lachend betraten wir das Diner zwei Blocks weiter und setzten uns an unseren Stammtisch. Clara, die blonde Bedienung, die jeden Mittwochabend hier arbeitete, winkte und signalisierte uns somit, dass sie gleich rüberkommen würde, um unsere Bestellung aufzunehmen. Sie war in ihrer knappen Uniform auch ein ziemlich heißes Gerät, aber irgendwas sagte mir, dass diese Frau Ärger versprach. Genau deshalb hatte ich sie nie angerührt. Aaron hingegen schon und war ihr seitdem vollkommen verfallen. Blöd für ihn, dass sie ihn nicht mehr ranließ. Tja, er war eben eine Pussy.

»Also, Jungs, wer ist Sonntag dabei?«, fragte Aaron.

Dankbar für diese weitere Ablenkung nickte ich. »Klar, das Spiel lasse ich mir nicht entgehen.«

»Bringst du deine neue Flamme mit?«

»Ich habe keine neue Flamme«, erwiderte ich genervt. Es war normal unter Kumpels, dass man sich gegenseitig aufzog, aber langsam wurde es echt zu penetrant. »Sobald es etwas Erwähnenswertes gibt, sag ich euch Bescheid.«

»O Mann!«, stöhnte Aaron lächelnd. »Unser John ist in love.«

»Ach!«, ertönte plötzlich die glockenhelle Stimme der Bedingung. »Wie schön, dass du den Jungs endlich von unserem Glück erzählt hast.« Clara lachte und ich ebenso. Sie war, wenn auch eine Meisterin der Flirtkunst, ebenso nett und akzeptierte auch ein Nein.

Aarons Gesicht fiel in sich zusammen. Ich grinste.

Friss das, du Arschloch!

»Tut weh, was?«, begann ich nun damit, ihn aufzuziehen. Ich meinte, ihn etwas von ›dummer Pisser‹ murmeln zu hören, und amüsierte mich köstlich. Aaron war so schön normal und auf dem Boden geblieben, obwohl er einer der erfolgreichsten Neurochirurgen in den USA war. Dass meine Kumpels und ich so miteinander umgingen, uns aufzogen, beleidigten, sarkastisch miteinander sprachen, das machte unsere Freundschaft aus. Und dass wir ebenso wieder ernst sein konnten, sobald es die Situation erforderte, das hatten wir schon mehrfach bewiesen.

Lachend nahm Clara unsere Bestellung auf und das Thema schien endgültig vom Tisch zu sein. Die Jungs sprachen über die Basketballergebnisse des vergangenen Wochenendes und ich war froh, dass dies ein Thema war, bei dem ich im Schlaf mitsprechen konnte. So konnte ich mich mit meiner Planung befassen, die allmählich Formen annahm.

Samstag würde Helen unter mir liegen.

Nackt und willig.

Meinen Namen stöhnend.

Immer und gottverdammt immer wieder.

Ohne Kontrolle über sich selbst.

13

HELEN

Ich war ein bisschen aufgeregt. Okay, um die Wahrheit zu sagen, ich war extrem aufgeregt, denn John Fucking Baker ließ sich Zeit mit seinem Anruf. Ich wusste immer noch nicht, wann unser Deal stattfinden würde.

Ich konnte mich doch nicht ewig selbst befingern. Wann rief dieser Scheißkerl, der mir einfach nicht aus dem Kopf gehen wollte, endlich an? Sein Duft, sein durchdringender Blick, diese schwarzen Augen … Puh! Bei jedem Gedanken an ihn lief mir ein Schauer über die Haut. Maria im Himmel, es turnte mich so dermaßen an, dass ich mich kaum noch konzentrieren konnte. Cynthia hatte nämlich recht, meine Vagina setzte schon Spinnweben an, aber das hatte einen Grund.

Ich hatte von Männern wirklich die Schnauze voll. Nach meiner gescheiterten Ehe, nach den diversen Dates mit irgendwelchen Spaniern, bei denen von heiß bis superabgedreht echt alles dabei gewesen war, und nach einem Sexabenteuer mit Mr. Mikropenis. Dieser Kerl war wirklich ein Fall von ›Was? Er ist schon drin?‹, und die Sache war mehr als nur höchst deprimierend gewesen. Als er nämlich auch noch begonnen hatte, ›Uh! Aaaah! Uh!‹ zu stöhnen und ich mich wie im New Yorker Zoo fühlte, hatte ich die Geschichte abgebrochen.

Das war übrigens der Abend gewesen, an dem ich viele, viele, wirklich gemeine spanische Schimpfworte gelernt hatte, die mir niemand an der Uni beibringen konnte. Wie auch immer … all diese Erfahrungen und noch einige mehr, an die ich nicht weiter denken wollte, waren maßgeblich dafür verantwortlich, dass es so war, wie es eben war. Und vermutlich auch ein klein wenig, dass ich diesem irren Deal überhaupt zugestimmt hatte.

Es war eigentlich nicht meine Art und absolut gegen die Natur einer Frau, so etwas für sich zu behalten. Aber … irgendetwas sagte mir, dass es besser wäre, ich hielte meine Klappe. Vielleicht war sein Angebot nur eine leere Versprechung gewesen?

Mein Gott!, rief ich in Gedanken, *bist du jetzt komplett verrückt geworden?*

Das Angebot war doch scheißegal, es ging doch nur darum, dass ich das Geld für den Etat bekam. Alles andere war ein Nebenschauplatz. Eine günstige Fügung des Schicksals. Nichts weiter. Wir hatten uns schließlich darauf geeinigt, keine Gefühle in diese Angelegenheit fließen zu lassen. Ein Deal. Mehr nicht. Aber dass ich nun hier saß und wartete, bis ich eine Nachricht von ihm bekam, war einfach ein Desaster.

Seit geschlagenen fünfunddreißig Minuten starrte ich auf das Protokoll des letzten Meetings mit einem der größten Fertiggerichte-Hersteller unseres Landes. Dieser Kunde war mein größter, er hatte mich nach Spanien zu der damaligen Agentur begleitet und jetzt wieder zurück nach Hause. Es machte ihm nichts aus, dass er nur in der kleinen Filiale aus Brooklyn betreut wurde, denn es ging ihm um mein Können und nicht um die große namhafte Agentur. Mr. Price legte Wert auf Vertrauen und Loyalität, auf Können und perfekte Umsetzung. Er mochte meine Visionen. Er mochte, wie ich Dinge anging … und genau deshalb arbeiteten wir schon so lange und so erfolgreich zusammen.

Ja, es war für eine Außenstelle unserer Größe nicht die Regel, mit einem Werbeetat von neun Millionen Dollar umgehen zu müssen. Es war eine Herausforderung, der ich mich jedes Jahr aufs Neue stellte. Diesen Kunden zu verlieren, wäre karrieretechnisch ein extremer Einschnitt.

Nun … nicht, wenn *ich* ihn verlöre, sondern wenn die Muttergesellschaft ›Baker Advertising‹ ihn verlieren würde.

Mir kam ein Gedanke. Er strahlte so hell und klar, dass ich mich ernsthaft fragte, wieso ich nicht schon früher darauf gekommen war. Nicht nur John Baker konnte mich mit Geld und einem Deal erpressen … ich konnte das ebenso.

Wenn ich den Laden hier verließ, aus welchen Gründen auch immer, dann würde ich ihn mitnehmen. Mr. Price und seine neun Millionen Dollar.

Oh, das wäre ein herber Schlag gegen John Baker.

Es war nicht so, dass ich diesen Joker ziehen wollte, denn verfluchter Mist, erst einmal wollte ich dringend mit ihm schlafen … und das ehrlich gesagt auch, wenn er mir die zwei Millionen Dollar nicht geben würde. Aber wenn er diese Erpressung noch einmal versuchte, dann hätte auch ich ein Ass im Ärmel und könnte meine Frau stehen. Denn Selbstbewusstsein hin und her, bei diesem Typen in der Geschäftsführung, der auch noch im Vorstand saß, war mit allem zu rechnen, also würde ich es ihm mit selber Münze heimzahlen.

Mit diesem Gedanken, dass ich die Kontrolle über mich und die seltsame Situation zurückerlangen würde, konnte ich wieder arbeiten. Mr. Price würde in einer Stunde hier auftauchen und ich brauchte meine volle Konzentration, wenn wir über die neue Werbelinie seiner ›Mac & Cheese‹ sprachen.

Dass ich mitten in der Besprechung einen halben Orgasmus haben würde, war mir allerdings zu diesem Zeitpunkt nicht klar gewesen. Ging ich doch davon aus, dass John Baker mich anrufen, mir eine E-Mail oder irgendwie sonst eine Nachricht schicken würde … weit gefehlt. Er stand plötzlich in meinem Büro, platzte mitten in meine Besprechung, begrüßte seinen alten Freund Archibald und besaß dann tatsächlich die Frechheit, mir »Samstagabend. Sechs Uhr. Kein Höschen, Helen!« ins Ohr zu flüstern.

Und es war nicht nur, was er sagte, sondern wie! Die Worte, seidig und weich von seiner Zunge gerollt, mit solch einem sexy-prickelnden Unterton, der puren, animalischen Sex versprach, schossen direkt in meine Vagina. Okay, das war maßlos untertrieben. Ich fühlte mich wie eine läufige Hündin, musste tatsächlich an mein Kinn fassen, um zu prüfen, ob dort Sabber hing. Automatisch öffneten sich meine Lippen. Nicht vor Entrüstung über seine anmaßenden Worte, o nein. Diese Geste, so sinnlich wie von einer Sexgöttin, kam aus mir heraus, weil ich feucht wurde, und zwar verdammt feucht. Und zwar umgehend, als er die Worte aussprach.

Kein Höschen, Helen!

So etwas hatte mir noch nie ein Mann gesagt. Was an dieser Stelle auch noch erwähnenswert wäre, war die Tatsache, dass er es nicht nur sagte … o nein, er befahl es mir regelrecht. Der tiefe Bass seiner Stimme vibrierte in mir nach wie das süße Summen von Honigbienen. Heilige Scheiße! Wenn er es mit so wenigen, simplen Worten schon schaffte, dass meine Libido auf Hochtouren lief … was wäre dann erst, wenn er Hand an mich legte? Wenn er mich berührte? Wenn er sich in mich schob?

Ich schüttelte den Kopf, um zurück in die Realität des Meetingraumes zu finden und mich einigermaßen wie ein intelligenter Mensch zu verhalten.

»Was machen Sie denn hier?« Keine Ahnung, weshalb, aber ich entschied mich im Licht des Tages und in diesem formellen Rahmen für die respektvolle Anrede.

»Begrüßt man so seinen Chef?«, wisperte dieser Mistkerl leise und beobachtete dabei Mr. Price mit Adleraugen.

»Archibald!« Offensichtlich wollte er mir noch einmal zeigen, *wie gut* sich die beiden kannten. Er klopfte seinem ›alten Freund‹ auf die Schulter und sagte gelassen: »Wir kennen uns schon viele Jahre. Seine Frau ist die Patin meiner Schwester Eva.«

»Ach so? Sie kennen sich SO gut?« Entsetzt sah ich ihn an, dann zu Mr. Price. Er wusste, dass ich jetzt für ›Baker Advertising‹ arbeitete und hatte es nicht für nötig gehalten, mich darüber zu informieren, dass sich die beiden persönlich kannten? Mein toller Neun-Millionen-Dollar-Erpressungsplan zerbröselte im Licht der Erkenntnis. Fuck!

»Ja, wussten Sie das nicht?« Entweder wollte er mich heute noch mehr provozieren oder er war wirklich so bescheuert.

»Miss Bradley!« Mr. Price strahlte mich an. »Wie schön, Sie wieder in den Staaten zu haben. Und dann auch noch an der Seite dieses tüchtigen Mannes.«

»Danke. Ich bin auch gern zurück«, erwiderte ich mechanisch und präsentierte mein aufgesetztes Kundenlächeln. »Ich wusste nicht, dass Sie mit Mr. Baker bekannt sind.« Meine Stimme klang ehrlich überrascht. Diese seltsame Szene verunsicherte mich.

»John und ich? Nun, ich kenne diesen kleinen Kerl hier, seit er in die Windeln gemacht hat.«

»Archibald, das wollen wir wohl nicht vertiefen«, fuhr John dazwischen.

Um ehrlich zu sein, hätte es mich sehr wohl interessiert, was Mr. Price zu sagen hätte. Denn jetzt, da ich wusste, dass ich John Baker vermutlich NICHT mit meinem größten Kunden eins reinwürgen konnte, brauchte ich neues Kanonenfutter. Verdammt!

»Wieso sind Sie dann bei mir, wenn Sie doch mit dem Inhaber der größten Marketingagentur der USA befreundet sind?« Wieder lächelte ich und John grinste bei meinen Worten von einem Ohr zum anderen. »Nicht, dass ich mich beschweren möchte.«

»Wissen Sie, Miss Bradley, Privates und Geschäftliches sollte man niemals vermischen.« Seine Stimme klang … Wusste er etwa, was da zwischen mir und John lief? Nein, da lief ja nichts und der Deal zwischen John und mir war nicht an die Öffentlichkeit gelangt. Niemand konnte das wissen, niemand DURFTE das wissen. Mein guter Ruf und die Tatsache, dass ich mich irgendwie – wenn für mich auch nur nach außen hin – kaufen ließ, sollte nicht beschädigt werden.

Leider interessierten sich Menschen am wenigsten für ihren eigenen Scheiß und am meisten dafür, was andere Leute gerade trieben.

Oder eben nicht trieben.

»Fangen wir an!«, sagte John und ließ sich auf dem Stuhl zu meiner Rechten nieder. Offensichtlich war es so, dass er das Meeting nicht an sich reißen wollte … Immerhin! Er schien doch noch Manieren zu besitzen. Schließlich war das hier mein Büro, auch wenn er es bezahlte. Andererseits war ich gerade alles andere als dazu in der Lage, dieses Meeting professionell zu führen. Scheiße! Woher wusste er verflucht noch mal überhaupt von dieser Besprechung? In meinem Kopf wirbelten Hunderte von Fragen, aber ich riss mich zusammen. Das Meeting musste perfekt ablaufen. Denn auch wenn die beiden Herren befreundet oder die Familien miteinander verbunden waren, wollte ich mir keinen Schnitzer erlauben. Ich durfte nicht zulassen, dass er mich mit seiner Anwesenheit aus der Bahn warf. Das hier war mein Job, meine Karriere, mein verdammtes Büro! Wenn ich also die

Gelegenheit bekam, meinem Boss zu zeigen, wie gut ich war, dann würde ich sie nutzen.

Dreißig Minuten später war meine Präsentation vorbei und wir befanden uns bereits in der Nachbesprechung. Ich schenkte mir endlich eine Tasse Kaffee ein und nahm mir einen der Kekse, die in der Mitte des Tisches in einer hübschen Glasschale lagen. John machte einen zufriedenen Eindruck und es wäre eine Lüge, wenn ich behaupten würde, dass mich das nicht mit Stolz erfüllte.

»Siehst du, John? Genau solche Präsentationen und Ideen sind der Grund, weshalb man mich von Miss Bradley nicht wegbekommt. Gut, dass sie jetzt für deine Agentur arbeitet, wäre ein echt guter Grund, die Sache engstirniger zu sehen …« Er ließ den Satz offen in der Luft hängen und grinste begleitend zu seinen Worten. »Aber diese Frau muss mich schon rausschmeißen, bevor ich mir einen anderen klugen Kopf suche.«

»Da bin ich ganz deiner Meinung, Archibald.«

Zweifelnd starrte ich ihn an. Wieso genau schmierte mir dieser Mistkerl jetzt noch Honig ums Maul? Dass ich mit ihm ins Bett gehen würde, war doch schon beschlossene Sache.

»Wissen Sie, Mr. Price, ich würde Ihnen auch folgen, wenn Sie das beruhigt.« Lächelnd schüttelte ich seine Hand und verabschiedete ihn. Nachdem John und er noch ein paar private Worte ausgetauscht hatten, verschwanden er und sein Assistent durch die Glastür des Meetingraumes. Nun waren Marc aus der Kreativabteilung, John und ich allein. Die Stille drückte schwer auf meinen Schultern. Wir starrten uns wortlos an und schienen beide darauf zu warten, dass Marc endlich seinen Kram zusammenpackte. Die Luft im Raum war aufgeladen, wirkte fast elektrisch. Das vorfreudige Kribbeln der Intimität, welche gleich unweigerlich entstehen würde, kroch durch meine Adern. Es fraß sich regelrecht hindurch bis in jeden winzigen Winkel. Die Luft um mich surrte und das Atmen fiel mir schwer, denn alles, was ich noch wahrnehmen konnte, war John, wie er neben mir stand. Wie er roch, wie unfassbar gut er in dem strahlend weißen Hemd und der dunklen Anzughose aussah. Ich betrachtete den Kragen seines Hemdes, wie dieser sich an seinen Hals schmiegte, und war ein wenig neidisch auf das Stückchen Stoff, dass ich dort die vermutlich warme Haut nicht berühren durfte. Mein Blick heftete sich auf seine vollen Lippen, von denen er die untere gerade zwischen die Zähne zog.

Ihm ging es ähnlich. Er sah mich an wie ein hungriger Löwe, der seine Beute witterte.

»Mr. Blossom«, sprach er Marc letztendlich an, »Miss Bradley und ich hätten noch ein, zwei Themen, die einer vertraulichen Klärung bedürfen.«

»Oh!«, antwortete dieser schließlich und schob seine Brille zurück auf seinen Nasenrücken. »Entschuldigung, das war mir nicht klar.«

»Woher auch?«, entgegnete John mit sanfter Stimme und sah mich dabei an.

Ich zählte die Sekunden, bis Marc den Meetingraum verließ. Irgendwie war ich dankbar, dass John ihn hinauskomplimentiert hatte. Okay, es war nicht sonderlich professionell, ungeduldig zu fragen, wie lange man noch brauchen würde, ehe man seiner Angestellten sagen konnte, wann und wo man sie vögeln wollte … aber … das wusste Marc ja nicht. Blieb nur zu hoffen, dass er auch nicht mitbekam, wie jedes Molekül zwischen John und mir vor Erregung vibrierte.

»Also?«, fragte ich schließlich, da ich nicht länger auf die Folter gespannt werden wollte. »Was gibt es noch zu besprechen?«

Herausfordernd kreuzte ich die Arme vor der Brust. Der Meetingtisch, den ich gerade wieder zwischen uns gebracht hatte, hielt mich glücklicherweise davon ab, ihn direkt anzuspringen. Spannte der Stoff schon immer so sexy über seiner Brust? Waren seine Schultern schon immer so breit gewesen? Und dieser Kiefer … Verdammt! Seit wann fand ich männliche Unterkiefer denn bitte erotisch? Ich war vollkommen hin und weg von ihm. Und er merkte es, denn sein Grinsen sprach Bände.

»Wir werden es ja treiben, Helen …«, sagte er schließlich rau und dunkel, als könne er meine Gedanken lesen. »Aber nicht hier, nicht heute.« Der dominante Unterton in seiner Stimme ließ meine Libido auf Hochtouren laufen und meinen Verstand eine weitere Pause einlegen.

»Wie beruhigend!«, murmelte ich, brach den Blickkontakt zu seinen hypnotisierenden Augen ab und strich mir eine meiner blonden Haarsträhnen zurück.

Ablenken! Immer schön davon ablenken, wie sehr ich ihn will. Wie sehr ich ihn wirklich will.

Ja, der Deal war sein Vorschlag gewesen und ich hätte mich niemals darauf einlassen sollen, zumindest nicht unter normalen Umständen. Aber ernsthaft, dieser Mann war nicht nur heiß, er war … er war die pure Versuchung, er war es wert … er war … Mist! Sein Duft kroch in meine Nase, vernebelte mir die Sinne wie Opium.

»Du wirkst nervös«, stellte er fest und schien sich darüber irgendwie zu freuen.

»Und du arrogant.«

»Ich bin arrogant. Zumindest sagt man mir das nach.« Er zuckte die Schultern und fuhr sich durch sein sowieso schon zerzaustes Haar. »Also? Wieso bist du nervös?«

»Ich bin nicht nervös!«

Er legte seinen Kopf schief und betrachtete mich aus Adleraugen. »Der Puls an deinem Hals pocht so schnell, dass ich ihn durch die Haut sehen kann. Deine Augen sehen überall hin, nur nicht zu mir. Und du versteckst deine Hände, weil sie entweder feucht sind oder zittern. Also sag mir noch einmal, dass du nicht nervös bist.«

Wow! All das hatte er in diesen fünf Sekunden registriert. Das war beeindruckend.

»Also gut«, räumte ich verwirrt ein. »Ich bin nervös, aber das wärst du auch, wenn ich dein Boss wäre.«

»Oh!«, rief er und biss sich so sinnlich auf die Unterlippe, dass ich fast kam. »Du stehst auf Rollenspiele?«

Tief atmend zwang ich mich, meine verkrampften Arme aus ihrer Haltung zu lösen und lässig zu wirken. Es war erschreckend, wie gut er mich las, obwohl er mich gar nicht kannte.

»Nein, tue ich nicht, Baker.«

»Mein Nachname …«, stellte er fest, »… wie du ihn gerade ausgesprochen hast … sehr heiß.«

»Kannst du nicht ernst bleiben?«, fragte ich und knetete meine Hände hinter dem Rücken. »Also, wann jetzt?«

Seine Augen wurden noch einen Tick dunkler, als hätte er die Macht, ihre Farbe zu beeinflussen. Von seinem Körper ging eine deutliche Spannung aus und ich fragte mich, ob er diese Spannung auch beim Sex haben würde.

»Wohin soll ich Samstag kommen?«, erkundigte ich mich salopp und ging Richtung Tür. Dieses ›Meeting‹ hier musste beendet werden, und zwar schnellstmöglich, bevor ich ihn doch noch notgeil ansprang.

»Kommen? Kommen sollst du, ohne Frage. Mehrfach sogar«, erwiderte er rau und stand plötzlich so nah an meinem Rücken, als er die Worte in mein Ohr flüsterte. Heilige Scheiße! Ich würde kommen. Jetzt gleich! Ich würde mich an ihn pressen und meinen erhitzten Körper an seinem reiben – wie eine rollige Katze.

»Ich werde dich abholen. Samstagabend, pünktlich um sechs Uhr. Und denk daran, keinen Slip zu tragen.«

Ich wollte es nicht. Ich wollte es wirklich nicht, aber konnte nicht anders, als meine Beine beim Laufen so fest aneinanderzureiben, dass sie Druck auf meine pulsierende Scham ausübten. Wenn ich ihn gefragt hätte, wäre er mir auf die Damentoilette gefolgt und hätte es mir besorgt?

Hier. Jetzt. Heftig.

Es wäre mir egal gewesen, wenn uns jemand entdeckt oder beobachtet hätte. John Baker besaß eine Art der Macht über mich, die mir auf der einen Seite Angst machte und mich auf der anderen so in Sicherheit hüllte, dass ich darin abtauchen wollte.

14

JOHN

Der schwarze Bentley hielt vor ihrem Haus und ich bewegte meinen Arsch nach draußen. Ja, ich wollte sie ficken, unbedingt sogar, aber ich war auch ein Gentleman. Zumindest, solange wir beide noch unsere Klamotten am Leib trugen. Ich war ein Gentleman und meine Mutter wäre wirklich wütend, wenn sie erfahren würde, dass ich einer Lady nicht die Tür geöffnet hatte. Kurz sah ich auf die Uhr und während ich wartete, mich mit meinem Hintern an das Auto lehnte, die Beine kreuzte und die Hände in den Hosentaschen hielt, ließ ich meinen Tag Revue passieren.

Es war im Grunde ein Tag wie jeder andere. Zumindest hatte ich dieses Gefühl – die ganze Zeit über. Ich war bis nachmittags im Büro gewesen und hatte an einer Anti-Diskriminierungskampagne für einen Kunden in Tampa, Florida, gearbeitet. Sobald nämlich ein Werbeetat von mehr als einer Million Dollar beauftragt wurde, landete das alles auf meinem und dem Tisch des Vorstandes. Da ich die Mehrheitsanteile an der Firma besaß und meine Stimme somit die gewichtigste war, bekam ich all diese Daten noch einmal vorgelegt. Ja, manchmal nervte es, Dinge fünf Mal anschauen zu müssen, aber wie ich festgestellt hatte, als ich mich auf die Zahlen des vergangenen Monats konzentriert hatte, rentierte es sich. Und das ließ meine sowieso schon gute Laune noch weiter nach oben schnellen, denn die Umsätze waren durch die Decke geschossen. Unsere Zahlen waren immer gut, aber jetzt, da sich mein Vater vollständig aus den Geschäften zurückgezogen hatte, war es eine Art Leistungsprobe für mich. Und ich hatte sie – wenn ich mir dieses hübsche, fette derzeitige Plus ansah, mit Bravour gemeistert.

Gegen drei war ich mit dem Taxi in meine Wohnung gefahren und hatte noch ein wenig bei einem Basketballspiel entspannt, das im Fernsehen gelaufen war. Das war der Vorteil in den USA, wir waren so verrückt nach Basketball, dass jeden Tag irgendwo ein Spiel stattfand und auch noch live übertragen wurde.

Als ich also auf meiner großen Couch gesessen und die Bulls mit einem Fluch nach dem anderen belegt hatte, denn so viel Bullshit konnte man doch gar nicht spielen, hatte sich allmählich ein Kribbeln in mir breitgemacht. Heute war der große Tag oder vielmehr Abend. Helen und ich würden es endlich treiben.

Mein Schwanz wurde hart. Natürlich freute er sich und zuckte ungeduldig. Mein Angebot für dieses Stelldichein war im Grunde eine riesengroße Sauerei, ich überschritt eine Grenze. Warum hatte sie zugestimmt? Aus Angst? Aus Berechnung? Aus Neugier? Wollte sie ein Spiel oder wollte sie mich?

Als sie auf mich zulief, war ich mir nicht mehr so sicher, ob es ratsam wäre, mit einer Angestellten zu vögeln. Meine Idee war dumm und von purer Geilheit getrieben. Fuck!

Keine Sekunde länger wollte ich warten.

Helen Bradley war mit Abstand – und verfluchte Kacke, es waren viele Models und Schauspielerinnen darunter gewesen – die schönste Frau, die ich jemals gesehen hatte.

Anders als es vermutlich neunundneunzig Komma neun Prozent ihrer Artgenossinnen gemacht hätten, trug sie nämlich kein aufreizendes Kleid. O nein! Das, was Helen an ihrem sexy kurvigen Körper trug, war eines dieser Ganzkörperdinger.

Wir Männer hassten sie und liebten sie gleichermaßen. Wir hassten sie, weil man nicht mal eben fummeln konnte, und wir liebten sie, weil es nur ein Kleidungsstück war, das man ausziehen musste, ehe man eine fast nackte Frau vor sich hatte. Oder unter sich.

Das Teil war royalblau, der Stoff wirkte fließend und schien wie für ihren Körper gemacht zu sein. Er schmeichelte ihren Titten so herrlich, dass ich meinen Blick kaum abwenden konnte.

An ihrer schmalen Taille war es eng geschnitten und fiel ab ihrem prallen Hintern weit über ihre Beine, von denen ich wusste, dass sie schlank waren. Ihre Figur war der Wahnsinn. Sie hätte in einem Sack vor mir stehen können, es wäre mir egal gewesen.

Räuspernd rückte ich meinen Schwanz in der Hosentasche zurecht. Er war knüppelhart und wünschte sich, wir würden nicht erst in eine Oper gehen. Fuck! Wer war denn bitte auf die bescheuerte Idee gekommen, sich irgend so einen Trallalascheiß anzuhören, statt endlich zur Sache zu kommen? In dem Moment, als Helen vor mir zum Stehen kam, registrierte ich, dass sie wieder Schuhe in einer Höhe trug, die mehr als sexy war. Die kleine Handtasche, die sie zwischen ihren Fingern hielt, war im selben Farbton gehalten.

»Hi!«, murmelte sie schließlich und strich sich mit der freien Hand eine der blonden Haarsträhnen zurück. Eigentlich hatte sie die lange, lockige Mähne gebändigt, indem sie diesen seltsamen Dutt am Hinterkopf trug, aber – ich schätzte mal zu Dekorationszwecken – kräuselten sich einige lockige Strähnen außerhalb des Knödels, der nicht lange so perfekt frisiert sein würde.

»Wow!«, entfuhr es mir und ich schimpfte mich innerlich einen Idioten, weil ich überrascht klang. »Du siehst unglaublich aus.« Ich sah Helen an, dass sie unsicher war, wie sie mich begrüßen sollte, also übernahm ich das. Mein Bestreben war, das sie sich fallen lassen konnte, sicher und geborgen fühlte, auch wenn wir nur miteinander vögeln würden. Genau das war der Grund, weshalb ich meine Hand auf ihren unteren Rücken legte, sie leicht an mich zog, ihr einen Kuss auf die Wange gab.

Okay. Fuck! Wem wollte ich die Unsicherheit nehmen? Dass sie weich und warm und weiblich war, ahnte ich natürlich. Aber ich war nicht darauf vorbereitet gewesen, solch eine Explosion in meinem Körper zu fühlen, als ich ihr diesen doch recht unschuldigen Begrüßungskuss auf die Wange gab. Heilige Scheiße! Helen Bradley war Kryptonit, und während wir in die Limousine einstiegen, fragte ich mich ein weiteres Mal, ob ich nicht doch lieber die Finger von ihr lassen sollte.

Möglicherweise.

Auf der kurzen Fahrt im Auto sprachen wir über die Oper. Helen erzählte mir, dass sie erst einmal dort gewesen war, um sich ein Stück mit ihrer Mom anzusehen, und ansonsten nicht wirklich opernbegeistert war. Nun, ich ging davon aus, dass die Nervosität ihr die Wahrheit entlockte, denn ich war mir eigentlich sicher, dass sie so viel Anstand besaß, so etwas nicht unter normalen Umständen zu äußern. Oder … sie war einfach wirklich direkt.

Allerdings sollte ich erwähnen, dass ihre Arme von einer leichten Gänsehaut überzogen waren und sie immer wieder schnelle Seitenblicke auf mich warf. Ihr Gesicht von der Seite zu betrachten, ließ mich bemerken, wie voll ihre Lippen, wie gerade ihre Nase und wie lang ihre Wimpern waren. Ihr Profil wirkte wie das einer antiken Statue. Majestätisch. Und doch war Helen nervös, auch wenn ihre langen, schlanken Finger in ihrem Schoß ruhten und sie vermeintlich entspannt aussah. An ihrer linken Hand trug sie einen großen Ring, der mich anfunkelte, in exakt demselben Farbton ihres Kleidungsstücks. Ihr süßer Duft nach Zitrone und irgendwas, das mich auf magische Weise betörte und mir die Sinne vernebelte, umgab sie wie ein Kokon. Ihr schlanker Hals, die feine Linie ihres Kiefers … O mein Gott, wie bescheuert war ich eigentlich, zu denken, ich könnte zwei Stunden neben ihr sitzen, ohne sie endlich anfassen zu dürfen? Die Anwesenheit dieser blonden Femme fatale fühlte sich für mich so an, als wäre es alles und gleichzeitig nichts. Und alles dazwischen. Das hier würde nicht gut ausgehen. Nach einem Fick – selbst wenn er die ganze Nacht dauern würde – wäre diese Sache zwischen uns nicht erledigt. Scheiße noch eins, ich war ihr Boss!

Die *Metropolitan Opera* – von uns New Yorkern kurz *Met* genannt – am Lincoln Center war beeindruckend. Das war sie schon immer. Die warmen Lichter, die man erkannte, wenn man auf das Gebäude zufuhr, die hohen Fenster, die Wohlstand, Wärme und Geborgenheit versprachen. Wenn man einen Blick hinein erhaschte, auf die schön gekleideten Menschen, die Kronleuchter, die in abertausenden Lichtern funkelten. Wenn man das Stimmen der Instrumente im Orchestergraben hörte, die lachenden, fröhlichen Menschen, die sich bei einem Glas Champagner oder Wein die neuesten Skandale erzählten. Die Oper war die Diskothek des Wohlstandes. Aber ich war heute nicht mit Helen hier, weil ich ihr zeigen wollte, wie viel Geld ich besaß, nein, ich war mir ziemlich sicher, dass wusste sie. Helen und ich waren heute hier, weil die Oper betörend war. Kein Kinofilm, kein Musikstück, nichts und niemand schaffte es, den Körper so wunderbar vibrieren zu lassen. Ich kannte keine andere Freizeitaktivität – außer Basketballspielen natürlich –, die einen so aufputschte und geil machte wie die Oper. Ja, es war ein verbundenes Klischee, dass nur alte Menschen in solch eine Vorstellung gingen … aber das stimmte nicht. O nein, und das würde ich Helen Bradley zeigen. Nicht umsonst hatte ich einen Platz in einer der oberen Logen reserviert.

»Wir gehen in die Oper?«, fragte sie erstaunt mit heller Stimme, als sie das Gebäude erkannte. »Du überraschst mich. Ich dachte, das wäre einfach nur Smalltalk gewesen.«

Hörte ich etwa ein leichtes Zittern in ihrer Stimme?

»Wieso?«, fragte ich mit einem Blick nach draußen.

Der Wagen hatte bereits angehalten und der Fahrer umrundete das Auto, um uns beim Aussteigen zu helfen.

»Dachtest du etwa, ich werfe dich einfach auf ein Bett und ficke dich?« Eine Antwort musste sie mir nicht geben, denn gerade nachdem meine letzten Worte verklungen waren, öffnete sich die Tür und wir betraten die Wirklichkeit.

»Es ist wunderschön«, murmelte sie, blieb in der Eingangshalle des Opernhauses stehen und sah sich um. »Wie gesagt, ich war erst einmal hier … mit meiner Mom, aber das ist viele Jahre her.«

Perfekt! Es war heute Abend also nicht nur so, dass sie die Oper in eine seidige Decke hüllen würde … o nein, sie würde den heutigen Besuch mit positiven Erinnerungen an einen schönen Abend mit ihrer Mutter verbinden. Absolut und unwiderruflich perfekt. Ich war wirklich ein Genie. Zumindest, was Frauen anging.

»Glaube mir, süße Helen«, murmelte ich in ihr Ohr, während ich ihre Hand in meine Armbeuge legte, »du wirst nachher ganz andere Worte als ›wunderschön‹ in den Mund nehmen.«

Wir betraten den Bereich für die Saisonkartenbesitzer, und

wieder war ich dankbar, dass mein Vater seit Jahren darauf bestand, für all seine Kinder jeweils zwei dieser Karten zu hinterlegen. Nicht weil ich geizig war, sondern einfach, weil es schier unmöglich war, kurzfristig Karten zu bekommen.

»Du scheinst hier öfter zu sein«, stellte Helen fest, als wir beide wenig später ein Glas Champagner in der Hand hielten und etwas abseitsstanden. Hier und da erkannte ich ein paar bekannte Gesichter von Geschäftspartnern oder anderen prominenten New Yorkern.

»Manchmal.«

»Führst du hierher all deine Dates aus?«

Oh, wow! Sie schien zur alten Form zurückzufinden und das kleine Mäuschengetue hatte ein Ende.

»Vermutlich schon, das zieht bei jeder, nicht wahr?«

Mit großen Augen sah sie sich um.

»Denkst du wirklich«, flüsterte ich vertraulich und sah ihr tief in die Augen, »dass ich es nötig habe, eine Frau vorher auszuführen?« Ja, der Satz war billig, aber sie reizte mich. »Was denkst du eigentlich von mir, Helen?«

»Stimmt«, erklärte sie schließlich und bedachte mich mit einem langen Blick. Die Sicherheit ihrer Stimme passte nicht recht zu dem Ausdruck in dem hellen Blau ihrer Augen. »Die Damen lassen sicher reihenweise ihre Slips fallen, wenn du den Raum betrittst.«

Sarkasmus trifte aus jedem ihrer Worte. Sie sah mich abschätzend an. Ihr Blick war … nun, wenn ich es nicht besser wissen würde, müsste ich sagen, sie war sogar eifersüchtig. Nur warum? Weil sie davon ausging, dass sie nicht die erste Frau war, die ich hierher einlud? Okay, damit hatte sie recht, das war sie nicht. Aber sie war die erste Frau, mit der ich anschließend vögeln wollte.

Meine Mutter – und ja, es widerstrebte mir wirklich, *jetzt* an meine Mutter zu denken – liebte die Oper. Und da mein Vater früher oft auf Geschäftsreisen gewesen war, ging eine meiner Schwestern oder ich mit ihr hierher. Da meine Schwestern beschlossen hatten, Kinder zu kriegen und bei ihren Männern zu Hause zu sitzen, war es an mir, sie auszuführen. Und ganz ehrlich? Ich tat es gern. Meine Mutter zeigte mir ohne viele

Worte, weshalb sie die Oper so sehr liebte, wieso es für sie so etwas Besonderes war, hierherzukommen. Und wenn ich von diesem intensiven, aufwühlenden Gefühl ein bisschen weitergeben konnte, dann wollte ich es tun.

Helen taxierte mich mit ihrem Blick, denn sie hatte sehr wohl bemerkt, dass ich ihr auf ihre Stichelei mit den Slips nicht geantwortet hatte. Aber … ich wollte nicht lügen, und ja, es war so, dass eine Frau sich üblicherweise ganz schön ins Zeug legen musste, wenn sie mich im Bett haben wollte. Normalerweise war es ja andersherum, und die Männer trumpften auf … aber ich machte mir diese Mühe nur bei wenigen Frauen. Wieso auch, wenn sie sich mir an den Hals warfen? Anders als Helen. Helen würde mich wohl lieber mit Füßen treten, als sich irgendwie Mühe zu geben, bei mir zu landen. Vielleicht war das der Grund, weshalb ich so unbedingt in ihr sein wollte. Sie war eine Frau, die sich mir nicht aufdrängte, mich nicht vulgär bezirzte und nicht in meinen Arsch kroch, damit ich sie fickte oder besser noch heiratete.

»Sicher, dass ich darauf antworten soll, Baby?« Meine Worte begleitete ich mit meiner Hand auf ihrem Rücken, während ich sie vorwärts schob. Wir betraten die Loge mit den dunkelroten Samtsitzen, wie man es aus den Filmen kannte. Wir hatten acht Plätze auf diesem kleinen Balkon und natürlich – da er meiner Familie vorbehalten war – hatte ich sehr wohl zuvor abgeklopft, ob heute noch jemand hier wäre. Aber ich hatte Glück, denn dieses Stück wurde zum zweiten Mal aufgeführt und meine Eltern waren bereits letzte Woche bei der Premiere gewesen.

»Hier werden wir sitzen?« Die Konversation zwischen Helen und mir lief stockend, aber das machte nichts, denn ich wusste ja, dass wir etwas anderes vorhatten, als miteinander zu plaudern. »Und ich kann übrigens fragen, was ich möchte.«

Oh, das Kätzchen wurde zickig. Das versprach eine Menge Spaß. Frauen, die ihre Krallen ausgefahren hatten, waren mir sogar noch lieber. Sie legte den Kopf in den Nacken, und auch wenn es eine völlig unschuldige Geste war, denn sie wollte nur die Kronleuchter über uns betrachten, provozierte es mich. Es provozierte mich so sehr, dass ich meine Hand ausstreckte, sie in ihren Nacken legte und ihren heißen Körper an mich zog. Meine

Lippen berührten die weiche Haut ihres Ohres und den funkelnden Stecker in ihren Ohrlöchern. Wir standen so nah aneinander, dass ich ihren hektischen Atem hören und den schnellen Herzschlag fühlen konnte.

»Provoziere mich nicht, Helen!« Sanft klang meine Stimme in ihrem Körper nach. Die Gänsehaut verriet es mir. »Ich bin auch nur ein Mann.«

Das leise Stöhnen, das ihren Mund verließ, als ich sie ruckartig losließ und auf Abstand ging, nahm ich erfreut wahr. Wenn Helen glaubte, sie konnte und durfte mich reizen, dann war sie auf dem vollkommen falschen Dampfer. Selten hatte mich eine Frau – unschuldig oder nicht – so sehr angeturnt wie sie. Ich wollte sie. Am besten sofort. Ich wollte in ihr sein, mich vergraben, sie schmecken, ihre süße Weichheit um meinen harten Schwanz spüren und ich wollte, dass sie kam. Dass sie in meinen Armen vor Leidenschaft zitterte.

Mit wackligen Knien, so wirkte sie zumindest, die blauen Augen weit aufgerissen, setzte sie sich auf einen der vorderen Stühle. Ich wusste genau, der weiche Samt hüllte sie nun in eine Art Kokon der Sicherheit … aber ich wusste auch, wie trügerisch dieses Gefühl war. Wenn sie glaubte, alles wäre gut, alles wäre ruhig und sie würde mir entkommen, dann hatte sie die Rechnung ohne mich gemacht.

Den sinnbildlich bösen Wolf.

Verlangen schoss durch meinen Körper, als ich an später dachte. Ich würde ihr Herz zum Schmelzen bringen, so lange und so heftig, bis sie vergaß, wie sie zu diesem Fick kam.

Durch einen Deal.

15

HELEN

Bevor er mich anfasste, wusste ich, dass er es gleich tun würde. Und ja, verdammt! Ich wollte es. Ich wollte es so dringend, wie ich die Luft zum Atmen brauchte. Niemals hätte ich gedacht, dass ich mich nach einem Menschen, den ich kaum kannte, so sehr und so voll Verlangen sehnen würde. Er war der Teufel, das wusste ich, aber irgendetwas in mir ließ einfach nicht zu, dass ich mich von dieser Art Teufel abwandte.

John begann nicht damit – wie es die pubertierenden Jungs im Kino immer taten –, sich zu strecken und zu gähnen und dann den Arm auf die Rückenlehne des anderen Sitzes zu legen … o nein, er machte keinen großen Hehl aus seiner Aktion und ließ seine Fingerspitzen über meinen Nacken tanzen. Dadurch, dass ich die Haare zusammengefasst trug, war ich empfänglich für seine Berührung. Und empfindlich! Ein wohliger Schauer rieselte über meinen Nacken, den Rücken hinab und bündelte sich anschließend in meiner Mitte. Meine Lust auf Sex stieg ins unermessliche, dass es mir kaum noch möglich war, still auf meinem Platz zu sitzen.

Er war so sexy, so …

Vor ein paar Tagen, als die ganze Sache begonnen und ihren Lauf genommen hatte, hatte ich mir im Internet auf einschlägigen Pornoseiten angesehen, wie ein dominanter Mann wirkte. Mein Entschluss stand fest, dass ich niemals geknebelt oder angekettet sein wollte, aber mich beschlich das leise Gefühl, dass es durchaus heiß sein konnte, wenn der Mitspieler Dominanz ausstrahlte. Die Stimme, der Blick, die Berührungen, das alles musste dazu passen.

Und wenn ich mir jetzt gerade überlegte, wie er hier in der intimen Loge zum hellen Gesang auf der Bühne und der Dunkelheit des Verlangens so sanft über meinen Nacken streichelte … ich wusste nicht, ob er tatsächlich so dominant war, wie er wirken wollte.

All das hier hatte nichts mit dem zu tun, was ich erwartet und er mir prophezeit hatte. Lag es vielleicht an mir? Ja, ich war nervös und hibbelig. Natürlich war ich das, schließlich hatte ich nicht alle Tage einen One-Night-Stand, und schon gar nicht mit meinem Boss. Außerdem war es wirklich schon etwas länger her, dass ein echter Mann zwischen meinen Beinen gestrandet war.

»Genießt du die Oper?«, fragte er plötzlich leise und nah – sehr nah – an meinem Ohr. »*Der Glöckner von Notre Dame* ist eines der bekanntesten Opernstücke dieser Welt. Es ist alt … sehr alt und sehr dramatisch. Innig. Intim.« Seine Lippen berührten mein Ohr, und diese sanfte Berührung, zusammen mit der klaren Stimme der Sängerin, die gerade ihr Leid über die Liebe klagte, ließ mich erschaudern.

»Die Oper«, sprach er weiter und ließ seine Fingerspitzen langsam über meinen Hals wandern, »ist viel besser als jeder Porno, sie ist sinnlich, leidenschaftlich und prickelnd.«

Schwer schluckte ich und biss mir auf die geschminkten Lippen. Ich schlug meine bis dato entspannten Beine übereinander und presste die Oberschenkel fest zusammen. Mein Kitzler pochte heftig und bettelte nach seinen Fingern, seiner Zunge.

»Ich kann es kaum erwarten, dich nachher unter mir zu haben.«

Leise, sehr leise räusperte ich mich und vertraute meiner Stimme eigentlich nicht. Dennoch sagte ich: »Das dauert ja noch eine Weile.«

»Ich weiß … aber ich sehe«, erklärte er ebenso flüsternd, »dass deine Nippel steif sind, dass sie sich durch den dünnen Stoff deiner Kleidung drücken und nach Zärtlichkeit betteln.« Seine Worte begleitete er mit einer sanften Berührung an besagten Körperstellen. Mir entwich ein Seufzen, obwohl ich es gar nicht wollte, aber ich konnte nicht umhin … er machte mich so an. Sein Geruch, der in meine Nase stieg, zusammen mit der Wärme seines Körpers und die dunkle Tonlage … um ehrlich zu sein, wollte ich am liebsten dieses Opernding hier abbrechen und ihn reiten. Um mein verfluchtes Leben reiten.

»Außerdem, liebe Helen …« Ruckartig verließ er mit seinen Händen meinen Körper und augenblicklich fühlte es sich kalt an. »… bin ich mir vollkommen sicher, wenn ich dich jetzt nehmen würde, hier an der Wand, vor allen Menschen in der Oper, dann wärst du feucht und bereit für mich und du würdest mich gewähren lassen, weil du es kaum erwarten kannst, dass ich dich ficke.«

Verdammter Mist! Er hatte mich ertappt. Er hatte mich ertappt und genoss es. Schwer atmend richtete ich mich in dem weichen Samtsessel auf und presste mit aller Kraft meine Schenkel zusammen.

Ich war mir ziemlich sicher, den zweiten Akt nicht überstehen zu können, ohne in meiner Hitze zu verbrennen, aber ich schaffte es. Die Szene, in der Esmeralda auf dem Richterplatz geopfert wurde, mündete in einem Sonett der prickelnden Begierde. Ich hatte keine verdammte Ahnung, warum gerade die Oper es schaffte, mich derart anzuheizen. John berührte mich nicht weiter, er saß lächelnd neben mir und hielt seine Finger locker auf den Armlehnen seines Sessels. Aus dem Augenwinkel konnte ich leider nicht wahrnehmen, ob er genauso aufgeheizt war wie ich. Allem Anschein nach nämlich nicht. Ein mutiger Seitenblick verriet mir, dass sich nichts in seiner Hose wölbte.

Nachdem der Vorhang gefallen war und die Menschen einschließlich mir in tosenden Applaus verfielen, fand ich langsam zurück in die Wirklichkeit. Mir war gar nicht klar gewesen, dass ich mich so sehr auf das Stück konzentriert hatte und in ihm gefangen gewesen war. Gefesselt von den tiefen Emotionen des Gesangs, den Klängen der Musik. Erst zum Schluss, als eine kleine Träne über meine Wange lief, wurde mir bewusst, wie sehr die Oper mein Herz berührte.

John stand neben mir, während ich immer noch auf den schweren Vorhang blickte und sich der Saal bereits leerte.

»Können wir?«, fragte er leise und ich nickte. Er reichte mir die Hand, und um die Wahrheit zu sagen, war ich dankbar dafür. Es schien für mich nicht mehr möglich zu sein, einfach so zu gehen. Ich fühlte mich benommen, fast wie betrunken … berauscht von den Gesängen und der Liebe.

Ich fühlte mich nicht mehr allein.

John legte den Arm um meine Taille und führte mich hinaus in den kalten Strahl der Realität. Und ja, um ehrlich zu sein, wollte ich lieber dort in der Loge sitzen bleiben … in der warmen Behaglichkeit der Illusion.

Wie durch einen Nebel nahm ich wahr, dass er mich nach draußen führte, wo seine luxuriöse Limousine auf uns wartete. Sein Fahrer – John begrüßte ihn sogar mit Namen – hielt uns die Tür auf. Als er den Wagen langsam in den Verkehr einfädelte, sprach John endlich. »Bist du wieder anwesend?« Das Schmunzeln war deutlich herauszuhören.

»Ja«, murmelte ich und war eigentlich immer noch in den letzten dreißig Minuten gefangen. »Das war … beeindruckend!« Ich warf einen letzten Blick auf das wunderschöne Gebäude, welches so einladend und warm wirkte, wie ich es erlebt hatte. »Ich hielt mich bisher nicht für einen Operntyp«, erklärte ich weiter und stellte erstaunt fest, wie sehr diese Worte der Wahrheit entsprachen.

»Die meisten Menschen denken, dass die Oper nichts für sie ist.«

Ich drehte ihm mein Gesicht zu und sah ihn an. »Wieso wusstest du es dann besser?«, fragte ich irritiert. Wir hatten das Gebäude hinter uns gelassen und fuhren nun durch die New Yorker Straßen. Es herrschte reges Treiben. Klar, es war Samstagabend.

»Weil ich weiß, was du brauchst.«

Nun war ich wirklich wieder im Hier und Jetzt angekommen. Ein Mann, der wusste, was ich brauchte? Ehrlich gesagt stand ich kurz vor einem Lachanfall.

»Klar, der große John Baker weiß, was Frauen brauchen.«

»Nicht, was irgendwelche Frauen brauchen«, sagte er ernst und sinnlich, »aber was *du* brauchst!«

Bevor ich antworten konnte, spürte ich seine Hand auf meinem Oberschenkel und wie sie nach oben strich. Sofort reagierte mein Körper auf ihn. Mein Unterleib rutschte auf dem weichen Ledersitz ein Stück nach unten. Seinen Fingern entgegen. John fand meine Mitte und strich darüber.

»O ja!«, flüsterte er, damit uns der Fahrer nicht hören konnte. »Ich bin mir ziemlich sicher, dass ich weiß, was du brauchst.«

Meine Lippen öffneten sich einen Spalt und mein Kopf lehnte sich an das weiche schwarze Leder.

»Ich fühle, wie dein Kitzler pocht«, sagte er von der Seite her rau in mein Ohr und sah weiterhin unschuldig nach vorn. Mit sanfter Folter begann er Kreise zu ziehen. Mein Atmen ging stoßweise und ich wünschte mir, er würde auf der Stelle den Catsuit von mir reißen, meine nackte Haut berühren, in mich dringen, mit seinen Fingern, seiner Zunge, seinem Schwanz. Heftig. Schnell. Laut.

Hart presste ich meine Lippen zusammen, um nicht zu stöhnen und mich zu verraten, aber meine Hände, die zu festen Fäusten geballt waren, sagten eigentlich alles.

Ich wollte ihn endlich in mir haben.

Ich wollte ihn endlich spüren.

Und ich wollte gottverdammt endlich kommen.

16

JOHN

Keine Ahnung. Ich hatte verdammt noch mal keine Ahnung, wie wir es schafften, uns im Auto nicht die Klamotten vom Leib zu reißen, übereinander herzufallen und Alister, meinen Fahrer, und auch uns einer Peinlichkeit auszusetzen. Ich wollte sie, ich wollte sie so sehr, dass es wehtat. Nicht nur irgendwie psychisch, sondern richtig heftig körperlich. Mein Schwanz schmerzte, meine Eier waren hart und nah an meinen Körper gezogen. Jeder Muskel in mir war angespannt, als wir endlich im Fahrstuhl standen und zu meiner Wohnung nach oben fuhren. Ja, der Plan war eigentlich gewesen, dass wir uns im Hotel vergnügten, wo ich extra eine Suite hatte reservieren lassen … aber irgendwas sagte mir, dass das keine gute Idee war und Helen sich vielleicht davon eingeschüchtert oder verarscht vorkommen würde. Das wollte ich auf keinen Fall riskieren. Sie sollte keinen Grund bekommen, um irgendwie aus der Sache einen Ausweg zu finden. Also war dieser Plan gestrichen, ehe ich ihn umsetzen konnte.

»Hier wohnst du also?«, fragte sie schließlich atemlos, als wir mein Apartment betraten. Helen folgte mir ins Innere und sah sich neugierig um. Ich ging zum Kühlschrank und goss uns ein Glas Weißwein ein. Erst dann fragte ich: »Wein?«

Sie nickte. »Ich hatte vermutet, dass du lieber gleich zur Sache kommen willst.«

Fuck, ja! Ihre Vermutung war verdammt noch mal richtig. Ich

wollte gleich zur Sache kommen, besaß aber so viel Anstand, dass ich sie zumindest fragte, ob sie ein Glas wollte.

»Damit liegst du richtig«, brummte ich und trat von hinten an sie heran. Die schöne blonde Frau stand vor meiner Fensterfront mit Blick auf den Central Park und das Licht der kleinen Stehlampen neben meinem Sofa spiegelte sich wider.

»Es muss schön sein, diesen Ausblick direkt nach dem Aufwachen genießen zu können.«

Jepp!, dachte ich für mich, *das ist es.*

Nur dass ihn noch nie eine Frau – nicht mal meine Ex-Freundin Caty – jemals mit mir geteilt hätte. Und eigentlich hatte ich nicht vor, das zu ändern.

Schweigend gab ich ihr das Glas und stieß meines sanft dagegen. »Cheers!«

»Prost!«, murmelte sie und drehte sich zur Seite. »Ich bin nervös«, gestand sie plötzlich. »Ich habe …«

»… das noch nie gemacht«, beendete ich den Satz für sie.

»Richtig.«

»Du hast was noch nie gemacht?«, fragte ich vorsichtig nach. Heilige Scheiße, eine verdammte Jungfrau wollte ich nicht in meinem Bett haben! Vielleicht hätte ich vorher ein paar Erkundigungen einholen sollen.

»Bleib locker, Baker!«, entgegnete sie plötzlich lächelnd. »Jungfrau bin ich nicht mehr. Ich meinte eher dieses One-Night-Stand-Ding.«

»Na ja«, erwiderte ich weitaus entspannter. Puh! Noch mal Glück gehabt. »Es ist ja kein One-Night-Stand-Ding.« Meine Finger verselbstständigten sich, ich strich sanft über ihre Wange. »Es ist eher ein Deal-Ding, oder?«

Skeptisch sah sie mich an und drehte sich dann zum Fenster. »Das macht es nicht besser, Baker.«

Gott ich stand drauf, wenn sie meinen Nachnamen aussprach, wie er von ihrer Zunge rollte, wie sie ihn sinnlich zu einem Wort formte.

»Blende das doch mal aus!«, flüsterte ich und zog sie in meine Arme, drehte sie zurück zu mir. Ich wollte in ihr Gesicht sehen, in ihre Augen, wenn ich sie küsste. Ich wollte … ich wollte sie vollkommen bei mir haben – egal, wie wunderschön der Ausblick aus diesem Fenster war.

»Ich will dich, Helen …«, erklärte ich leise. »Ich will dich so sehr, dass ich kaum mehr atmen kann.« Meine Worte, so verdammt untypisch für mich, entsprachen der Wahrheit und bewirkten eine Veränderung in ihr. Sie war tatsächlich mit der Situation überfordert gewesen, doch jetzt fiel etwas von ihr ab. Etwas Essenzielles, und ich schimpfte mich innerlich einen verfickten Idioten, dass ich es nicht schon früher erkannt hatte. Es war Scham.

»Helen«, murmelte ich, nahm ihr das Glas aus der Hand, stellte unser beider auf den Tisch zu meiner Linken und sah ihr wieder fest in die Augen. »Ich möchte nicht, niemals, dass du dich schämst. Nicht dafür, was wir hier tun oder wie es dazu gekommen ist. Das alles ist gleichgültig, eine Tatsache ist jedoch, dass wir uns körperlich anziehen. Du willst mich, das lese ich in deinen Augen … aber du schämst dich auch. Niemals möchte ich erleben, dass du dich genierst, dir das zu nehmen, was du dir wünschst. Und wenn es mein Schwanz ist, dann ist es mein Schwanz. Für uns beide muss das hier in Ordnung sein. Es muss für uns beide erotisch sein und was die Welt dort draußen denkt, das ist fuckegal, denn du und ich … wir sind hier heute alles, was zählt, okay?« Ich blickte ihr noch einen weiteren Moment in die Augen, ehe ich meinen Mund auf ihren senkte. Der Kuss war vorsichtig und sanft … er war eine Annäherung und ich war dazu bereit, ihren Ansturm an Gefühlen, dieses wilde Verlangen, das sie von sich selbst scheinbar nicht kannte, aufzufangen, es zu erwidern.

»Mein Verstand sagt mir, dass es falsch ist, was wir hier tun …«, erklärte sie schließlich, als ich sie ruckartig umdrehte, um den Reißverschluss ihres royalblauen Einteilers zu öffnen. »Aber ich will dich so sehr in mir spüren, dass ich einfach nicht die Kraft habe, Nein zu sagen.«

»Dann tu es nicht!«, murmelte ich gegen ihre weiche Haut und ließ in einer einzigen fließenden Bewegung ihr Kleidungsstück zu Boden fallen. Es raffte sich um ihre Füße, die immer noch in diesen verdammt hohen Schuhen steckten. Aber das war es nicht, was mich ablenkte. Es war das gottbeschissene Höschen, das sie trug. In mir rührte sich etwas, in mir war der verständnisvolle John gegangen und hatte dem leidenschaftlichen Platz gemacht.

»Du trägst ein Höschen«, raunte ich dunkel.

Helen drehte den Kopf, sah mich an und grinste breit. »Natürlich!«, erklärte sie keck. »Denkst du etwa, dass ich deinen Befehlen automatisch Folge leiste?«

Ich konnte mich nicht zügeln und verpasste ihr einen Klaps auf den Hintern. Sie zog überrascht die Luft ein.

»Ich sagte, keine Unterwäsche!«

»Und ich sagte, dass ich deine Befehle nicht ausführen muss, wenn ich nicht möchte.«

Wieder verpasste ich ihr einen sanften Schlag auf ihre Kehrseite. Helens Arme streckten sich und sie stützte sich mit beiden Handflächen an der Glasscheibe ab. Ihr Hintern rekte sich meinem Schwanz entgegen. O ja! Das war das deutlichste aller Zeichen. Sie wollte es. Bettelte stumm, bereits jetzt schon, um mehr ... Und wer wäre ich, wenn ich es ihr nicht gäbe?

»Das nächste Mal«, erklärte ich und fuhr mit meiner Hand von vorn in ihren Slip, »lasse ich dir das nicht so durchgehen. Verstanden?« Mein Zeigefinger kreiste um ihren Kitzler und sie seufzte leise.

»Beim nächsten Mal?«, wisperte sie, warf den Kopf in den Nacken und bewegte ihr Becken, als könne sie sich nicht entscheiden, ob sie ihren prallen Arsch lieber gegen meinen Harten drückte oder meine Finger fester auf sich spüren wollte.

»Mehr!«, keuchte sie und vergaß offensichtlich ihre Frage, die durchaus berechtigt war. Der Deal beinhaltete kein nächstes Mal, aber ich wusste bereits jetzt, dass unsere Absprache null und nichtig war.

Statt meine Finger in sie zu stoßen, zog ich mich zurück, ließ von ihr ab und trank einen Schluck Weißwein, während sie zitternd an die Fensterscheibe gestützt stand. O ja, so wollte ich sie. So liebte ich es nämlich. Eine vor Lust zitternde Frau, die sich willig und nackt, nur mit hohen Schuhen bekleidet nach mir verzehrte.

Als hätte ich alle Zeit der Welt, öffnete ich meine Fliege, die ich in der Oper getragen hatte. Ich umgriff ihr Handgelenk, ließ sie aus dem Haufen Stoff am Boden steigen und führte sie weg vom Fenster – in meiner anderen Hand das Weinglas und die schwarze Fliege.

Helen sprach kein Wort, als wir den langen Flur entlanggingen, an dessen Wänden wenig persönliche Dinge, stattdessen Kunstwerke berühmter Maler hingen. Ich mochte es nicht, mein Innerstes nach außen zu kehren – sichtbar zu sein für Jedermann, auch wenn ich fremde Menschen in meiner Wohnung eigentlich nie willkommen hieß. Helen blieb stumm, als wir mein Schlafzimmer betraten, das in Weiß, Grau und Schwarztönen gehalten war. Das übergroße Bett, auf dem die Laken fein säuberlich ausgebreitet waren, zog uns an. Natürlich tat es das.

»Leg dich hin!«, wies ich sie an. »Auf den Bauch.«

Helen tat, was ich ihr sagte, und sah mich mit großen Augen an. Ich öffnete mein Hemd, zog es aus und nahm mir die Zeit, es fein säuberlich über den Herrendiener zu hängen. Anschließend zog ich den Gürtel aus der Hose und streifte die Socken ab.

»Wieso hast du dich meiner Anweisung widersetzt, Helen?«, fragte ich, schlenderte langsam auf sie zu und ein Kribbeln durchfuhr mich, als ich die Gänsehaut auf ihrem Hintern sah. O ja … es hatte sie verdammt noch mal angeturnt, von mir ein paar Klapse zu kassieren.

Mit dem süßen Gefühl des Triumphes setzte ich mich auf ihre Unterschenkel und holte ihre Hände, die sie neben ihrem Kopf hielt, nach unten. Mit routinierter Leichtigkeit schlang ich den schwarzen Stoff meiner Fliege um ihre Handgelenke und hielt sie somit zusammen.

»Was tust du da?«, wisperte sie und drehte den Kopf zur Seite. In ihrem Blick war Angst aber auch Verlangen zu erkennen.

»Dir Lust bereiten«, erklärte ich und zerriss im selben Moment ihren blauen Seidentanga.

»Hoppla!«, sagte ich lächelnd, und auch auf ihr Gesicht schlich sich ein Grinsen. Langsam kroch ich von ihr herunter, zog sie bis an die Kante des Bettes und spreizte ihre Beine. O mein Gott! Sie so offen und rosig vor mir zu sehen, turnte mich dermaßen an, dass ich fast in meinen verfluchten Shorts kam.

»Du bist so feucht für mich, Helen«, sagte ich heiser. »Du bist so verdammt bereit … du hast sicher keine Zweifel, dass ich es dir besorgen soll.«

»Doch«, setzte sie entgegen, und überrascht hielt ich in meiner Bewegung inne.

»Du bist mein Chef.«

»Und als dein Chef sage ich dir, halt jetzt die Klappe!«

Meine Hand traf in schneller Abfolge drei Mal ihren Hintern. Das tiefe Stöhnen, das aus ihrem Mund kam, war Bestätigung genug.

»Und du magst das hier ja gar nicht?« Lüstern beugte ich mich über sie, massierte ihre prallen Backen und zog den Rest des Tangastoffes unter ihr hervor. Ich wusste, dass es sie reizen würde, da ich ihn direkt über ihren Venushügel und den Kitzler rieb.

»Ah!«, entfuhr es ihr und sie kam mit den Hüften ein klein wenig nach oben. Ihre Position, die Arme auf ihren Rücken gebunden, ließ wenig Spielraum.

»Du sollst still sein!«, tadelte ich sie noch einmal und ließ meinen Mittelfinger in sie gleiten. Feuchte Hitze empfing mich. Keinerlei Widerstand. Sie war bereit für mich. Endlich!

»Ich zahle zwei Millionen Dollar, dass ich dich ficken darf, und ich werde jede verdammte Sekunde davon genießen.«

Sie wollte etwas sagen, sie wollte widersprechen oder mich wissen lassen, dass sie sich billig vorkam, aber das fingerte ich ihr aus dem Gehirn. So schnell, wie sich Helen im Strudel der Lust verlor und sich mir hingab, war es noch bei keiner geschehen.

»Oh!«, keuchte sie und bewegte ihr Becken hin und her. »Ich brauche …«

»Mehr?«, vollendete ich erneut ihren Satz und schob einen dritten Finger in sie hinein. »Diese lustvolle Qual … sie treibt dich an den Rand des Abgrundes, nicht wahr?«, fragte ich, ließ mich auf die Knie sinken, entzog ihr meine Finger und hob ruckartig ihre Hüften so an, dass ich sie lecken konnte. Ich stupste mit meiner Zunge gegen ihren Kitzler, ehe ich ihn fest in meinen Mund einsaugte. Sie schmeckte fantastisch. Ihr lautes Stöhnen trieb mich an. Ich wollte, dass sie es genoss. Jede verdammte Sekunde.

Helen wurde unruhig, stöhnte unzusammenhängende Worte

und bettelte nach mehr. »Du wirst mehr bekommen, Süße … aber erst, wenn ich sage, dass es so weit ist.«

Der erste Schrei entwich ihrer Kehle, als ich ihre Schamlippen spreizte und meine Zunge in sie steckte. Wieder seufzte sie.

»Du willst meine Finger in dir haben, nicht wahr?« Ich platzierte einige Küsse auf ihrem Hintern, fuhr mir mit der Zunge über meine Lippen, die nach ihr schmeckten, und öffnete meine Hose. Nur ein oder zwei Mal wollte ich an meinem Schwanz auf- und abstreichen, mir ein wenig Linderung verschaffen, denn waren wir einmal ehrlich, welcher Mann konnte einem sexy Arsch und einer glänzend feuchten Pussy widerstehen? Ich war kein Heiliger. Ich war alles andere als das.

»Nicht aufhören!«, wimmerte sie und drehte den Kopf nach rechts. Lächelnd kniff ich ihr in den Hintern.

»Wann lernst du endlich, stillzuhalten?«, forderte ich sie heraus und klatschte mit meiner freien Hand auf ihre zarte Haut. Langsam wurde sie rot und das machte mich an. Der Lusttropfen kam bereits aus der Spitze meines besten Kumpels und ich gönnte mir noch zwei, drei feste Handgriffe, ehe ich von ihm abließ. Scheiße, das kostete Überwindung.

»Du willst es, nicht wahr?«, fragte ich überflüssigerweise und fuhr mit einem Finger sanft durch ihre Spalte. »Du willst von mir gefickt werden, die Lust hat sich so in dir ausgebreitet, dass es dir scheißegal ist, wieso wir heute hier sind. Du willst einfach nur noch, dass ich meinen Schwanz in dich schiebe und dich zum Kommen bringe, nicht wahr?«

Ihr Wimmern verstand ich als Zustimmung. Es widerstrebte mir, aufzustehen und einen Gummi zu holen, aber ohne fickte ich nicht. Nie. Nie-fucking-mals. Ich tat es also, riss die Verpackung mit meinen Zähnen auf und schob Hose und Shorts gleichzeitig hinunter. Helens große Augen bestätigten mir, dass ihr mein Schwanz gefiel. Zufrieden streifte ich das Kondom über und platzierte mich zwischen ihren Beinen. Ich fuhr mit der Kuppe auf und ab, genoss die Berührung. »Gott, du bist so dermaßen feucht, Helen, du tropfst vor lauter Verlangen.«

»Bitte!«, flehte sie jetzt. »Bitte, fick mich endlich!«

»Oh, Fräulein Zimperlich will es dreckig?« Ich tauchte kurz mit meiner Spitze in sie ein und zog mich sofort wieder zurück.

Ihr frustriertes Stöhnen sagte alles, sie reckte ihren Arsch in die Höhe, verlangte nach mehr. Verlangte nach Erlösung, und die wollte ich ihr geben.

»Ich wusste von Anfang an, dass diese ganze Gute-Mädchen-Nummer nur gespielt ist und du es hart willst.« Wie zur Bestätigung stöhnte sie und ich stieß ruckartig in sie. Versank in ihr, in der heißen Nässe ihrer Lust. Meine Hände fanden ihre Brüste, als ich mich über sie beugte. FUCK! Ich wollte kommen. So dringend. Aber nicht jetzt. Noch nicht! »Du bist so wunderbar eng, Helen«, kam es rau von mir. Ich bäumte mich auf, hielt mich an ihren prallen Backen fest und bewegte mich schneller in ihr. Die Muskeln ihrer heißen Muschi zogen sich um mich zusammen, sie massierte meinen Schwanz auf so köstliche Weise, dass ich einfach stillhielt. Sie war so verflucht sexy.

Aber ich durfte nicht kommen. Nicht jetzt!

Sehnsüchtig reckte sie sich mir entgegen, doch ich entzog mich ihr ruckartig. »Halte verfickt noch mal still«, wies ich sie an und mehrere Schläge auf ihren Arsch folgten. Sie hallten in ihr nach, bis tief in ihre feuchte Wärme und ich spürte, als ich wieder in sie eindrang, wie sie um meinen Schwanz zuckten. O ja, es würde nicht lange dauern, bis sie kam. Auf keinen verdammten Fall.

»Bitte, John!«, flehte sie mit lasziver Stimme. »Bitte … ich will dich in mir haben.«

Ich gab ihr, was sie haben wollte, drückte mich erneut in sie, genoss ihre lustvollen Schreie, um mich dann aus ihrem Sog zu befreien. Immer wieder zog ich mich aus ihr zurück und stieß anschließend fest in sie. O mein Gott, diese Frau wollte ich öfter ficken. Sie hatte einen süchtig machenden Körper und eine verfluchte Voodoo-Muschi.

»Fick mich!«, keuchte sie atemlos, und ich tat es. Ihre seidigen Wände massierten meinen Schwanz, ihr praller, sanft geröteter Arsch klatschte hart gegen meine Lenden, als ich den Rhythmus beschleunigte. Sie schrie deutlich meinen Namen, immer wieder, flehte nach mehr und ich gab es ihr. Schenkte ihr einen Orgasmus nach dem anderen, bevor ich mir gestattete, endlich zu kommen.

Ich schwebte.

Und ich wusste, dass es das nicht gewesen war.

Ich wollte mehr.

Viel mehr.

Und wenn ich dafür meinen letzten Penny geben musste … gottverdammt, es war mir scheißegal.

Ich musste wieder in dieser Frau sein.

Ansonsten würde ich sterben.

So fühlte es sich zumindest an.

17

HELEN

Das war mit Abstand der beste, heißeste und erfüllendste Sex, den ich jemals mit einem fast fremden Mann gehabt hatte. Ach was, den ich überhaupt jemals hatte. Man musste John lassen, dass er definitiv wusste, wie eine Frau angefasst werden wollte. Seine Hände, die eine auf meinem Rücken, die andere an meiner Hüfte, wie er mich immer noch an Ort und Stelle hielt, obwohl wir beide bereits gekommen waren. Er atmete schwer, genauso schnell wie ich, und mein Herzschlag klopfte so deutlich in meinen Ohren, dass die Welt um mich herum nur aus ihm und mir bestand. Es war eine Offenbarung gewesen, mit ihm zu vögeln. Und es war – egal, auf welche Stufe mich das gerade degradierte – jeden beschissenen Dollar wert gewesen. Um ehrlich zu sein, war mir der Etat mittlerweile vollkommen gleichgültig. Ja, es war wichtig, dass ich ihn bekam, und ich genoss es, dass ich mich entfalten konnte, aber das hier … O mein Gott! Das war das Inspirierendste, was ich jemals erlebt hatte. Jemals. Und ich liebte es.

Sobald sich mein Chef aus mir zurückgezogen hatte, fühlte ich mich leer, kalt und einsam. Die Fesseln wurden gelöst und die wohlige Wärme des Materials verschwand. Das war wohl die Kehrseite der Medaille, wenn man so etwas tat, wie wir beide es gerade eben erlebt hatten. Es war ein Deal, und seine Bedingung jetzt erfüllt.

Langsam drehte ich mich herum, sah noch, wie er sich das

Kondom von seinem Schwanz zog, es verknotete und mit einem Taschentuch in den Abfalleimer ein paar Schritte weiter warf.

Ich lächelte matt. Na gut, vielleicht auch ein wenig unbeholfen, da ich ehrlich nicht wusste, was genau das hier jetzt war und wie ich mich verhalten sollte. Aber John löste die Situation für uns beide mit einer Leichtigkeit, dass mich der Gedanke durchfuhr, ich müsste vorsichtig sein, mich nicht in ihn zu verlieben.

Der Mann, den ich eigentlich nicht nackt, sondern immer angezogen sehen sollte, griff unter meine Knie, den anderen Arm schob er unter meinen Rücken, und hob mich hoch. Grinsend sah er in mein Gesicht.

»Ich habe Hunger.«

»Ich dachte, den hätten wir eben gestillt?«, fragte ich keck und war über mich selbst überrascht.

»Ich meine den, der unsere Mägen füllt.«

Verblüfft stellte ich fest, wie er mich in seine Küche trug und nackt, wie ich jetzt nach dem Sex war, auf den Tresen in der Mitte des Raumes setzte.

»Hey!«, rief ich aus. »Das ist kalt.«

Grinsend ging er zu seinem Kühlschrank, öffnete ihn und holte Toast, Mayonnaise, Tomaten und alles, was man für leckere Sandwiches brauchte, heraus. »Ich denke, eine Abkühlung tut dir gut.«

»Das sagt ja der Richtige.« Mit geübten Handgriffen beschmierte er die Brotscheiben, belegte sie routiniert und erstaunte mich dann.

»Dass es diese Sandwich-Maker noch gibt … Als Kinder haben wir oft tagelang nichts anderes gegessen.«

Er zuckte die Schultern.

»Wir auch«, sagte er und drehte sich – nach wie vor sündig nackt – in meine Richtung. Mit seinem knackigen Hintern lehnte er an der Arbeitsplatte. »Meine Mom war viel arbeiten und mein Dad ebenso, zwar hatten wir eine Nanny, aber ich sag mal so, kochen war nicht ihr Spezialgebiet.«

Ich lachte auf und begann mich zu entspannen. »Und dann gab es Käsesandwiches?«

»Oder Marmelade.« Er legte den Kopf auf eine Art und Weise schief, die mir vermittelte, dass er am liebsten mich fressen würde. »Oder Hot Dogs, Chips, chinesische Nudeln, du weißt schon, diese Instant-Dinger, über die man einfach nur Wasser kippen muss … und alles, was die Fast-Food-Industrie zu bieten hatte.«

»Dafür bist du aber schlank.«

»War ich als Kind nicht. Da war ich wirklich ein kleiner Sumo-Ringer. Als ich dann in die Highschool kam, habe ich begonnen, Basketball zu spielen, und das hält bis heute an.«

»Also nicht nur Bürohengst und Firmenmogul«, stellte ich fest und bemerkte, wie sehr mir das gefiel.

»Wenn das dein Eindruck von mir ist, ist er falsch.«

»Scheinbar«, räumte ich ein und griff nach dem Teller mit dem Sandwich, den er mir reichte. John lehnte sich wieder an den Küchentresen, als wäre es das Normalste der Welt, dass wir hier nackt kulinarische Kindheitserinnerungen austauschten.

»Und was gab es bei euch zu essen?«

»Früher?«, fragte ich zwischen zwei Bissen. »Alles, was das Kinderherz begehrte. Meine Mom war zu Hause und hat sich um uns gekümmert.«

»Das war sicher schön«, murmelte er nachdenklich, den Blick gesenkt. Sprachen wir wirklich nur über Essen?

»Was hat deine Mom denn gearbeitet, dass ihr eine Nanny hattet und nicht sie selbst auf euch aufgepasst hat?«

»Meine Mom war Richterin am Obersten Gerichtshof in New York.«

»Oh!«, murmelte ich und bemerkte, wie sich meine Augen weiteten. »Das ist … Wow!«

Er zuckte die Schultern. »Jeder kann etwas anderes gut. Sie konnte eben das.«

»Und jetzt ist sie in Rente?«

»Jepp und stresst meinen Vater.«

Ich lachte leise. »Sei mir nicht böse, aber ich finde es etwas seltsam, über deine Eltern zu sprechen, wenn wir beide nackt sind und …«

Mein Boss stellte den Teller neben sich auf den Tresen, grinste breit und kam näher. Er griff nach meinen Knien, zog sie auseinander und meinen Körper mit demselben Griff an den Rand der Arbeitsplatte. Mein Hintern rutschte über den schwarzen Naturstein und rieb aufreizend daran. Dieser Mistkerl wusste es.

Und er genoss es.

»Was wäre denn nicht seltsam, das wir tun könnten, wenn wir beide nackt sind?« Seine Nähe, seine Wärme, sein Duft lullten mich ein … schwer schluckte ich.

»Ich weiß nicht« Ich sah ihm direkt in die Augen. Mein halbaufgegessenes Käsesandwich geriet in den Hintergrund. »Ich finde, für die zwei Millionen Dollar habe ich noch etwas mehr verdient.«

»Du?«, fragte er und hob eine Braue. Anzüglich biss er sich auf die Unterlippe. Mmh, das war so dermaßen sexy und sinnlich, dass ich kaum mehr konnte. »Ich dachte, ich bekomme was für mein Geld?!«

»Geld, das ich für dich vervielfache. Und was habe ich davon?«, stellte ich klar. John grinste. Sein trainierter Bauch presste sich an meine erhitzte Mitte. Natürlich wurde ich schon wieder feucht. Er machte mich einfach so dermaßen an, dass ich kaum atmen konnte.

»Dann werden wir mal dafür sorgen, dass du auch etwas davon hast, oder?« Seine Lippen senkten sich voller Verlangen auf meine und verschlossen sie zu einem intensiven Kuss. Seine Zunge drang in meinen Mund und plünderte ihn. Auch wenn ich es gewollt hätte, ich schaffte es nicht, meine zitternden Finger ruhig zu halten, sondern krallte sie in sein Haar und presste seinen Kopf fest an mich. Heilige Scheiße! Ich wollte ihn. Noch einmal. Ich wollte ihn am liebsten für immer.

Er schob seine Hände unter meinen Hintern, ich schlang automatisch die Beine um ihn und ließ mich von diesem Mann, der weit mehr als nur mein Boss und ein Sexgott war, zurück in sein Schlafzimmer tragen. Sein Mund war so glühend heiß auf meinem, seine Zunge vollführte ein solch sinnliches Spiel, dass die Welt um mich ein weiteres Mal in rosa Wölkchen versank. Ich wusste nicht, was das hier war, ich wusste nicht, wie es dazu gekommen war, dass aus Sex ein Gespräch über Kindheit wurde, und vor allem wusste ich nicht, wohin das alles führen sollte – außer in eine Einbahnstraße. Ab morgen wäre er wieder ausschließlich mein Boss, mehr nicht. Aber noch war heute. Ich war hier mit ihm in seinem Bett. Diese weichen Lippen, die mich mit dem perfekten Druck küssten, verließen meinen Mund und fuhren an meinem Hals entlang. O mein Gott, er schien genau zu wissen, was ich brauchte. Groteskerweise noch ehe es mir bewusst war.

»Ich will dich schmecken«, seufzte er und küsste mein Gesicht, schmiegte sich zwischen meine Schenkel und ich stellte nicht infrage, was er tat. Es fühlte sich nach Dominanz an … aber nach sinnlicher, weicher Dominanz und nicht nach einseitigem Machtspiel. »Du riechst so süß, Helen … so süß, dass ich kaum atmen kann, so sehr will ich dich.«

Langsam kroch er über meinen Körper nach unten, seine Bartstoppeln kratzten sanft über die sensible Haut meines Bauches. Und als ich dachte, er würde sein Gesicht auf meinen Venushügel senken, tat er etwas, das mich erst beschämte, dann irritierte und letztlich heiß machte. Er strich sanft über meine Spalte, fuhr mit dem Zeigefinger an der feinen Linie von Härchen entlang und bewunderte meine schon wieder vor Sehnsucht pochende Pussy, als wäre sie etwas ganz Besonderes. In seinem Blick lag Bewunderung und Anerkennung. Wachsam hielt ich die Augen offen, bemerkte, wie sehr er es genoss, mich zu entdecken, und bäumte mich keuchend auf, als er schließlich den Mund auf meinen empfindlichsten Punkt senkte und zu saugen begann. Er zog meinen Kitzler zwischen seine Zähne, hielt ihn sanft, aber dennoch mit Druck. Diese Geste, und das hatte noch kein Mann mit mir gemacht, ließ mich laut stöhnen. Ohne es wirklich zu wollen, krallten sich meine Hände in seine zerzausten Haare und pressten seinen Kopf auf mein Geschlecht. Ich brauchte mehr. Viel mehr. Ich brauchte ihn. Leise, immer und immer wieder seinen Namen seufzend, warf ich den Kopf hin und her. Ich brauchte mehr, so viel mehr. So viel mehr von ihm, seiner Nähe, seinem Körper, seiner Kraft. Dieses Verlangen, das mich durchraste, als würde man ein Streichholz an Benzin heben, war mir völlig unbekannt. Dachte ich, beim ersten Mal daran zerbrochen zu sein, so war dies nur ein zarter Haarriss in meiner Fassade der Lust. O mein Gott!

Letztendlich konnte ich es nicht mehr zurückhalten. Egal, wie sehr ich auf Anstand, Kontrolle und Selbstbeherrschung getrimmt war, ich vergaß alle Konventionen und schrie verzweifelt: »John, bitte!«

Er entließ meinen Kitzler aus seinem warmen Mund, entzog mir somit auch seine Zunge, die wahre Kunststücke vollführte.

»Bitte was, Baby?«, fragte er so, als wäre er die Unschuld in Person. »Was willst du?«

»Ich will«, rief ich heiser und war mir plötzlich nicht mehr sicher, ob es richtig war, mich so ekstatisch gehen zu lassen. Aber ich wollte mehr. Viel mehr. Körperlich mehr. Ich wollte es härter. Schneller, rauer … sinnlicher. Ich wollte es besorgt haben. Ich selbst hielt mich nie für prüde, aber scheinbar war ich es, denn diese Worte verließen meinen Mund nicht. Stattdessen biss ich mir auf die Lippe, angelte mit meinen Fingern nach seinem Kopf und drückte ihn zurück auf mein Lustzentrum. Kurz gab er dem Drängen nach, doch dann sah er mich wieder an, strich mit dem Zeigefinger durch meine Schamlippen und reizte mich auf eine Weise, die mich wütend machte, aber auch erregte.

»Wenn du etwas möchtest, Helen«, begann er mit dunkler Stimme, »dann sag es mir. Bitte mich darum!« Tiefes, fast animalisches Verlangen schwang in seiner Stimme mit. Heiser und rau kamen die Worte über seine Lippen, so als würde er es mir gleichtun, und an seiner Lust ersticken müssen.

»Ich will«, startete ich einen kläglichen Versuch, als ich nach wenigen Atemzügen erkannte, dass er mir nicht geben würde, was ich wollte, solange ich es nicht aussprach.

»Was? Sag es!« Das Timbre seiner Stimme brummte an meiner Haut und es war reine Folter, als er mit seinem kühlen Atem über meinen geschwollenen Kitzler blies. »Bitte mich darum!« Seine Forderung hallte in meinem Kopf, durchströmte meinen Körper, wirkte hypnotisch. O mein Gott, ich wollte ihn anflehen, betteln, ihm Geld bieten, dass er es mir machte, so sehr reizte mich diese sinnliche und sexy Botschaft unserer Körper.

»Du musst nur fragen … dann bekommst du es.«

»Ich will …« Abgehackt entschlüpften mir immer wieder diese Worte. Mein Becken hob sich und versuchte irgendeine Form von Druck zu bekommen, damit ich Erleichterung fühlen konnte. Aber nichts. Er wich zurück, grinste auf mich herab wie ein

Racheengel, der sich seiner machtvollen Position vollkommen und unwiderruflich bewusst war.

»Sag es!«

»Ich …«

»Sag es!« Immer wieder forderte er mich dazu auf, als er registrierte, dass ich nicht weitersprach. »Ich verspreche dir, dich zu erlösen, wenn du es aussprichst.«

»Lass mich nicht betteln, Baker!« Meine Stimme klang in meinen Ohren fremd, mein Körper fühlte sich an, als würde er fiebern, und alles, was mich erlösen konnte, war er … er und seine Zunge. Seine Finger. Sein Schwanz. Seine Kraft. Seine Männlichkeit.

»Wenn du etwas von mir willst, wirst du das wohl aussprechen müssen, süße Helen!«, sagte er mit unschuldigem Blick, während er mich folterte. Mit der Spitze seines Mittelfingers fuhr er an meinem Eingang entlang, bevor er ihn kurz – so als würde er mich necken – in mir versenkte.

»Soll es das hier sein?«, fragte er überflüssigerweise.

Tief seufzte ich und nickte wie im Delirium.

»Oder soll es das hier sein?« Seine Zunge fuhr einmal durch meine Mitte und kreiste mit sanftem Druck um meinen Kitzler.

»Oder willst du das hier?« Er setzte sich auf und platzierte seinen Schwanz, strich damit auf und ab, während ich mich wand und wimmerte.

»Du musst dich schon entscheiden«, ärgerte er mich weiter, beugte sich zur Seite, und ich sah wie durch einen Nebel, dass er einen Gummi überstreifte.

»Ich möchte, dass du mich kommen lässt …«

Tadelnd schnalzte er mit der Zunge, tauchte ein in mein Innerstes und zog sich sofort wieder zurück.

»Durch meine Finger?«

»Auch«, kreischte ich, wie eine völlig Irre. Denken war momentan Mangelware, also so richtig ausverkauft.

»Du wirst es aussprechen müssen, Baby!« Seine Worte vibrierten auf meiner Haut, als er einen Kuss auf meinen Bauch platzierte. »Du wirst es aussprechen und mich bitten, dass ich dich ficke.«

»Es geht nicht.«

»Überschreite deine Grenzen, Helen! Sag mir, was du willst! Hier ist niemand außer uns und wir wollen beide definitiv das Gleiche, aber du sollst es sagen.«

»Du bist ein gemeiner Bastard.«

»Ich weiß, aber ich werde deine Fessel sprengen, Helen. Du wirst mich anflehen, dass ich das immer und immer wieder tun werde. Sag mir, was du möchtest, dann bekommst du es.«

»Ich möchte dich in mir spüren.«

»Mich?« Er fuhr mit der Hand von links nach rechts über meinen Bauch und ließ sie schließlich schwer auf meinem Unterleib liegen. »Oder meinen Schwanz?«

Deinen Schwanz!, brüllte es in mir. Wieso konnte ich es nicht aussprechen? Ich wollte es doch sagen. Ich wollte ihn doch so dringend in mir haben. Niemals hätte ich gedacht, dass ich prüde war oder sexuelle Grenzen hatte, aber John zeigte sie mir gerade auf. Deutlicher als jemals zuvor wurde mir bewusst, dass ich scheinbar niemals richtigen, ehrlichen, allumfassenden Sex gehabt hatte. Mein Kopf machte gerade vor lauter Lust nicht mit, aber ich war mir ziemlich sicher, dass noch nie ein Mann verlangt hatte, dass ich ihm sagte, was ich will. Niemals!

Und dieser hier? Er forderte es regelrecht. Es dämmerte mir, dass er mich niemals ein zweites Mal ficken würde, wenn die Worte meinen Mund nicht verließen.

»Sag es, Helen! Bitte mich darum! Ich verwehre dir nichts, ich will die Worte nur von deiner Zunge rollen hören, das bereitet mir Lust.«

»Du willst mich erniedrigen?«

»Nein, niemals! Du sollst dich nur niemals schämen, mir zu sagen, was du dir wünschst.«

Um mein Verlangen aufrechtzuerhalten, neckte er mich weiter. »Wenn du sagst, du willst, dass ich dich lecke, dann werde ich dich lecken, so als hinge mein Leben davon ab. Wenn du willst, dass ich dich fingere, dann werde ich dich fingern, so heftig und schnell, dass du kommen wirst. Und wenn du mich bittest, meinen Schwanz in dich zu stoßen, werde ich dich in den Himmel vögeln, glaube mir.«

Er sah auf mich herunter, seine Augen waren fast schwarz vor Verlangen und Lust. »Ich will wieder in deine enge Muschi …

mich von dir massieren lassen. Ich sage dir doch auch, was ich mit dir machen will. Schäme dich nicht, sprich es aus, Helen!«

Seine Forderung zerriss mich innerlich. Was war denn so verdammt schwer daran? Es war klar, dass ich nichts von all dem, was ich gern wollte, bekommen würde, wenn ich es nicht aussprach. Es turnte ihn genauso sehr an wie mich. Wenn ich dreckige Worte sagte, musste ich mich dessen nicht schämen. Nicht hier, in seinem Schlafzimmer, wo wir beide das Gleiche ersehnten. Es war für mich eine Hemmschwelle, meine Bedürfnisse laut auszusprechen, selbst wenn ich in Gedanken getönt hatte, wie sehr ich wollte, dass er es mir besorgte. Jetzt sah die Sache vollkommen anders aus, und es machte sie noch erotischer, als sie bereits war.

»Ich will, dass du es mir mit deinem Schwanz besorgst!«, platzte es aus mir heraus.

Mit einem anzüglichen Grinsen richtete er sich auf und ich betrachtete den trainierten Bauch, über dessen Muskeln sich die ebenmäßige Haut spannte. In dem matten Licht der Nachttischlampe konnte ich erkennen, dass sein Körper gebräunt war. Von seinem Bauchnabel aus zog sich ein feiner Streifen dunkler Härchen bis zu seiner Schwanzwurzel. Das sexy V, für das ein jeder Mann morden würde, trat deutlich hervor. Die Feuchtigkeit sickerte aus mir heraus, obwohl er mich gerade gar nicht berührte, sondern einfach nur – wie ich ihn auch – betrachtete. Dieser Mann war Sex pur, auch ohne dass er Hand an mich legte.

»Du willst meinen Schwanz in deiner engen Pussy?« Er hob eine Braue, biss sich auf die Lippen und positionierte sich an meinem Eingang. »Das trifft sich sehr gut, ich will auch dort rein.« Er neckte mich, schob sich ein paar Zentimeter in mich, dass ich eine Dehnung spürte, aber zog sich sofort wieder zurück … ich begann es zu genießen, wie er mit mir spielte.

»Und ich glaube, du stehst genauso wie ich darauf, wenn dir jemand schmutzige Worte zuflüstert.« John schob sich in mich. Langsam. Qualvoll. Und unendlich sinnlich. Er bewegte sich in mir und schaute mir direkt in die Augen. Fasziniert davon, wie er immer wieder in mir verschwand und von meiner Feuchtigkeit glänzte, stützte ich mich auf meine Ellbogen und beobachtete dieses sinnliche Spiel. Wenn wir sexuell schon alle Hüllen fallen ließen, dann konnte ich das doch tun, oder?

»Macht dich das an?«, fragte er mich und keuchte tief.

Mit halbgeschlossenen Lidern nickte ich. O ja, es turnte mich unwahrscheinlich an.

»Lass es raus, du kannst hier deine Fantasien leben … alles, was du dir wünschst und noch mehr.«

Meine Lippen teilten sich und ich stöhnte. »Das ist so gut«, schnurrte ich wie ein Kätzchen. John nickte, schaute zu der Stelle, an der wir uns vereinten, bevor er auf mich sank und mich mit seinem Gewicht auf die Matratze drückte. Er legte seine Hände an die Seiten meines Gesichts und fing meinen Blick ein.

»Genieße es, Helen, und lass dich fallen! Mach dich frei davon, dass irgendetwas falsch ist. Ich genieße es viel zu sehr, wie deine engen Wände mich umfangen und massieren … wie warm und weich du bist …« John flüsterte die Worte in mein Ohr und ich bäumte mich auf, wollte ihm noch näher sein, ihn noch intensiver fühlen, aber er hielt mich an Ort und Stelle.

»Lass los, Baby, lass dich fallen und genieße den Strudel aus Lust und Verlangen, den wir gemeinsam erschaffen haben …«

Er schob sich mit Genuss in mich und steigerte sein Tempo. Diese süße Qual zwischen uns trieb mich langsam, aber konstant auf die Spitze. Ich fühlte seinen Schwanz in mir pulsieren und genoss es. Wieder und wieder zog er sich aus mir zurück, nur um anschließend fest in mich zu stoßen. Meine Augen schlossen sich, mein Mund war geöffnet und ich stöhnte ohne jede Hemmung. Ich wollte ihn so sehr … hatte das Gefühl zu sterben, wenn ich ihn nicht noch intensiver spüren könnte.

Meine Fingernägel krallten sich in seinen makellosen Rücken, ich klammerte mich an ihn, als der Orgasmus in mir tobte. Ich schrie seinen Namen und kam gewaltig.

John folgte mir, presste sich an mich und keuchte kehlig. Ich wusste nicht, wie lange wir so verharrten, wie lange er in mir blieb … aber Zeit spielte in diesem Augenblick keine Rolle. Ich trieb dahin … gefangen in seinem Duft, der Wärme seiner Umarmung … und dem Wissen, dass ich so etwas Intensives, Körperliches und Emotionales noch nie erlebt hatte. Das letzte Bild, das ich bewusst wahrnahm, war der liebevolle, wenn auch weiterhin voller Verlangen durchzogene Blick aus seinen braunen Augen.

Ich gab nach.

Ihm.

Mir.

Uns.

Und ließ mich fallen.

18

JOHN

Warm.

Weich.

Anschmiegsam.

Der Duft nach Frau.

Das war es, was mich erwarten sollte, als ich aufwachte.

Das, was ich stattdessen bemerkte, war das Fehlen all dieser Dinge. Ich war mir nicht sicher, ob mich das froh stimmte oder eher nicht, denn nachdem ich letzte Nacht meinen Frieden damit gemacht hatte, dass sie tatsächlich hier eingeschlafen war, enttäuschte mich jetzt die Erkenntnis, dass die Seite, auf der sie die Nacht verbracht hatte, leer war.

Für mich war es etwas Besonderes, wenn eine Frau hier schlief, so etwas war nämlich ganz und gar nicht mein Stil. Deshalb und wegen etwa einer Million anderer Gründe hatte sich Caty nach einigen Jahren Beziehung von mir getrennt. Weil ich es in all den gemeinsamen Nächten, in all der Zeit, die wir zusammen verbracht hatten, nie geschafft hatte, bis zum Frühstück zu bleiben. Frühe Meetings oder Frühstücksverabredungen mit Geschäftspartnern waren meine treuen Ausreden gewesen. Wäre sie nicht tagsüber ab und an in meiner Wohnung gewesen, die ich vor Caty immer als ›zu groß‹ und zu ›kühl‹ abtat, hätte sie vermutlich nicht einmal geglaubt, dass ich sie besaß. Aber eigentlich war, um ehrlich zu sein, diese Zeit am Morgen, wenn die

Sonne langsam über der Stadt erwachte, wenn man aufstand, duschen ging und sich für den Tag richtete, weitaus besonderer als ein Abend. Jeder Mensch hatte Dämonen, meine waren es, dass ich den Morgen mit niemandem verbringen wollte, weil er zu intim war.

Mit einem wehmütigen Grinsen, weil es wirklich das erste Mal war, dass eine Frau mich verlassen hatte, bevor ich sie hinausgeleiten konnte, stand ich beschwingt auf, um mir einen Kaffee zu holen, den ich – wie jeden Morgen – auf dem Weg ins Bad trank. In meinem Kopf gab es eine imaginäre Liste von Gründen und Ausreden, die ich immer passend zur Situation abspielen konnte, ohne zu direkt sagen zu müssen: »Hey, unser gemeinsamer Weg endet hier.«

Eigentlich hätte ich es merken müssen, sobald ich einen Fuß vor die Mahagoniholztür meines Schlafzimmers setzte. Der Geruch nach Kaffee und Pancakes, das leise Summen, das immer lauter zur Musik aus dem Radio zu vernehmen war … Ich hätte es verdammt noch mal wissen müssen. Schon allein aus dem Grund, weil Frauen nie das taten, was man von ihnen erwartete.

Mit jedem Schritt, den ich innerlich getrieben nun eilig zurücklegte, fühlte ich Unbehagen in mir aufsteigen, das in Wut überschlug. Dabei hatte sie im Grunde nichts Schlimmes getan. In ihren Augen und denen der Bevölkerung Amerikas. In meiner Welt war es eine Todsünde. Eine Art der Folter, der ich entgehen wollte.

Ich holte gerade Luft, setzte zum Sprechen an, als sie hochsah, eine zarte Röte auf den Wangen, den Blick voller Verunsicherung.

»Guten Morgen!«, murmelte sie schließlich, legte den Pfannenwender zur Seite und sah mich an. Kein Wort verließ meine Lippen, ganz im Gegenteil. Ich presste sie zusammen, sicherlich waren sie schon weiß und vollkommen blutleer vor Zorn. Meine Hände ballten sich zu Fäusten und Adrenalin raste durch meinen Körper. Es ging nicht darum, dass sie es war, die hier stand. Es war einfach so, dass irgendjemand hier stand.

Weiterhin abwartend, sah sie mir in die Augen. Die Unsicherheit stand nun definitiv in ihrem Blick mit einer Spur Angriffslust.

»Willst du nicht wenigstens guten Morgen sagen?«, fragte sie plötzlich mit ruhiger und klarer Stimme. »Genau das ist es nämlich, was normale Menschen tun, weißt du.«

Ich war mir nicht sicher, ob ich überhaupt etwas sagen wollte oder eben nicht … ich war mir nicht bewusst, was genau mein Körper empfand oder eben nicht … aber ich wusste, dass sich meine Miene urplötzlich aufhellte, je finsterer ihre wurde.

»Irgendwie hätte ich selbst dir nicht so viel Unhöflichkeit zugetraut. Man kann ja wohl jemanden begrüßen, wenn man ihn sieht. Auch wenn es nur eine Nacht Sex war. Das hat etwas mit Respekt zu tun, weißt du«, erklärte sie in einem Wortschwall, griff erneut nach dem Küchenutensil und hob die Pancakes aus der Pfanne. »Gerade dann, wenn dieser Jemand Frühstück macht!«

Ich bemerkte, wie trotz ihrer Wut ein Lächeln an meinem Mundwinkel zupfte, aber ich ließ es nicht zu, dass es herauskam.

»Vielleicht habe ich mich letzte Nacht wie eine Hure verhalten, aber ich bin immer noch eine Lady. Und einer Lady sagt man guten Morgen, du arroganter Mistkerl!« Jetzt pfefferte sie den Wender und die Pfanne in das Spülbecken, umrundete den Tresen und stolzierte an mir vorbei Richtung Schlafzimmer. Ihr herrlicher Hintern wurde von meinem Hemd des letzten Abends kaum bedeckt, ihre schlanken Beine waren nackt.

Beweg dich, Arschloch!, schrie ich mich innerlich an. *Sie hat nämlich recht, du widerlicher Kerl.*

Ich wusste nicht, wie mir geschah, was genau mit mir passierte und welcher Moment es war, konnte ich ebenso nicht ausmachen, aber ich wollte, dass sie blieb. So dringend. Also setzten sich meine Beine unaufgefordert in Bewegung, liefen ihr hinterher, während sie den Gang entlangstürmte. Und genau in dem Moment, als sie mein weißes Hemd von ihren Schultern gleiten ließ, betrat ich mein Schlafzimmer. Müsste ich den perfekten Augenblick meines Lebens beschreiben, dieser hier wäre ziemlich weit vorn mit dabei.

Der Sonnenaufgang über New York mit Blick auf den Central Park, den wir durch die aufgezogenen Vorhänge der bodentiefen Fenster bewundern konnten. Helen im Morgenlicht, nackt, mit festen, großen Brüsten, einer schmalen Taille und Hüften, an denen ich mich wieder festhalten wollte, wenn ich in sie stieß. Das lange blonde Haar fiel ihr wild und lockig über die Schultern bis über die keck aufgerichteten Nippel. Die Miene finster, das Kinn nach oben gereckt.

Der Höhlenmensch in mir brüllte, dass sie mir gehörte, dass sie es war, die den Sonnenaufgang mit mir bewundern und den Morgen bei mir verbringen durfte.

Ohne meine rasenden Gedanken, das aufwallende Blut und den Zorn weiter unterdrücken zu können, verließ ich den Platz an meiner Schlafzimmertür, überbrückte den Abstand zwischen uns und genoss das überraschte Keuchen, als ich mich bückte und sie mir über die Schulter warf.

Ihr langes Haar streichelte beim Laufen über meinen Rücken und ich musste ihre strampelnden Beine mit beiden Händen festhalten. Ihre warmen, kleinen Hände hatte sie gegen meine Wirbelsäule gestemmt.

»Lass mich runter, du Idiot!«

Nach wie vor verließ kein Wort meinen Mund.

»Hey!«, brüllte sie wieder und schlug mir auf die Schulter. »Hast du das Sprechen verlernt? Ich sagte, ich will runter!«

Zur Antwort gab ich ihr einen Klaps auf den Hintern. O mein Gott, das Auftreffen meiner Handfläche auf ihrer weichen, weiblichen Haut ließ mich sofort hart werden. Ich wollte sie.

Ich wollte sie wieder.

Und wieder.

Und immer wieder.

Ich hielt erst an, als wir im Badezimmer vor der Dusche standen, dankte mir selbst im Stillen, das ich immer nackt schlief und ließ sie erst runter, als ich das Wasser angestellt hatte. Mein Körper keilte sie zwischen Fliesen und Ausgang ein. Ihr Blick spiegelte Verwirrung und Verlangen wider. Ich küsste sie, als gäbe es eben keinen Morgen, den wir zusammen verbrachten. Meine Zunge drang stürmisch in ihren Mund, und Helen hielt all dem mit der gleichen Intensität stand. Sie fuhr mit ihren manikürten Fingern in mein Haar, krallte die Nägel in meine Kopfhaut und ich stöhnte tief in ihren Mund. Sie drückte mich an sich, ihr Unterleib begann zu kreisen … Sie wollte mehr … Ich auch … aber nicht so. Nicht, wenn sie dachte, dass ich ein Arschloch wäre.

Na gut, ich war ein Arschloch, das stand außer Frage, aber ich wollte eben nicht, dass sie so von mir dachte. Warum zur scheiß beschissenen Kacke auch immer. Mit meinem linken Arm stützte ich mich an der Duschwand ab, lehnte mich gegen Helen und schob ein Knie zwischen ihre Beine. Als wären wir Magnete, ging sie auf meine Berührungen ein, presste sich gegen mich und seufzte in sehnsüchtiger Begierde.

»Shhh …«, machte ich an ihren Lippen und änderte den Kuss von wild und voller Verlangen zu einer süßen Folter der Lust. »Du bist noch hier!«, stellte ich fest und war mir nicht sicher, ob sie durch das Rauschen des Wassers überhaupt hören konnte, was ich sagte.

»Natürlich bin ich noch hier, du Arsch.«

Okay, offensichtlich konnte sie mich hören.

»Denkst du, ich verschwinde einfach, ohne auf Wiedersehen zu sagen?« Sie streckte die Arme durch, drückte meinen Oberkörper von sich, rieb aber weiterhin ihren Unterleib an mir.

»Scheinbar bist du wirklich nicht gut erzogen worden.« Ruckartig zog ich sie wieder an mich und lachte leise gegen ihre vollen Lippen.

»Ich mag es nicht«, erklärte ich murrend, »wenn morgens noch jemand da ist.«

Ruckartig ließ sie von mir ab. »Dann solltest du das deinen Betthäschen – MIR – vorher sagen, dass es ein paar mehr Regeln gibt, wenn man mit dir schläft.« Beleidigt drehte sie den Kopf weg, als ich versuchte, sie erneut zu küssen. Der Diskussion, die noch nicht einmal richtig begonnen hatte, müde, ließ ich den Kopf zwischen den Schultern hängen.

»Ich lasse so etwas nicht zu, okay?«, entfuhr es mir. Helen zuckte zusammen. »Ich habe das in all den Jahren mit meiner Ex-Freundin nicht zugelassen und ich fange jetzt sicherlich nicht damit an.«

»Was hast du nicht zugelassen?«, fragte sie und ich konnte sie kaum verstehen. »Dass jemand übernachtet hat?«

»Dass überhaupt jemand hier übernachtet hat … geschweige denn noch da war, wenn die Sonne aufging.«

»Aber warum?«

»Weil das mein Ding ist, ganz einfach. Ich teile nicht.«

»Und deshalb wünschst du mir keinen guten Morgen, weil das«, sie setzte die folgenden Worte in imaginäre Anführungszeichen, »dein Ding ist?« Helen schüttelte den Kopf und drückte sich an mir vorbei. »Pass mal auf, John Baker! Du meinst wohl, du bist etwas ganz Besonderes, aber ich sag dir was, du bist ein Arsch. Ein Mistkerl, der meint, nur weil er ein bisschen Macht hat und einigermaßen gut aussieht, sich alles erlauben zu können. Aber das kannst auch du nicht. Ohne am Ende allein zu sein. Und auch wenn ich außerhalb meiner Arbeit leichtgläubig oder vielleicht sogar blauäugig bin, dann bin ich noch lange nicht bescheuert. Ich weiß, was ich mir selbst wert bin, und darum kannst du diese Scheiße hier veranstalten, mit wem du willst, aber nicht mit mir.«

Finster sah sie mich an. Regungslos stand ich unter der Dusche. Es war mir nicht möglich, mich zu bewegen, zu reagieren oder irgendwas zu sagen.

»Lebe du deine Sonnenaufgangskomplexe aus, mit wem du willst, aber wage es nicht, mir noch einmal zu nahe zu kommen, du gottverdammter Scheißkerl. Komm mir einfach nie wieder zu nahe!«

Wie vom Donner gerührt, dass es jemand wagte, so mit mir zu sprechen, wenn ich einen Teil meines Innersten offenbarte, konnte ich mich nicht bewegen. Zorn kochte in mir hoch, verkroch sich in meiner Faust, und ich donnerte genau in dem Moment meine flache Hand auf die Fliesen der Dusche, als Helen tropfnass nach einem Handtuch griff und das Badezimmer verließ.

Mir war klar, würde ich jetzt ebenso hinaussteigen, dann würde es vollends eskalieren. Es gab einen Grund, weshalb ich morgens meine Scheißruhe wollte, und Helen Bradley hatte es geschafft, ihn zu bestätigen. Die Ruhe am Morgen, der Frieden bei diesem Sonnenaufgang war zerstört. Sie hatte es geschafft, dass ich wütend war, dass ich vor Zorn bebte, dass ich etwas zertrümmern wollte.

Sie hatte es allerdings ebenso geschafft, dass ich das erste Mal seit dem Unfall vergaß, was vor vierzehn Jahren im Morgengrauen geschehen war.

Es war das erste Mal, dass ich nicht daran dachte, wie ich

diesen leblosen Körper der fremden und namenlosen Frau in den Armen hielt.

Es war das erste Mal, dass es jemand schaffte, mich davon abzuhalten, es wieder und wieder zu durchleben.

Umso größer war meine Wut auf sie.

Auch wenn ich hätte dankbar sein sollen.

19

HELEN

»Arroganter Scheißarsch!«, fluchte ich immer noch, als ich am übernächsten Tag im Büro saß. Dieser wunderbar tolle Morgen war nun schon etwa dreißig Stunden vorbei, verdaut hatte ich ihn allerdings nicht. Daran hatten auch die zwei Flaschen Wein und die Tonne Eiscreme nichts geändert, die ich gestern heulend konsumiert hatte.

Es mochte ja sein, dass er ein Problem damit hatte, wenn jemand bei ihm übernachtete, aber ich hatte das eben nicht. Ich konnte es hingegen nicht ausstehen, wenn mich jemand wie eine billige Nutte behandelte. Es war schwer genug, sich einfach so fallen zu lassen, warum konnte er dann nicht ebenfalls über seinen Schatten springen? Wenn ich gewusst hätte, dass man ihm morgens nicht begegnen darf, dann wäre ich gar nicht geblieben. Er hätte es mir wenigstens sagen können.

Scheiße noch eins, ich dachte, er hätte es auch bemerkt, dass es verdammt besonders war, was da vorletzte Nacht zwischen uns war. Aber nein, Mr. Ich-bin-ein-Höhlenmensch-und-Vollarsch zog es also vor, sich wie der arroganteste Bastard auf diesem Planeten aufzuführen. Seine Mutter und auch sein Vater würden sich schämen. Ich war mir nämlich ziemlich sicher, dass sie ihm die Grundregeln des Anstandes sehr wohl beigebracht hatten. Nur dass der Herr sie außer Kraft setzte, weil … weil er einfach vollkommen bescheuert und dumm war. Selbstverliebt. Arrogant. Ein Scheißwichser!

Ich hätte auf mein Bauchgefühl hören sollen. Nur die kleine, dumme blonde Helen, gefangen in seiner scheiß verfickten Aura, hatte sich in diesen Strudel ziehen lassen, in dem NIEMAND sein wollte. Gott, ich war so beschissen wütend, ich war so sauer, so enttäuscht von mir selbst und verletzt. Ja, verletzt. Nicht nur, weil er sich auf unterstem Niveau bewegte, sondern weil ich es zugelassen hatte. Ich war es doch, die ihre Emotionen und Gefühle in der Hand hielt. Ich war es doch, die bestimmte, was mich fertigmachte und was nicht. Und er hatte es geschafft, mit diesem Gefühl, das er in mir auslöste und das ich nicht zuordnen konnte, mit diesem ... Ach, ich hasste mich selbst dafür, dass ich ihm erlaubt hatte, mich so zu behandeln.

Es war doch so, und ja, dieser Vergleich war eigentlich echt weit hergeholt, denn ich wollte bei Weitem nicht sagen, dass solche Frauen es sich wünschten, aber in jeder toxischen Beziehung oder in jeder Beziehung, in der Frauen mit einem Narzissten lebten, gab es einen, der es machte und eine Person, die es zuließ.

Und das gestern Morgen ... das war exakt das Gleiche. Er hatte mich fühlen lassen, dass ich es nicht wert war, bei ihm zu sein, als wäre ich ein Störfaktor, ein Pickel, den man beseitigen musste. Nur dummerweise war er eingeschlafen, bevor er dies erledigen konnte. Tja, und ich? Ich hatte es zugelassen, hatte ihm erlaubt, mich so zu behandeln und fühlen zu lassen.

Zumindest bis an den Punkt, an dem es endlich in meinem lustvernebelten Hirn klick gemacht hatte und mir klar geworden war, dass er einen Scheiß durfte, dass es nicht an ihm war, zu bestimmen, wie ich mich fühlte, was in mir vorging.

Nein, ich war erwachsen und es stand immer noch in meiner Macht, zu ändern, was mich störte. Und ja, dieser Mistkerl störte mich. Okay, die Nacht war wundervoll gewesen. Eine der besten, die ich jemals erlebt hatte. Nur sah scheinbar – wie bei eigentlich jedem Mann – nachts alles wunderbar aus, und wenn der Morgen graute, wurde aus der Realität eine trügerische Illusion, ein Theaterstück, dessen Vorhang bereit war zu fallen.

Waren nachts nicht alle Katzen grau? Sah man in der Dunkelheit die Tatsachen nicht generell in einem anderen Licht?

Ich kaute gedankenverloren auf meinem Bleistift herum, und als ich es bemerkte, ließ ich ihn frustriert auf den Tisch fallen. Ich hasste diese Angewohnheit abgrundtief und John Baker brachte mich wieder mal an den Rand der Verzweiflung, dass ich zu solchen ekelhaften Mitteln griff, um mich zu beruhigen.

»Helen?«, fragte mich einer der Werbetexter von der Tür aus. Scheinbar hatte ich ihn über meinen Gedanken nicht einmal klopfen hören. »Der Etat für das Hundefutter ist da.«

Wumm!

Das nannte man dann wohl einen richtigen Schlag in die Fresse. Definitiv. Wenn ich vorher schon dachte, ich würde mich wie eine Nutte fühlen, dann war es jetzt so, dass ich mich definitiv als eine sah. Es fehlte nur noch ein kleines Kärtchen, auf dem geschrieben stand: *Danke für diese Nacht. Sie war gar nicht mal so übel.*

Mit zusammengebissenen Zähnen nickte ich und presste heraus: »Dann sollten wir schnellstmöglich ein Meeting einberufen. Ich will sie *alle* heute Abend an einem Tisch!«

Mein Kollege wusste, was ich damit meinte, und verließ wortlos nickend mein Büro. Scheinbar waren meine negativen Schwingungen bis zu ihm gedrungen, aber das war mir gerade egal. Sie ließen sich nicht vermeiden. Niemals, wirklich niemals, bei all der Scheiße, die ich mit Männern erlebt hatte, hatte es einer der Typen geschafft, dass ich mich billig fühlte. Außer John Baker. Eigentlich war es von Anfang an klar gewesen, dass es eine Scheißidee war, mit dem Chef ins Bett zu gehen.

Für Geld!

»Ich fühle mich billig«, flüsterte ich sofort los, als meine Freundin Cynthia am Telefon war. »Billig. Nuttig. Ich schäme mich.«

»Oh, Süße!«, erwiderte sie und ich bemerkte, wie die Tränen in meine Augen stiegen. Nicht nur, weil dieses Gefühl wirklich scheiße war, sondern auch, weil mich die Situation zugegebenermaßen überforderte.

»Du hast mit ihm geschlafen?«

»Natürlich!«, erklärte ich und hätte mir eine runterhauen können.

»Und es war schlecht?«

»Es war der beste Sex, den ich jemals hatte.«

Man musste meiner lebensbejahenden Freundin lassen, dass

sie genau wusste, wann Scherze unangebracht waren. Und jetzt gerade waren sie es definitiv. »Aber der Morgen danach.«

»Oh!«, murmelte sie und ich hörte, wie sie auf die Worte »Frappuccino Caramel« mit einem »Danke« reagierte. »Es war also wirklich einer dieser One-Night-Stands, oder?«

»Das war es nicht.«

»Was denn dann?«, fragte sie und ich hörte den New Yorker Verkehrslärm durch das Handy. »Soll ich vorbeikommen?«

»Ich bin im Büro.«

»Und ich ums Eck. Bin gleich da.«

Dankbar legte ich den Hörer auf, informierte meine Sekretärin, dass ich vor dem Meeting heute am Abend von niemandem außer Cynthia gestört werden wollte, und wartete.

Mich vorbereiten. Das war es, was ich hätte tun sollen … aber ich konnte einfach nicht. Es schleuderte meine Gedanken von links nach rechts und wieder zurück und es war nahezu unmöglich, eine klare, sinnvolle Strategie in meinem Kopf zu finden. Also ergab ich mich, sah aus dem Fenster und schrie vor Erlösung fast auf, als meine Freundin im Büro stand.

Ich griff nach ihrem Frappuccino, ignorierte ihren Protest und nippte an dem Starbucks-Kaffee mit dem leckeren Karamellgeschmack.

»Das wird dir auch nicht weiterhelfen, Helen«, begann Cynthia und ich umklammerte den Becher noch fester. »Aber lass ihn dir schmecken. Ich hatte heute schon.«

»Danke«, murmelte ich. »Eigentlich möchte ich schon gar nicht mehr drüber reden.«

»Aber da du eine Frau bist, kannst du nicht damit aufhören.«

»Das nervt mich am meisten.« Frustriert kniff ich mir in den Nasenrücken. »Ich hasse Männer.«

»Männer oder deinen Boss?«

»Oh, danke«, presste ich heraus, »dass du mich daran erinnerst.«

Cynthia schenkte mir ein verständnisvolles Lächeln und setzte sich auf einen der Stühle am Besprechungstisch. »Jepp, ist er nun mal. Aber wenn es dich beruhigt, er sieht wirklich extrem scharf aus.«

»Danke«, rief ich aus und donnerte den Pappbecher auf den Tisch. »Das beruhigt mich so sehr!«

Meine Freundin rollte die Augen. »Jetzt beruhig dich mal wieder! Es ist doch nichts weiter passiert.«

»Ich fühle mich wie eine Nutte.« Um die Glaubhaftigkeit meiner Worte zu unterstreichen, kreuzte ich die Arme vor der Brust und hob eine Braue. »Er hat mich behandelt wie eine.«

»Also erzähl mal, was genau hat er denn getan.«

»Wir hatten Sex.«

»Okay, das weiß ich ja schon.«

»Dann habe ich dort übernachtet.«

»Jepp, finde ich auch noch nicht sonderlich nuttig.«

»Und Morgens wollte ich Frühstück machen und er hat mich rausgeworfen.« Na ja, so war es in etwa.

»Was hat er denn gesagt?«, fragte meine Freundin skeptisch.

»Dass noch nie jemand bei ihm übernachtet hätte und er es nicht kennt und morgens lieber allein ist.«

»Und daraufhin bist du gegangen?«, fragte meine Freundin mich nun mit weit aufgerissenen Augen. »Spinnst du?«

»Bitte was?«, fragte ich nach. »Wenn er nicht will, dass eines seiner Betthäschen übernachtet, dann sollte er die Regeln klar abstecken und sich nicht am nächsten Morgen wie ein Arschloch aufführen.«

»Oh!«, kam es dunkel von der Tür her. »Du sprichst über mich?«

Mein Kopf ruckte zur Tür und meine Augen weiteten sich. Cynthia drehte sich schnell um, betrachtete ihn von oben bis unten und formte dann stumm mit den Lippen die Worte in meine Richtung: »Dein Ernst?« Man sah ihr deutlich an, wie heiß sie ihn fand.

»Ich sehe hier sonst kein weiteres Arschloch, also ja … vermutlich spreche ich über dich.« Trotzig reckte ich das Kinn in die Höhe. Natürlich war mir klar, dass ich mich wie eine idiotische, kindische Zicke aufführte, aber ich konnte nicht anders. Ich konnte einfach nicht raus aus meiner Haut und wollte auch gar nicht. Er hatte mich verletzt. Und eigentlich war das Schlimmste, dass er mir nicht widersprochen hatte, als ich von billig und Betthäschen und One-Night-Stands sprach.

»Ich lass euch mal allein«, murmelte meine Freundin und griff nach ihrer Tasche. Ich sah sie drohend an. Mein Blick schien Bände zu sprechen, denn sie setzte sich langsam wieder hin und wisperte unsicher: »Oder lieber nicht?«

John Baker – der gerade hier als mein Chef war – sagte im selben Moment »Nein«, als ich ein »Ja« beinahe herausbrüllte. »Du kannst hierbleiben, Cynthia«, erklärte ich deutlich, und pure Befriedigung kroch durch meine Adern, als ich sah, wie sich seine Augen verengten.

»Solltest du dich nicht lieber auf das anstehende Meeting vorbereiten?« Er betrat den Raum und schloss die Tür hinter sich. Erneut wollte meine Freundin, die sich sonst nie etwas vorschreiben ließ und auch keine Verräterin war, aufstehen, aber er legte ihr in einer dominanten Geste seine Hand auf die Schulter. »Bleiben Sie doch noch!« Der seidige Tonfall seiner Stimme wirkte beängstigend und attraktiv gleichermaßen. Ohne große Worte war klar, dass er es nicht lustig fand, was er hier gerade gehört hatte. Aber es war mir egal. Sicherlich würde ich jetzt nicht vor ihm einknicken.

»Mir war nicht klar, dass wir einen Termin haben, Mr. Baker?« Provokant blätterte ich durch meinen Terminkalender, der auf dem Schreibtisch lag.

»Wir haben auch keinen Termin«, knurrte er düster.

Cynthia rutschte unruhig auf ihrem Stuhl hin und her.

»Aber ich finde, es besteht Klärungsbedarf, was gestern Morgen angeht.«

Augenrollend winkte ich ab. »Da gibt es nichts zu klären, es wurde alles deutlich gesagt. Der Etat wurde gebucht, unser Deal ist damit erledigt.«

»Helen!«, begann er und ich unterbrach ihn. Sprang von meinem Schreibtischstuhl auf, als er näherkam.

»Ehrlich, Mr. Baker. Alles okay hier. Nur wenn Sie uns jetzt bitte entschuldigen würden? Eigentlich ist das gerade eine wirklich wichtige Besprechung.«

»Willst du mich verarschen?«

»Ich?« Theatralisch tippte ich mit dem Zeigefinger auf meine Brust. »Auf keinen Fall, Sie sind mein Boss! Aber wir haben hier wirklich noch ein wichtiges Thema zu besprechen.«

»Aha!«, brummte er. Unsere Blicke duellierten sich. Er wusste ganz genau, was hier los war. Cynthia auch. Und ich ebenso. Innerlich bettelte ich ihn an, dass er einfach verschwinden möge und ich dieser Schmach nicht noch länger ausgesetzt war, aber er schien offensichtlich an einer friedlichen Lösung kein Interesse zu haben.

»Würden Sie uns entschuldigen?!«, forderte er meine Freundin auf, ohne den Blick von mir abzuwenden. »Ich sehe hier nämlich eine ganze Menge Klärungsbedarf.«

»Aber selbstverständlich«, flüsterte meine sonst so eloquente Freundin demütig. »Bin schon weg. Ich warte unten auf dich.«

Meine Zähne mahlten aufeinander und ich presste die Lippen zusammen. Niemand von uns beiden sprach ein Wort, bis sich die Tür hinter Cynthia schloss.

»Was zur Scheißhölle willst …« Ich konnte den Satz nicht zu Ende bringen, denn urplötzlich, und bei der heiligen Maria, das sah ich nicht kommen, presste er seine Lippen auf meine. Dieser Kuss hatte nichts Sanftes, o nein, es ging einfach nur um Macht und Besitz. Und genau deshalb tat ich das einzig Richtige, wenn auch völlig unüberlegt. Ich drückte ihm meine Hände auf die muskulöse Brust, schob ihn von mir und nutzte die zwei Sekunden Überraschungsmoment, um meine Hand mit voller Wucht auf seine Wange zu knallen. Erschrocken über mich selbst wich ich einen Schritt zurück, vergrub mein Erstaunen tief in meinem Herzen und ließ eine Maske über meine Gesichtszüge gleiten.

»Du sollst mir nicht zu nahe kommen, Arschloch!«, zischte ich wütend ob seiner Dreistigkeit. Mein Körper zitterte. Allerdings musste ich zugeben, dass er das nicht vor Entsetzten tat, sondern vor Verlangen. Er war so groß, männlich und dominant, dass ich beinahe vor Lust zerfloss. Er war der erste Mann, der es schaffte, mich zu erzürnen und vor Begehren vergehen zu lassen.

Er schien von meiner Ohrfeige nicht weiter überrascht zu sein, denn als ich zur zweiten ansetzte, hielt er meinen Arm am Handgelenk fest, zog mich ruckartig an sich und küsste mich erneut. Ich stand in Flammen. Ich war so überfordert und wütend und enttäuscht von ihm und von mir, dass ich ihn ebenfalls küsste. Natürlich tat ich das, denn auch wenn er sich gestern Morgen wie ein beschissener Wichser aufgeführt hatte, war es doch so, dass ich ihn wahnsinnig sexy fand. Seine Zunge drang in meinen Mund, seine Finger umklammerten mein Handgelenk und ich grub meine freie Hand in seine zerzausten Haare. Jede Zelle in meinem Körper hungerte nach ihm, als wäre er alles auf der Welt. Alles, was zählte … alles, was ich brauchte und wollte.

Ich ergab mich diesem Machtkampf zweier küssender Münder und fand erst zurück in die Wirklichkeit, als er von mir abließ, seine warme Zunge nicht länger in meinem Mund war und sich sein Griff entspannte.

»Du wirst mich nie wieder einfach stehen lassen, Helen«, kam es bestimmend von ihm. Die Autorität, welche er ausstrahlte, ließ nichts anderes zu als ein ruhiges Nicken meinerseits.

»Und du duzt mich gefälligst, wenn wir allein sind.« Er drückte seine Lippen noch einmal hart auf meinen Mund, zog tief meinen Geruch ein und ließ schließlich von mir ab. Wie benebelt stand ich taumelnd in meinem Büro und sah ihm zu, wie er es verließ. Heilige Scheiße! Was bitte schön war das denn?

Meine Finger angelten nach der Lehne meines Stuhles und ich ließ mich wenig damenhaft darauf plumpsen. Fuck! Das … Ich war doch sauer auf ihn. Ich war doch wütend. Ich wollte ihn doch nie wieder an mich heranlassen. Ich wollte doch nicht, dass er solch eine verdammte Macht über mich besaß und mich einfach küssen konnte und durfte, wie er es wollte. Ich war doch eine starke, selbstbewusste Frau, die mit beiden Beinen fest im Leben stand. Also was genau war hier gerade passiert?

Ohne Worte zu finden, die Lippen einen Spalt geöffnet, starrte ich auf meine Bürotür, die er gerade eben hinter sich geschlossen hatte. Wow! Dieser Mann war ein verdammter Hurrikan und ich hatte mich auf ihn eingelassen und war … Was war das überhaupt gewesen?

Entsetzt, sprachlos, vollkommen unbefriedigt und enttäuscht von mir selbst stand ich auf, schob die Jalousien zur Seite und sah auf den Bürgersteig, der vor meinem Fenster war.

Gerade rechtzeitig, um noch mitzubekommen, wie er eine wunderschöne Frau mit langen dunklen Haaren, die zu einem Pferdeschwanz zusammengefasst waren, auf die Wange küsste und selbige einmal mit der Rückseite seiner Finger streichelte.

Anschließend bückte er sich, griff mit den Händen unter die Arme des Kindes, das der Frau wie aus dem Gesicht geschnitten war. Er lachte bei den Küssen, die das Mädchen in seinem Gesicht verteilte. Ich fühlte einen heftigen Stich und dann noch einen, als ich sah, wie er das Kind liebevoll an sich presste.

Das Zimmer begann sich zu drehen. Der Boden unter meinen Füßen wankte. Nicht nur, dass er mich belogen hatte. Nicht nur, dass es jetzt einen Sinn ergab, wieso man nicht über Nacht bleiben durfte. Nicht nur, dass er gerade eben noch hier in meinem Büro gestanden und Besitzansprüche gestellt hatte. Nicht nur, dass er mich mit einer Intensität geküsst hatte, die so viel mehr versprach. Nicht nur, dass es sich für mich anfühlte, als hätte er sein Revier markiert und mich länger als nur für diese eine Nacht gewollt.

Nein! Ich wurde verarscht. Nach Strich und Faden, nach allen Regeln der Kunst. John Baker war nicht nur ein Arschloch, o nein, er war ein verheiratetes Familienvater-Arschloch.

Und ich dumme Kuh war auf ihn hereingefallen.

20

HELEN

»Wenn Sie die Wahl haben zwischen einem Messer und einem Löffel«, las ich mir selbst gemurmelt vor, »wie entscheiden Sie sich?«

Messer. Ganz klar, das Messer. Das stand ja wohl außer Frage.

Ich saß in einer Bar in der Nähe meiner Wohnung, steckte die Nase in eine psychologische Zeitschrift, die hier auslag, und wartete auf meine beiden Freundinnen.

Nachdem das Meeting nämlich beendet gewesen war, hatte ich einen Notruf an die beiden abgesetzt. Man glaubte es kaum, aber das, was ich gesehen hatte, wie John – der Mann, der letzte Nacht seinen Schwanz in mich geschoben hatte, als wäre er ausgehungert nach Liebe – einen auf Happy Family machte, verletzte mich zutiefst. Und zwar so sehr, dass ich keinerlei Lust verspürte, nach Hause zu gehen oder den Abend allein mit einer Flasche Wein zu verbringen. Ich wollte mich einfach nicht verkriechen wie ein angeschossenes Reh, denn ich war verdammt noch mal kein beschissenes Opfer. Ich brauchte Alkohol, jede Menge davon. Und Alkohol trank sich viel besser in der Öffentlichkeit als einsam in der Badewanne. Zumindest wenn man etwas zu bieten hatte außer qualvollen Tränen der Selbstzerstörung. Ich brauchte Lösungen, denn dieser Scheißkerl war mein Boss. Da war es nicht möglich, ihm einfach aus dem Weg zu gehen und im Jammertal zu verschwinden. Nein, ich musste mich ihm stellen. Nur wie?

»Da ist sie ja«, rief es plötzlich hinter mir. Ich hob erschrocken den Kopf und sah meinen beiden Freundinnen in die Augen.

»Ihr sagt das so, als hättet ihr damit gerechnet, mich nicht hier vorzufinden. Natürlich bin ich da. Wo sonst? Ich verkrieche mich nicht wie ein Trauerkloß.«

»Nun«, begann Scarlett verwirrt lächelnd, »ich hätte es nachvollziehen können und wäre auch zu dir nach Hause gekommen. Also, was hat er getan?«

Beide setzten sich auf die freien Plätze neben mir. Cynthia warf einen bedeutungsschwangeren Blick auf die Zeitschrift mit dem Psychotest, und ich faltete sie zusammen und schob sie von mir. Meine Mädels waren tausendmal besser als dieser Psychomist.

»Wusstet ihr, dass John Baker, der Chef von ›Baker Advertising‹ verheiratet ist? Ich hab den Ring an der Hand seiner Frau gesehen. War ja nicht zu übersehen.«

»Mach keinen Scheiß!«, flüsterte Cynthia, und Scarlett zog fragend die Brauen zusammen.

»Nein?«, rief ich sarkastisch und viel zu laut. »Ich nämlich auch nicht.«

»Du verarschst uns!«

Traurig schüttelte ich den Kopf. »Nope. Er. Ist. Verheiratet.« Ich betonte jedes Wort, als wäre es sein Todesurteil. »Oh, aber nicht, dass das genug wäre, sie haben ein Kind. Eine wunderschöne kleine Tochter. Na ja, machen wir uns nichts vor, es interessiert mich einen Scheiß, ob sie hübsch ist oder nicht. Ich hasse seine Frau. Und ihn. Und alle beide. So ein Wichser!«

»Du musst es seiner Frau sagen«, erwiderte Scarlett in ihrer nüchternen Anwältinnenart. »Du musst es ihr sagen, damit sie diesen Mistkerl verlassen kann.«

»Wie konnte ich nur auf ihn reinfallen? Und wie zur Hölle konnte ich nicht mitkriegen, dass er eine Frau hat?« Ich warf die Arme in die Luft. »Er ist mein Boss! Sollte ich so was nicht über meinen Chef wissen?«

»Ich habe auch keine Ahnung, ob mein Chef verheiratet ist«, sagte Cynthia nachdenklich. »Aber ich will auch nicht mit ihm ins Bett.« Sie erhaschte nebenbei einen Blick auf den Kellner und bedeutete ihm mit den Fingern, dass wir noch drei von diesen Drinks bekamen, wie er vor mir stand. Gin Tonic. Ja, etwas Hartes, Schnörkelfreies, Bitteres. Das passte super zu meiner Stimmung. Wieso sollte ich so tun, als würde Wein oder Wasser ausreichen? Das tat es nämlich nicht. Gin Tonic war das Zaubermittel. Gut, dass wir öfter hier waren.

»Also, mein Chef ist verheiratet. Mit einer Art Playboy-Bunny.«

»Wow!«, ergänzte Cynthia. »Dieser hässliche, kleine, untersetzte Idiot?«

Scarlett zuckte die Schultern. »Ist bestimmt die große Liebe. Ich meine … er ist ja erst um die siebzig und sie …«

»Achtzehn, oder?«, warf ich in den Raum. »Natürlich ist das die große Liebe.«

»Wie auch immer. Für mich kommt nicht infrage, mit überhaupt irgendjemandem aus der Kanzlei zu schlafen. *Never fuck the Company.* Hat dir das niemand beigebracht?«

»Sorry, bei der Schulstunde habe ich wohl gefehlt«, antwortete ich zickig. Mir reichte mein schlechtes Gewissen und das Gefühl, eine billige Nutte zu sein, da musste mich jetzt nicht auch noch meine Freundin darüber belehren, dass es scheinbar gegen ein imaginäres Gesetz verstieß, mit einem Mann, der beruflich etwas zu melden hatte, ins Bett zu steigen. Ach, Scheiße noch eins, ich war so verdammt enttäuscht. Von mir. Von ihm. Von der Welt.

»Hast du ihn drauf angesprochen?«, fragte Cynthia schließlich, nachdem sich jede von uns für einen Moment ihren eigenen Gedanken gewidmet hatte. Unsere Drinks wurden serviert, wir bedankten uns alle artig und ich nahm einen großen Schluck. Es war mir gerade so egal, wie es meinem Kopf morgen gehen würde. Meine Arbeit hatte ich nämlich noch immer professionell erledigt, und daran sollte sich auch nichts ändern.

»Natürlich nicht. Hätte ich ihn denn darauf ansprechen sollen?«, fragte ich und sah beiden abwechselnd in die Augen. Scarlett schüttelte den Kopf. Cynthia nickte im selben Moment so heftig, dass ihre roten Locken hin und her flogen. »Also, ich hatte heute nicht den Eindruck, dass euer gemeinsames Kapitel bereits abgeschlossen ist.«

»Du hast ihn gesehen?«, fragte Scarlett überrascht und räusperte sich. »Sieht er wirklich so gut aus, wie die da«, nun deutete sie auf mich, »behauptet?«

»Tut er. Und vermutlich noch besser.«

»Was scheißegal ist, da er eine Ehefrau hat«, warf ich wütend ein. »Können wir uns darauf konzentrieren, was er für ein Arschloch ist, anstatt uns über sein gutes Aussehen zu unterhalten?«

»Woher weißt du überhaupt, dass er nicht Single ist?«

»Ich habe ihn gesehen. Als er mein Büro verließ. Direkt vor meinem Fenster. Vollkommen bescheuert von ihm, oder? Er hätte es nur ein klitzekleines bisschen diskreter machen müssen und ich wüsste nichts davon.«

»Na ja, aber wie soll er denn seiner Frau erklären, warum sie ihn zehn Meter weiter links küssen soll und nicht direkt, wenn sie sich sehen?«

»Ach, was weiß denn ich«, murmelte ich mürrisch. »Das Problem ist eigentlich, dass ich mich sowieso schon scheiße fühle, weil ich das irgendwie gegen Bezahlung gemacht habe, er mich am nächsten Morgen behandelt hat, als wäre ich eine Zecke und dann erfahren muss – übrigens nachdem er mich in meinem Büro innig geküsst hat –, dass dieser verdammte Dreckskerl Frau und Kind hat.«

»Das ist wirklich ein Autsch wert«, meinte Cynthia.

»Ist es, ja«, stimmt Scarlett zu. »Aber okay«, sprach sie weiter. Sie war einfach immer die Nüchterne, Professionelle von uns. »Ich sage dir, was du tun wirst. Du sprichst niemanden auf irgendetwas an. Das Einzige, womit du jetzt noch dein Gesicht wahren kannst, ist, dass du so tust, als wäre dir das alles scheißegal.«

»Bitte was soll sie machen?«, platzte Cynthia dazwischen. »Du gehst zu ihm und knallst ihm eine.«

Irgendwie seltsam, dass wir alle schon so lange befreundet und doch so verdammt unterschiedlich waren.

»Möglicherweise habe ich das schon erledigt«, räumte ich kleinlaut ein. »Ich war so sauer, dass er mich nach diesem Rausschmeißer-Morgen wirklich noch aufgesucht und geküsst hat. Da habe ich ihm eine geballert.«

»Also, habe ich morgen die Anzeige auf dem Tisch?«, murmelte Scarlett und sah auf ihre schmale Armbanduhr.

»Der zeigt sie nicht an«, grätschte Cynthia wieder dazwischen.

»Hallo? Ich bin hier! Ihr braucht nicht in der dritten Person von mir zu sprechen.«

»Wie auch immer, ich rate dir dazu, ihn zu ignorieren, dich professionell zu verhalten und nicht mehr auszuflippen.«

»Ich soll ihn also nicht darauf ansprechen, was er für ein Scheißkerl ist?«, rückversicherte ich mich bei Scarlett, ob ich sie richtig verstanden hatte.

»Natürlich sprichst du ihn an. Ansonsten denkt er doch, er kommt mit der Masche durch. Irgendjemand muss das seiner Frau sagen. Der macht das sonst immer und immer wieder«, warf Cynthia ein.

»Wie schön, dass ihr euch einig seid«, murmelte ich sarkastisch. »Was soll ich nur tun? Mein Leben ist am Arsch.«

»Überlege doch mal«, erklärte Scarlett nüchtern. »Wenn seine Frau das rausfindet, dann wird sie dafür sorgen, dass du deinen Job verlierst. Sie wird sich drum kümmern, dass du dich anderweitig umsehen musst. Nicht er«, sagte sie energisch und schüttelte die langen Haare wie zur Verdeutlichung. »Ihm wird sie vergeben, weil dieser Mistkerl es auf dich schieben wird. Außerdem wird er wahrscheinlich nicht das erste Mal fremdgegangen sein. Er wird behaupten, dass du ihn verführt hast oder gezwungen oder was weiß ich denn. So ticken diese Männer. Und ich sage dir, wenn du ihm das vorwegnimmst, wenn du seiner Frau steckst, dass er dich wollte und du nicht wusstest, dass er verheiratet ist, dann hast du eine minimale Chance, dass du deinen Job behältst.«

»Jetzt ist also nicht nur mein Leben ruiniert, sondern auch noch meine Karriere. Das Einzige, was wirklich konstant Bestand hatte. Verfluchte Scheiße! Und wofür?«

»Bisschen Sex«, murmelte Scarlett tadelnd. »Ich habe es dir gesagt.«

»Das hilft mir jetzt auch nicht weiter. Außerdem ging es um weit mehr.«

»Wohl wahr, das Kind ist in den Brunnen gefallen. Aber wir haben immer noch den Tatbestand der Nötigung.«

»Ja, er hat sie sehr genötigt, als er sie gefickt hat.« Cynthias direkte Worte ließen die Anwältin erröten und ich lächelte endlich mal. Allerdings erstarb das Lachen gleich wieder, als Cynthia von der Erkenntnis getrieben fragte: »Wie, es ging um weit mehr?«

Natürlich! Ich hatte nur Scarlett von den zwei Millionen und dem Deal erzählt. Sie hatte das offensichtlich Cynthia nicht verraten. Klar, das fiel ja irgendwie unter die anwaltliche Schweigepflicht. Deshalb war es wohl jetzt an mir, alle hässlichen Fakten auf den Tisch zu legen.

»Es war ein Deal«, sagte ich und begann, meine Freundin auf den aktuellen Stand zu bringen.

»Ach, du ahnst es nicht!«, war ihre recht einsilbige Antwort. Zum Glück machte sie daraus kein Drama, sondern tätschelte mir verständnisvoll die Hand.

»Was soll ich nur tun? Ich verliere mein Gesicht.« Verzweifelt fuhr ich mir über selbiges und nahm einen weiteren ordentlichen Schluck vom Gin Tonic.

»Mach ihn fertig! Sag es seiner Frau, das ist mein Rat.«

»Ignoriere ihn und versuche, dir den Rest deiner Würde zu behalten, das ist der richtige Weg.«

»Ihr seid mir eine großartige Hilfe«, seufzte ich frustriert. »Ich will ihn einfach nie wiedersehen.«

»Das dürfte schwer werden. Er ist zum einen dein Boss und zum anderen, wenn er es echt auf dich abgesehen hat, bist du am Arsch. Denn ich finde, sein Auftritt heute in deinem Büro und der Kuss zeigen das ziemlich deutlich. Ja, du bist eh am Arsch.«

»O ja, da stimme ich Cynthia zu«, erklärte Scarlett. »Ich habe auch den Eindruck, dass er über Leichen geht, wenn er etwas will. Und dich scheint er ja zu wollen.«

»Ich bin aus New York weggegangen, weil mir alles zu kompliziert wurde … und jetzt sitze ich wieder vor derselben Scheiße. Ich meine, was zur beschissenen Hölle habe ich verbrochen?«

»Ach, Süße!« Scarlett legte mir tröstend ihre Hand auf den Unterarm. »Das wird wieder. Warte doch erst einmal ab, verhalte dich ruhig und dann sehen wir, wie wir weitermachen. Wir können ihn immer noch anzeigen und dann fertigmachen. Mit Vergnügen sogar.« Jetzt lächelte sie wie eine Kriegerin. Meine Freundin war etwas strange, aber in ihrem Job als Anwältin genau richtig. Und auch, wenn es anders wirkte, wusste ich doch, sie würde mich niemals enttäuschen oder fallenlassen – egal, wie sehr sich unsere Ansichten unterschieden.

»Das klingt doch gut, verhalte dich ruhig, halte dich fern, und wenn er wieder ankommt, dann kannst du ja immer noch zu seiner Frau gehen, oder?«

»Ich verstehe nicht mal, wie ich übersehen konnte, dass er eine Frau hat. Ich habe ihn gegoogelt, ich war in seiner Wohnung.«

»Na ja, solche Firmen-Mogule halten sich von privaten Skandalen fern und posaunen ihr Privatleben nicht in die Öffentlichkeit. Gerade wenn eben Kinder im Spiel sind, halten sie diese vollkommen fern. Und vielleicht warst du in seiner Zweitwohnung. Solche Typen haben doch sicherlich ein großes Anwesen mit ihrer Familie. Es tut mir so leid, Helen.« Scarlett meinte das ehrlich, das wusste ich und dennoch tat es mir weh, dass sie recht hatte. Er trennte scheinbar diese zwei Welten, damit sie sich nicht in die Quere kamen. Und genau aus diesem Grund würde ich ihren Rat befolgen und mich ruhig verhalten. Nicht ausflippen, ihn auf Abstand halten und diese total bescheuerte Angelegenheit irgendwie vergessen. Ich musste einfach, denn es ging um mich, um mein Leben, meine Karriere. John Baker, auch wenn er mein Chef war, würde ich mit Nichtachtung strafen, zumindest bei allem, was privat war. Ansonsten sollte ich versuchen, meinen Job zu behalten und zu beten, dass seine Frau niemals von dieser Nacht erfuhr.

21

JOHN

Es war Donnerstagabend und ich war mit meinen Schwestern, deren Familien und meinen Eltern am großen Esstisch gefangen.

Das Level, auf dem sich meine Laune befand? Im absoluten Negativbereich. Meine Woche war hart gewesen. Nachdem ich Montag noch in New York gewesen war, hatte ich Dienstag und Mittwoch nach Seattle und Portland fliegen müssen, um dort an einer Gerichtsverhandlung teilzunehmen. Zum Glück hatten unsere Anwälte nachweisen können, dass keine Copyright-Verletzungen vorlagen. Im Grunde war es überflüssig gewesen, dass ich vor Ort war. So dachte ich jedenfalls. Es hatte einen Deal gegeben. Natürlich hatte es den gegeben. Für solche Angelegenheit gab es immer einen Deal. Nur war der Kläger ein Konkurrent gewesen, der partout nicht hatte nachgeben wollen. Also hatte er die Klage tatsächlich vor Gericht gebracht, auch wenn es vollkommen aussichtslos für ihn gewesen war. Diese Aktion hatte mich nicht nur jede Menge Zeit und Nerven gekostet, sondern mir überdies einige schlaflose Nächte eingebracht. Okay, nicht nur wegen dieser Klage.

Helen wollte mir einfach nicht mehr aus dem Kopf gehen. Der Kuss, ihre Hand, die auf meine Wange geknallt war, die Wut in ihren Augen und letztendlich ihre Sehnsucht, die verschleiert durch sie hindurchgeflossen war, als ich von ihr abgelassen hatte.

Sie wollte mich.

Und ich sie auch.

Ganz gleich, wie unser Deal lautete. Es war nicht nur ein körperliches Bedürfnis, sie zu spüren, nein, da war mehr. Eigentlich schon von der ersten Minute an. Ich wollte es nicht wahrhaben und tat mich immer noch schwer damit. Meine Gefühle für sie machten mir Angst und doch wollte ich ihr erklären, und das war wirklich das erste Mal, warum ein Morgen für mich so seltsam war, warum ich diese Stunden des Tages allein verbringen wollte … musste. Bisher hatte ich es immer als Druck empfunden, wenn ich merkte, dass von mir erwartet wurde, Stellung zu beziehen. In all den Jahren hatte ich es nicht zugelassen, mich rechtfertigen zu müssen, wieso ich zum Sonnenaufgang allein sein wollte. Jeder hatte schließlich seine Macken. Aber bei Helen … der Gedanke, es ihr zu erklären, ließ mich ruhiger werden. Innerlich ruhiger. Es fühlte sich irgendwie leichter an, wenn ich an die Möglichkeit des Gedankenteilens dachte. Als würden sich Ketten lösen, als könnte ich dann wieder frei atmen. Und, heilige Scheiße, ich wollte atmen. So sehr. Ich wollte diese Dämonen von mir weisen … loswerden … und nicht wie ein Baby heulen, wenn sich die Bilder von damals vor mein geistiges Auge schoben.

»Wo steckst du denn gerade drin?«, fragte mich mein Schwager Jim.

Leider in niemandem.

»Ich sitze gedanklich noch im Flugzeug«, gab ich ausweichend zur Antwort, da ich keinerlei Lust verspürte, mein Liebesleben vor meiner Familie auszubreiten. Ich wusste, meine Schwestern und meine Mutter würden sich wie hungrige Hyänen darauf stürzen und … gelinde gesagt, darauf hatte ich noch weniger Bock als auf die Gerichtsverhandlung. Ich musste es irgendwie hinkriegen, dass ich Helen sehen und in Ruhe mit ihr sprechen konnte.

Die eherne Regel meiner Mutter brechend – nämlich kein Handy am Esstisch zu benutzen –, klickte ich in der Kalenderfunktion der Firma herum und sah mir an, welche Termine morgen im Büro in Brooklyn anstanden. Ich konnte zwar nicht sehen, wer an den Meetings teilnahm, aber es waren Termine eingetragen. Oh, hoppla! Hier war ein Termin mit ›Dog's Life‹. Das war die Firma, für die der Spot für veganes Hundefutter produziert werden sollte. Ich ging zu einhundert Prozent davon aus, dass Helen anwesend sein würde. Der Spot war schließlich ihr Baby.

»Wann genau hast du vor, dein Telefon wieder wegzulegen?«, fragte meine Mutter mit ihrer Richterinnenstimme.

Seufzend sperrte ich den Bildschirm und packte es weg, wusste ich jetzt doch, wo und wann ich Helen erwischen konnte. Seit Tagen antwortete sie nicht auf meine Nachrichten, aber das würde sich ändern. Ganz sicher. Wenn ich ihr erst erklären konnte, was mit mir nicht stimmte, würde sie es verstehen und …

»Wo bist du denn mit deinen Gedanken?«, bohrte Jim wieder nach, lehnte sich grinsend zurück und trank von dem Bier, das wir Männer hier alle vor uns stehen hatten.

»Wie heißt sie?«, fragte Eva und schnitt ihrer Tochter die Nudeln etwas kleiner. »Iss Mäuschen, iss!«

»Wie kommt ihr darauf, dass ich wegen einer Frau so still bin?«

»Weil du immer sprichst«, kommentierte meine jüngste Schwester Gloria und nippte an ihrem Wein. »Normalerweise müssen wir dich unterbrechen und heute beteiligst du dich nicht einmal, wenn dir eine direkte Frage gestellt wird.«

»Die Woche war …«, begann ich, lockerte meine Krawatte und schob mir schnell eine Gabel von den Speckbohnen in den Mund, »… heftig.«

»Die Anhörung vor Gericht ist aber doch gut gelaufen. Die Verhandlung wird es auch. Mach dir da mal keine Sorgen.«

Mist! Meine Familie kannte mich einfach zu gut. »Ja, das ist sie, allerdings blieb natürlich hier in New York während meiner Abwesenheit einiges an Arbeit liegen.«

»Hast du dich mit Stephanie getroffen?«, fragte meine Mutter, und mir stockte der Atem. Nicht. Schon. Wieder.

»Mom!«, begann ich also und schüttelte den Kopf. »Hör doch bitte endlich auf, mich immer verkuppeln zu wollen.«

»Was denn? Das möchte ich doch gar nicht«, setzte sie entgegen.

»Das willst du schon, Ana«, brummte mein Vater sanft und meine Mutter, ganz die ehemalige Richterin log, ohne mit der Wimper zu zucken.

»Ich will, dass es meinem Sohn gut geht, das ist ein

Unterschied.«

»Und damit es ihm gut geht, braucht er eine Frau?«, fragte Jim grinsend. »Ich gehe da wirklich konform mit dir, Ana«, stimmte er ihr zu.

Überrascht sah meine Schwester ihren Mann an. Die kleine Louisa bekam davon nichts mit, weil sie voll und ganz damit beschäftigt war, sich Nudeln in den Mund zu schieben. »Wer bist du und was hast du mit meinem Mann gemacht?«, fragte Eva grinsend. »Du, der John eigentlich immer rät, erst mal das Leben zu genießen, redest jetzt davon, wie schön es mit einer Frau ist?«

»O ja, Jimmy«, rief ich und sprang auf den Zug auf. »Was ist denn da los?«

»Na ja …« Jim grinste mich dreckig an und ich war mir ziemlich sicher, dass ich meinen Kommentar bitter bereuen würde. »Du siehst so einsam und traurig aus, Schwager, was soll ich sagen, eine Frau an deiner Seite könnte dir ein Lächeln ins Gesicht zaubern.«

Was zur Hölle?

»Seit wann bist du schwul?«, fragte ich direkt und hob die Brauen wie zur Kampfansage. Was er konnte, konnte ich schon lange. Und bei Gott, auch wenn er einige meiner Geheimnisse kannte, ich kannte viele von seinen … und diese würde ich ihm schonungslos um die Ohren hauen, wenn er nicht aufhörte. »Wobei ich diese neue verständnisvolle Art sehr begrüße. Wie siehst du das, Eva?« Ich wusste nämlich aus einem unserer Gespräche vor Kurzem, dass meine Schwester wieder einmal sauer auf ihn gewesen war, weil er einfach nicht den Mund aufbekam, wenn ihn etwas störte. Das wiederum machte Eva wahnsinnig. Na ja … und jetzt … Wie du mir, so ich dir. Verraten würde ich ihn genauso wenig wie er mich, aber ein wenig ärgern wollte ich ihn schon.

»Vielleicht ist er dir gegenüber verständnisvoll, mir gegenüber nicht.«

»Baby!«, wisperte mein Schwager in ihr Ohr. »Du weißt, dass ich dich liebe.«

»Oh, wie süß!«, jauchzte meine Schwester Gloria. »Hast du das gehört, Louisa? Mama und Papa lieben sich.«

»Die beiden schlecken sich auch andauernd ab.« Die Kleine

zeigte sich unbeeindruckt und pickte weiter in ihre Nudeln. Meine Mom kochte für Louisa immer extra, wenn wir anderen Steak bekamen, denn meine Nichte wollte kein Fleisch essen. Jetzt sah der Mini in unserer Familie auf, präsentierte uns ihr mit Tomatensoße verschmiertes Gesicht und sagte: »Mom und Dad wollen noch ein Baby, ich hab es genau gehört.«

BOOM!

Stille.

Absolute Stille.

Irgendwann räusperte sich meine Schwester, während Jim unruhig auf seinem Stuhl hin und her rutschte.

»Ihr könnt weiteressen«, erklärte die kleine Louisa altklug. »War doch klar, dass ich kein Einzelkind bleiben darf.«

»Bitte, wie alt bist du noch mal?«, fragte ihre Tante. »Du klingst sehr erwachsen.«

»Einer muss es ja sein – bei den beiden.«

Ich lachte laut auf, meine Mom und mein Dad ebenso.

»Und ich bin fünf, Tante Gloria. Das solltest du eigentlich wissen!« Jetzt brachen alle am Tisch in herzhaftes Gelächter aus, während Louisa einfach weiter aß.

»Jepp, also, dann kennt ihr jetzt unseren Plan für die nächste Zeit«, räumte Eva ein und legte ihre Hand auf die von Jim. »Wir wollen wachsen.«

»Das klingt prima«, sagte Mom, und ich kaute grinsend vor mich hin, genoss, wie unbehaglich sich mein Schwager fühlte. Recht geschah es ihm, und ich würde ihm sicherlich nicht aus der Patsche helfen. Auf keinen Fall!

»Aber bitte fragt jetzt nicht andauernd, wann es endlich so weit ist.«

»Das werde ich auf keinen Fall«, warf ich ein. »Ich will nicht wissen, wann du und er … und also, das ist ekelhaft. Nein!« Ich brach den Satz ab und versuchte, alle Bilder zu ignorieren, die ungefragt in meinen Kopf krochen. Nein, ich wollte wirklich nicht wissen, wann und wie die beiden Sex hatten. Aber wenn meine Schwester das als ihr oberstes Ziel im Leben sah: *Have Fun!* Ich liebte meine Nichte, verbrachte viel Zeit mit ihr, und als ich sie am Montag zu meiner Überraschung gesehen hatte, während ich die Agentur in Brooklyn verließ, hatte ich mich riesig gefreut. Wir waren ein Eis essen gegangen, was meine Schwester nur mit einem Zähneknirschen geduldet hatte. Zu viel Fett, zu viel Zucker … aber all das hatte uns als Kinder auch nicht umgebracht. Und hey, das war nicht mein beschissenes Problem, denn ich war nur der coole Onkel.

Um ehrlich zu sein, war so eine Nichte, die man sich bei Bedarf ausleihen konnte und anschließend wieder zurückgab, gar nicht so schlecht. Die Quote von Frauen, die mich nämlich ansprachen, wenn ich Louisa dabeihatte, war um ein Vielfachtes höher. Vielleicht sollte ich Helen ein Foto – natürlich aus Versehen – von Louisa und mir schicken, darauf musste sie dann endlich mal reagieren. Oder? Immerhin hatte ich sie, obwohl ich das wirklich nie tat, dreimal angerufen und ihr auf die Mailbox gestammelt. Selbstverständlich rein beruflich! Aber sie rief trotzdem nicht zurück. Mit Sicherheit war sie beleidigt, dass … Ach, warum auch immer. Kein Mann würde die Frauen jemals verstehen, warum es also jetzt versuchen? Ich hatte von meiner Warte aus alles richtig gemacht – meistens jedenfalls. Und jetzt, da ich mit dem Gedanken spielte, ihr alles bei einem Abendessen zu erzählen, ging sie nicht ans Telefon. Was also sollte ich noch tun? Auf Knien vor ihr kriechen? Ganz sicher nicht!

Mein Blick fiel wieder auf Louisa, die gerade ihre Puppe fütterte. Emma hatte Hunger. Klar hatte sie das. Vollkommen logisch. Auch Puppen hatten schließlich Bedürfnisse.

Ich widersprach also ihrer kindlichen Erklärung nicht, warf meine ethischen Grundsätze über Bord und schoss von meiner Nichte und mir ein Selfie, als wären wir gerade total ins Spielen vertieft und hätten den Spaß unseres Lebens. Louisa liebte Fotos und der Deal mit meiner Schwester und meinem Schwager war, solange ihr Gesicht nicht in den sozialen Netzwerken landete, war alles okay.

Zwei Klicks und das Foto landete bei Helen auf dem Telefon. Es wäre doch gelacht, würde diesmal der Kinderbonus nicht funktionieren. Also wirklich! Wenn sich irgendjemand mit Frauen auskannte, dann war es ja wohl ich.

Zumindest dachte ich das.

22

HELEN

Niemand auf dieser großen weiten Welt konnte sich vorstellen, wie beschissen abgefuckt wütend ich war, seit mich dieses Foto gestern Abend erreicht hatte. Und als wäre das nicht schon genug gewesen, war von ihm noch eine bescheuerte Nachricht hinterhergekommen: ›Hoppla, das Bild sollte gar nicht zu dir.‹

Aha! Fick dich, du Mistkerl! Fick dich einfach! Denn mich wirst du nie wieder unter dir haben.

Obwohl eine Woche seit dem Sexdilemma vergangen war, nagte die Wut immer noch an mir wie eine hungrige Ratte. Ich war enttäuscht von mir selbst, stinksauer auf mich. Auf ihn und auf seine Frau. Leider jetzt auch auf seine Tochter, die ja ganz und gar nichts dafürkonnte, dass ihr Daddy so ein Wichser war. Und mit Wichsern wollte ich nichts mehr zu tun haben. Vielleicht sollte ich mich doch nach einem neuen Job umsehen, denn ich konnte es moralisch einfach nicht mehr vertreten, was ich hier verbockte. Zuerst mal mit dem Boss zu schlafen, dann in einen Riesenstreit zu geraten und anschließend Wut und Hass auf sein Kind zu haben, das auf einem Foto zu sehen war. Unehrliche Männer waren das Schlimmste, so dachte ich jedenfalls immer. Aber noch schlimmer waren Kerle, die in ihrer grenzenlosen Arroganz nicht begriffen, wie verletzend sie waren. Vielleicht war es diesem Wichser sogar bewusst. Scheiße, diese Überlegung machte mich noch wütender. Wenn ich ehrlich war, spielte ich wirklich mit dem Gedanken, es seiner Frau zu sagen. Diese Frau und ihr Leben ging mich nichts an, natürlich nicht. Aber ich hatte die Schnauze voll davon, dass Männer glaubten, sie kämen mit ihren Lügen durch und könnten immer so weitermachen. Vielleicht gab es Frauen, die brav die Klappe hielten und sich erniedrigen ließen. Ich wollte nicht dazugehören. Nein! Never! Dieser jämmerliche Dreckskerl hatte es verdient, aufzufliegen. Mich würde er jedenfalls nicht länger verarschen. Und seine Ehefrau? Nun, das musste sie schon selbst entscheiden. Nicht mein Problem. Aber vielleicht sollte ich John Arschloch Baker bei Gelegenheit mal fragen, ob er wollen würde, dass man so mit seiner Tochter umging und sie behandelte wie einen Fußabtreter.

Zwei Jobwechsel in nicht mal drei Monaten. Das machte sich im Lebenslauf nicht ganz so gut, aber das war mir gerade scheißegal, wenn ich dadurch meinen Seelenfrieden wiederherstellen konnte. Ich würde mir gottverdammt eine Frau als Chef suchen, die mich nicht flachlegen wollte.

»Helen?«, fragte meine Sekretärin und ich atmete tief durch. Meine wütenden Gedanken sollte ich schnellstens zur Seite schieben, denn für die bevorstehende Besprechung musste ich verflucht noch mal in Bestform sein.

»Sie sind da?«, fragte ich und griff nach den Unterlagen, die ich gestern Abend vorbereitet hatte, um das Meeting heute professionell über die Bühne zu bringen. Zumindest war das der Plan gewesen, bis das Foto kam. Das war das einzig Gute an dieser dummen Geschichte, dass ich mit schlaflosen Nächten kämpfte und deshalb viel meiner Arbeit erledigte, weil die mich weitgehend ablenkte. Ich konnte kreativ sein und war nicht blockiert, das war ein überaus gutes Zeichen. Normalerweise litt nämlich die Kreativität enorm, wenn im privaten Umfeld etwas nicht passte. So war es zumindest bei mir. Dann war mein Kopf wie leergefegt und ich musste mich zusammenreißen, überhaupt irgendetwas auf die Reihe zu kriegen. Na ja, immerhin etwas Positives in meinem beschissenen Leben.

Energisch schob ich meinen Stuhl zurück, stand auf und folgte meiner Sekretärin in den vorbereiteten Meetingraum. Das Handy in meiner Hand vibrierte, aber ich warf nicht einmal einen Blick darauf. Sicher war es wieder John Arschloch Baker, der versuchte, mich zu erreichen oder mir Fotos schickte, die sowieso nicht für mich waren. Tatsächlich ignorierte ich seine Anrufe und E-Mails schon die ganze Woche. Nach allem, wie er mich behandelt hatte, war das ja auch kein Wunder. Der Rausschmiss, der erneute Kuss, der Anblick von ihm und seiner Frau … Es war einfach zu viel. Außerdem fragte ich mich, weshalb er mir irgendwas zukommen ließ, denn ich war ja nicht seine Frau oder sein Kind. Erneut brodelte die Wut in mir hoch. Es war das eine, wenn man es aus der Ferne sah, aber etwas anderes, wenn einem ein Kind mit Zahnlücke entgegenlachte. Und sei es nur auf einem Foto.

Reiß dich zusammen, Helen!

Krönchen richten und weitermachen!

Ja, genau. Alles, was jetzt zählte, war dieses Meeting.

»Miss Bradley«, begrüßte mich der Leiter der Marketing-Abteilung von ›Dog's Life‹. Der Konzern, dessen Werbe-Auftrag mich erst in diese beschissene Lage gebracht hatte. Aber ich würde mir nichts anmerken lassen. Jetzt, da ich das Geld hatte, auch wenn der Preis dafür extrem hoch war, würde ich diesen Auftrag durchziehen, und wenn es das Letzte war, was ich in meiner Position bei ›Baker Advertising‹ tun würde.

»Herzlichen willkommen, Mr. Peterson«, begrüßte ich den Kunden also und schüttelte mit einem strahlenden Lächeln seine Hand. »Wie schön, dass es heute gleich klappt.«

»Aber natürlich«, erwiderte Mr. Peterson und scannte mich mit einem durchdringenden Blick. Das war von seiner Seite wenig professionell, aber ich ließ es mir nicht anmerken. Sein Blick blieb zu lange an meinem Busen hängen. Ich notierte mir in Gedanken, dass ich das nächste Mal zusätzlich noch einen Schal tragen und keine Haut zeigen solte.

»Unsere Miss Bradley ist eine der Besten, Sie haben Glück, dass Sie schon Zeit für Sie hat«, kam es von der Tür und ich wusste, wer es war, ehe ich seine Stimme hörte. Sein gottbeschissener Geruch eilte ihm voraus und ich fragte mich, wie ich die nächsten drei Stunden überstehen sollte. Mit dieser falschen Schlange im Raum. Mit einer falschen Schlange und einem Typen, der dachte, er sei der Geilste überhaupt. Sein Blick heftete sich schon wieder auf meine Oberweite, weshalb ich mich jetzt demonstrativ räusperte. Ja, er war hier der zahlende Kunde, aber ich war kein Sexobjekt. Nie mehr! Das hatte ich mir nach der Nummer mit John Baker geschworen. Abgesehen davon, dass keine Frau der Welt sich das gefallen lassen musste.

Scheiße!

»Mr. Baker«, begrüßte ich meinen Chef mit demselben aufgesetzten Lächeln. Arschgesicht! »Wie schön, dass Sie es geschafft haben, an diesem Meeting teilzunehmen.« John hob verwirrt eine Braue, wusste er doch, dass ich keinerlei Kenntnis davon hatte, dass er kommen wollte. Aber ich würde mir lieber die Zunge abbeißen, als mir das anmerken zu lassen. Es ging niemanden etwas an, dass ich keinen Schimmer davon gehabt hatte. Innerlich fragte ich mich: *Was willst du Wichser hier?*

»Ich bin Ihrer Einladung gern gefolgt, Miss Bradley.« Die Lüge kam ihm mühelos und mit seidiger Stimme über die Lippen. Beinahe fühlte es sich so an, als würde er mich streicheln. Ich fröstelte. Verfluchter Penner!

»Wir hätten es auch bei einer Nachbesprechung belassen können, wenn es für Sie zeitlich zu knapp ist. Kein Problem. Wir führen ein umfassendes Protokoll und meine Sekretärin kann Sie im Anschluss gern über den Stand der Dinge informieren.« Deutlich und warnend sah ich ihm in die Augen, aber John war die Ruhe in Person. Ein mildes Lächeln zupfte an seinem Mundwinkel, das in vollkommenem Gegensatz zu dem Zorn in seinen Augen stand.

»Mr. Baker!«, sagte mein Kollege, der ebenfalls John hieß und einer der Grafiker war. »Wie schön, Sie endlich persönlich kennenzulernen.«

»Ach so?«, fragte unser Kunde. »Sie nehmen nicht generell an solchen Meetings teil?«

»Tatsächlich ist es so, dass ich nur höchst selten anwesend bin …«, räumte unser aller Boss ein. »Aber Sie sind ja nicht irgendwer für uns.« Er machte eine Kunstpause. »Nicht wahr, Helen?« Die vertraute Anrede schoss mir zwischen die Beine und ich musste mich zusammenreißen, ihm nicht die Augen auszukratzen. Gottverdammter Mistkerl! *Kannst du es nicht einfach gut sein lassen? Ja? Nein? Musst du mich jetzt so lange reizen, bis ich sage: Fick dich, du verlogener Familienvater und Ehemann? Genießt du es jetzt etwa, vor meinem Kunden auch noch so zu tun, als müsstest du anwesend sein, weil ich es allein nicht hinkriege? Ehrlich? Das ist deine Strategie? Du hast gewonnen, John Baker. Ich spiele mit, das Theater kannst du haben.*

»Dann beginnen wir doch«, sagte ich fröhlich, als wäre es das Normalste der Welt, dass der Chef, der sich eigentlich um andere Dinge als kleine Werbespots kümmern sollte, heute hier anwesend war.

»Verlieren wir keine Zeit, die großartigen Ideen unserer Helen zu hören.«

Gott, wie ich seine Arroganz hasste!

»Mr. Baker«, knurrte ich leise, aber bedeutsam. Wir waren geschäftlich hier und ich würde nicht zulassen, dass er diese Besprechung ins Lächerliche zog oder meine Autorität mit miesen Sprüchen untergrub. Penner!

Das Meeting lief auch nach den Startschwierigkeiten nur schleppend. Die Wut blendete meine Sicht auf die Dinge und ich stand kurz vorm Ausflippen, als John aus heiterem Himmel vorschlug, einen Kolibri in die Werbung einzubauen. Es ging um Hundefutter! Nasses, veganes Hundefutter – und er sprach von einem Kolibri? Ich war so dermaßen wütend, dass ich ihn in der Besprechung fast anschrie, und das entsetzte mich im Grunde am allermeisten. Scheiße, ich war professionell. Schon immer gewesen. Egal, ob ich durch den Mist mit meinem Ex-Mann, einem Kollegen oder dem täglichen Frust einer unglücklichen Singlefrau ging, ich war eine der besten in meinem Job. Und jetzt? Ich war angepisst und grantig. Meine Strategie und Professionalität blieben vollkommen auf der Strecke. Brodelnd vor Wut auf ihn, denn das war leichter, als auf mich wütend zu sein, atmete ich mehrmals tief ein und aus. Wenn er es jetzt schaffte, dass ich mich meinem Kunden gegenüber stümperhaft verhielt und ausflippte, würde ich ihn killen. Ganz bestimmt. Ich würde ihn auf kleiner Flamme rösten – als Vorgeschmack auf das Fegefeuer.

»Ich sehe das anders«, entgegnete ich also mit kontrollierter Stimme. Meine Fingernägel bohrten sich in meine Handflächen.

Was sollte diese beschissene Kolibri-Idee? »Mir erschließt sich leider keine Verbindung, was ein Vogel mit Hundefutter zu tun haben könnte. Vielleicht wollen Sie es uns erklären, Mr. Baker?!« Auch wenn er meinte, eine vertrauliche Anrede wäre eine gute Idee, dann musste ich ihn einfach eines Besseren belehren. Er war der Boss und ich die Leiterin dieser Zweigstelle. Mehr nicht!

Aber er wäre nicht John Baker, würde er jetzt klein beigeben. Nein! Er belehrte mich, als sei ich nichts weiter als ein Kind. Sein Kind! Scheiße noch eins!

»Helen, Sie verlieren den Blick für das große Ganze«, begann er, aus dem Kundenmeeting eine Diskussion zu machen, die hier absolut nichts zu suchen hatte. Er hätte es einfach gut sein lassen können. Sagen können, dass es eine Fehlinterpretation war und seine beschissene Klappe halten. Aber nein, Herr Großkotz glaubte ja, dass er immer im Recht war. Meine Fingernägel bohrten sich durch die Haut meiner Handflächen und ich lächelte. Irgendwann würde ich ihm schon klarmachen, dass seine Idee absolute Kacke war, vollkommen am Thema vorbeischlitterte und er sich gefälligst um seinen Scheiß kümmern sollte. Jeder machte seins, und meine Arbeit war nicht seine Arbeit.

»Darüber sollten wir vielleicht in einem etwas kleineren Rahmen diskutieren«, brachte ich mühsam zwischen zusammengebissenen Zähnen hervor. Die Stimmung im Besprechungsraum kühlte merklich ab. Nein, das war untertrieben. Es herrschte Eiszeit. John – also mein Kollege John – räusperte sich und rutschte unbehaglich auf seinem Stuhl hin und her, ebenso meine Kollegin Maria, die das Protokoll führte und für den Überblick der Ausgaben zuständig war. Um ehrlich zu sein, interessierte es mich einen Scheißdreck, ob sich irgendjemand bei diesem Machtspielchen nicht wohl fühlte. Sollten sich die Kollegen doch hinterher bei ihm beschweren. Er hatte nicht das Recht dazu, mein Meeting zu stören und unseren Kunden zu verprellen – auch wenn er glaubte, dass er der große allwissende, mächtige Gottvater war.

Das war er nicht. Er war ein Arschloch.

Herausfordernd hielt ich seinem Blick stand, bevor er ihn schließlich brach, weil Mr. Peterson ihn ansprach. Ha! Sieh mal einer an, du Penner hast echt absolut keine Ahnung davon, wie es läuft in der Werbung. Sowas von null Plan hast du.

Triumphierend überschlug ich meine Beine und ignorierte den Blick, den der Leiter der Marketingabteilung bei ›Dog's Life‹ darauf warf. Männer waren doch allesamt schwanzgesteuerte Wichser.

»Vielleicht haben Sie recht, Mr. Peterson«, lenkte mein Boss auf eine Frage ein, die ich nicht mitbekommen hatte. »Wir setzen uns wohl besser nächste Woche noch einmal zusammen.«

»Das sehe ich auch als die lohnendere Alternative. Sie wissen jetzt, was *wir* wollen … aber sollten sich scheinbar erst einmal darüber einig werden, was uns ›Baker Advertising‹ vorstellen möchte.«

Meine Kinnlade war gerade dabei, ungefragt nach unten zu klappen, und ich hatte echt zu tun, mein Entsetzen schnell wieder zu verbergen. Was zur Hölle …? Bevor ich in irgendeiner Form reagieren konnte, stand Mr. Peterson bereits vor mir und wollte sich verabschieden. Ich erhob mich mechanisch. Was sollte das? Wir waren doch längst noch nicht fertig!

»Es war wundervoll, Sie persönlich kennenzulernen«, sprach er mich vertraulich an. »Ich freue mich auf unser nächstes Meeting, Miss Bradley« Seine Stimme klang dunkel und heiser. Aber nicht auf die sexy und gute Art, eher auf die schleimige, widerliche Art. »Vielleicht sind wir ja dann ohne Ihren Aufpasser unterwegs und Sie bekommen das allein hin.« Sein Augenzwinkern war die Krönung. Stellte dieser schleimige Mistkerl hier gerade meine Fähigkeiten infrage und beleidigte mich doppelt, weil er mir unmissverständlich klarmachte, dass er mit mir allein sein wollte? Wie ein Fisch auf dem Trockenen schnappte ich nach Luft.

»Darf ich Sie hinausbegleiten, Mr. Peterson?«, fragte John dunkel hinter mir. Seine Stimme klang fast so, als hätte er die Worte geknurrt. Ah! Auch er musste also seine Wut unterdrücken. Warum? Wollte er etwa Besitzansprüche stellen? Eifersucht war hier absolut fehl am Platz. Dieser Mistkerl musste mich jetzt nicht verteidigen, nachdem er meine fachliche Kompetenz vollkommen infrage gestellt und mein Meeting gecrasht hatte. Wenn ein schmieriger, kleiner Penner mich anbaggerte, dann war das immer noch mein Problem!

Wie festgewurzelt stand ich in dem Besprechungsraum, beobachtete wie durch einen Nebel meine Kollegen, die ihren Kram zusammenpackten und sich nebenbei darüber unterhielten, wie das Meeting verlaufen war. Ich hörte Worte wie *»seltsam«* und *»strange«* … Und sie hatten recht. Was bildete sich dieser Mistkerl von John Baker eigentlich ein? Nur weil er ein- oder zweimal in mir gewesen war, glaubte er, mich jetzt kontrollieren und seine Macht ausleben zu dürfen? Pustekuchen! Das konnte er sich in die Haare schmieren. Wie in Trance ging ich ihm hinterher und schlüpfte in den Fahrstuhl, der uns nach unten in die Etage der Büroräume brachte, wo auch meins war.

»Bist du eigentlich vollkommen bescheuert?«, fragte ich ihn direkt, nachdem die Türen sich geschlossen hatten und wir allein waren. Irgendwas in mir sagte, dass es keine gute Idee war, zumal mir Scarlett dringend dazu geraten hatte, mich ihm gegenüber ruhig zu verhalten. Aber ich konnte mich verflucht noch mal nicht kontrollieren. Ich war so wütend, der aufgestaute Zorn der letzten Woche und alles, was heute passiert war, brachten mich zum Explodieren. Ich war dafür bekannt, dass es lange dauerte, bis ich platzte, aber wenn die Zündschnur einmal gezogen war, dann wurde ich zur Handgranate und war nicht mehr zu stoppen. »Nicht, dass du meine fachliche Kompetenz mit Füßen trittst, du kommst auch noch angelaufen, wenn so ein schmieriger Kerl mich anmacht?«

Mein Chef verengte die Augen zu Schlitzen und drückte den Stopp-Knopf. Mit einem heftigen Ruckeln kam der Fahrstuhl zum Stehen. Es war mir scheißegal, was nun irgendjemand von mir denken würde, es reichte. Es reichte einfach so dermaßen, dass ich hier und jetzt ausrastete. »Glaubst du, du hast dazu irgendein gottverdammtes Recht, weil du mich einmal gevögelt hast?«

»Helen!«, erwiderte er mahnend, aber ich ignorierte seine Worte.

»Einen Scheiß hast du, Baker!«, zischte ich. »Halte dich verdammt noch mal von mir fern oder ich werde dafür sorgen, dass du es tun musst.«

»Der Wichser hat dir auf die Titten gestarrt«, knurrte er.

»Na und? Denkst du, das ist das erste Mal?«, schoss ich zurück und tat so, als hätte es mich nicht angeekelt. »Als wärst du auch nur einen Deut besser«, spie ich ihm entgegen und wich einen Schritt zurück. John hatte sich nämlich von der Wand abgestoßen und kam näher. Aber ich wollte nicht, dass er mir näher kam, ich wollte, dass er mich in Ruhe ließ, dass ich diese Nacht vergessen konnte. Es war vorbei! Ich … ich brauchte einen anderen Job. Und Taschentücher. Scheiße! Gleich würde ich anfangen zu heulen. Nein, bitte nicht!

»Und nur damit du es weißt, ich bin informiert. Mich kannst du nicht länger für dumm verkaufen. Ich weiß von deinem Kind und deiner Frau und wenn du noch einen Schritt näher kommst, dann werde ich es ihr sagen. Hast du mich verstanden, du Scheißkerl?« Heiser vor Zorn schleuderte ich ihm diese Worte um die Ohren. Meine Hände ballten sich zu Fäusten und ich war mehr als nur bereit, mich zu verteidigen, falls er mich anfasste.

»Frau?«, fragte er. »Kind?« Verwirrung stand in seiner Miene, aber diese wich sofort Angriffslust, als er bemerkte, dass ich heute ganz und gar nicht die anschmiegsame Katze war wie neulich vor sechs Nächten. »Du lässt zu, dass er dir auf die Beine glotzt, sich vorstellt, wie er dich fickt und beinahe sabbert, wenn er deinen Arsch sieht, und denkst wirklich, ich stehe daneben und halte meinen Mund?«

»Das ist nicht dein Scheißproblem!«

»Ach so?«, fragte er drohend und kam noch ein Stückchen näher. Sein unvergleichlicher Duft kroch mir in die Nase und drohte, mich zu verschlingen. »Du sagst also, du fühlst dich billig, weil wir Sex hatten? Scheinbar genießt du es aber, dich für so etwas herzugeben!«, knallte er mir an den Kopf.

Genau DAS war der Moment, als nicht nur meine Professionalität verpuffte, sondern auch jeder Respekt, den ich vor ihm hatte.

»Du bist ein Arschloch!«, zischte ich und drückte meinen Rücken gegen die Wand des Aufzuges. »Hau ab von mir!«

»Aber klar«, erwiderte er mit trotziger Stimme, »jetzt bin ich das Arschloch. Natürlich!«

»Du hast morgen meine Kündigung auf dem Tisch.«

»Die akzeptiere ich nicht.«

»Wirst du wohl müssen, weil ich für so einen Penner wie dich nicht länger arbeiten werde. Das ist mehr als nur respektlos, es ist entwürdigend.«

Er knurrte dunkle Schimpfworte, die ich nicht wirklich verstand, aber ich hielt es für angebracht, meine Hand zu heben und ihm das zweite Mal binnen weniger Tage eine zu knallen. Entsetzt über mich selbst kniff ich die Augen zusammen. Ich würde nicht zurückweichen. Niemals! Selbst dann nicht, wenn er es schaffte, dass es mir die Wut in die Hände trieb und ich ihn schlug.

Niemand, wirklich niemand hatte es bisher geschafft, solch ein Wechselbad der Gefühle in mir auszulösen.

Dafür hasste ich ihn.

Und mich, weil ich nicht länger meine Tränen zurückhalten konnte.

23

JOHN

Getrieben von Wut und Zorn hatte ich noch nie gute Entscheidungen treffen können. Bisher.

Und dass es sich heute änderte, wagte ich sehr zu bezweifeln, denn Helen war nicht anschmiegsam und süß … o nein, sie war wütend wie eine Furie. Es war das zweite Mal innerhalb einer Woche, dass diese Frau mir eine scheuerte. Und es war das zweite Mal innerhalb einer Woche, dass ich darauf mit einem Kuss reagierte.

Es war mir vollkommen egal, ob sie mich anzeigen würde, weil ich sie belästigte. Ich wusste mir einfach nicht anders zu helfen, als sie gegen die Wand zu drücken und ihren Mund mit meinem zu verschließen. Ihre Wut war vielleicht sogar ein kleines bisschen gerechtfertigt, mich hingegen machte sie geil. Meine Zunge glitt beinahe brutal zwischen ihre Lippen, doch Helen empfing sie. Erhitzt drückten wir uns aneinander und ihre kleinen Fäuste trommelten weiter gegen meine Brust, aber ich merkte mit jeder Millisekunde, die verstrich, dass ihr Widerstand schmolz wie Eis in der Sommersonne. Nicht, weil ich ihren Willen gebrochen und ihr meinen aufgezwungen hatte, sondern weil sie es wollte. Sie war wütend und enttäuscht, und zugegeben, ich hatte es darauf angelegt, und das hier … das war unser Ventil. Ruhelos fuhr ich mit beiden Händen über ihren Hals, drückte zu, zeigte ihr, dass ich die Kontrolle hatte, und fuhr über die schmale Taille zum Saum ihres Kleides.

»Du machst mich wahnsinnig.«

Ihr tiefes Stöhnen, als sie an dem Gürtel meiner schwarzen Anzughose nestelte, ließ mich grinsen.

»Ich hätte dem Wichser dort drin fast den Kopf gespalten, wenn er dich noch länger so angesehen hätte.«

Sie lächelte matt, biss sich auf die Lippe und sah meinen Schwanz unter halb gesenkten Lidern an, während sie beherzt in meine Hose griff und mit meinem Schwanz spielte wie ein großes, böses Mädchen. O ja, das war sie. Diese Frau war … pures Gift. Süßes, himmlisches Gift. Wie eine Droge. Wieder lächelte sie und ich wusste genau in dem Moment, als sie zudrückte und meinen Harten zwischen ihren Fingern so fest einschloss, dass es wehtat, dass hier irgendetwas faul war.

»Ich würde eher sagen, dass du hier der Wichser bist«, hauchte sie an meinen Hals. Ich kniff ihr in den Hintern. Im Gegensatz zu ihren Worten seufzte sie und die steifen Nippel drückten durch ihr rotes, figurbetontes Etuikleid. »Du bist derjenige, der Frau und Kind hat und es wieder einmal mit mir treiben will.«

»Frau und Kind?«, fragte ich und konzentrierte mich einen Moment. Es fiel verflucht schwer, denn sie umgriff meinen besten Freund wirklich ziemlich brutal. Ich fand es ja heiß, wenn es härter war, aber Schmerz mochte ich nicht. Noch nie. »Ich habe keine Frau und auch kein Kind.«

»Ich habe euch gesehen«, stöhnte sie, rieb ihren Unterleib gegen meinen Oberschenkel und jetzt sah ich die Verachtung in ihren Augen. Warum? Weshalb war sie nur so wütend? Ich hatte keine Ahnung, wovon sie da sprach.

»Du hast was?« Scheiße! Ich konnte nicht denken, wenn sie mich so bearbeitete. Der Druck ihrer Hand ließ nach und ich schob mich in ihrer Faust vor und zurück. O mein Gott, ich war so dermaßen angeheizt, dass ich sie am liebsten hier gefickt hätte. »Ich bin nicht verheiratet und habe kein Kind … jedenfalls keines, von dem ich weiß«, fügte ich hinzu, doch sie fand meinen Scherz scheinbar nicht witzig.

»Wer war das dann neulich vor meinem Bürofenster?«

Mein Daumen wanderte in ihren Mund und sie sog ihn tief

ein. Ihr Kopf fiel gegen die Rückwand des Fahrstuhles und wir beide seufzten tief.

»Heilige Scheiße, Weib!«, stieß ich aus, als der Groschen fiel. »Das war meine Schwester und ihre Tochter, gottverdammt!«

»Deine Schwester?«, fragte sie spöttisch und in einem Tonfall, der so wirkte wie: ›Verarsch jemand anderen!‹

»Können wir es bitte lassen, über meine Familie zu sprechen, während ich nur daran denken kann, wie dringend ich dich spüren will?«

»Auf gar keinen Fall!«, stieß sie aus, rieb sich aber weiter an mir. Meine Hüften schwangen vor und zurück. Ich würde gleich in ihrer Hand kommen, wenn wir so weitermachten.

»Ich. Bin. Nicht. Verheiratet.« Jedes Wort begleitete ich mit einem Stoß. »Und. Habe. Auch. Kein. Kind.«

»Bist du sicher?«, fragte sie und sah mir dabei fest in die Augen. Lust, wahnsinnige Lust und Verlangen schwammen darin.

»Können wir diese Diskussion bitte vertagen?« Meine Frage glich einem keuchenden Flehen. »Ich will jetzt nicht über meine Schwester reden!«

Helen nickte nur und zog mich mit der freien Hand an der Krawatte zu sich. Stöhnend erforschte sie meinen Mund. Mir fiel es schwer, aber ich umgriff ihre Hand in meiner Hose, zog sie heraus und drückte fest zu.

»Blas mir einen!«, wies ich sie an und Helen leckte sich die Lippen. Sofort ging sie auf die Knie, zog meine Hose und die Shorts über meinen Hintern und nahm meinen hochaufgerichteten Kumpel zwischen die rotgeschminkten Lippen. O mein Gott! Ich war im Himmel und wollte niemals wieder woanders sein. Sie war so süß und sexy und sinnlich, dass ich mich fragte, wie ich bisher ohne ihre vollen Lippen um meinen Schwanz existieren konnte. Ihre Zunge neckte verführerisch meine Kuppe, nur um mich anschließend ganz und vollkommen in sich aufzunehmen. Sie war so heiß. Sie war so sinnlich. Ich griff in ihr Haar und dirigierte sie. Mein Schwanz versank tief in ihrem Mund, ihrem Rachen. Ich wollte mich zurückziehen, aber sie packte meinen Hintern, leckte und saugte, als würde sie nur dafür existieren, mir einen Orgasmus zu verschaffen.

»Du bist so dermaßen heiß, Helen«, keuchte ich. »Und wenn

du nicht willst, dass ich in deinem Mund komme, solltest du jetzt aufhören.«

Sie sah mich an, mit meinem Schwanz im Mund, ihre Augen weit geöffnet, so als würde sie keine Sekunde meiner Reaktion verpassen wollen. »Ich meine es ernst, Helen. Ich warne dich nur einmal vor.«

Ihre freie Hand spielte mit meinen Eiern. Sie knetete sie zärtlich. Durch den festen Druck ihrer Lippen um meine Länge zogen sie sich fest an meinen Körper und ich spürte, wie der Orgasmus über mein Rückgrat durch meine Eier … in meinen Schwanz und in ihren Mund strömte.

Fuck!

Heilige Scheiße und fuck! Das war das Beste, was ich jemals erlebt hatte.

Oder zumindest ziemlich weit vorn.

Sie schleckte alles von meinem Schwanz und kam wackelig wieder auf die Füße, während ich mich mit einer Hand an der Fahrstuhlwand abstützte und hektisch atmete.

»Wow! Das war …«, brachte ich abgehakt hervor. »Gar nicht so übel.«

»Wage es nie wieder, Zweifel anzustellen, ob ich irgendeinen Teil meines Jobs nicht beherrsche, Baker!« Ihre Stimme klang nach wie vor angepisst.

»Das hier ist nicht Teil deines Jobs«, erwiderte ich fast genauso barsch, verstaute meinen Schwanz in der Hose und schloss den Gürtel.

Helen zog ihr Kleid an Ort und Stelle und strich sich ein paar der blonden Locken aus dem Gesicht. »Das hier ist nur zwischen uns. Verstanden?«, schleuderte ich ihr entgegen.

Woher diese Worte kamen, wusste ich nicht. Aber ich wusste, dass ich unter keinen Umständen wollte, dass sie irgendjemand anderem im Fahrstuhl vor lauter Wut einen lutschte. »Du gehörst mir. Hast du das verstanden?«, knurrte ich und küsste sie heftig. Ich schmeckte mich auf ihren Lippen. Sie war mein. Niemand sonst sollte sie berühren dürfen. Ich würde immer ausrasten, wenn es ein Wichser wagte, sie auch nur anzusehen.

»Komm mit zu mir!«, flüsterte ich, einem unsagbar heftigen Verlangen folgend. »Lass uns den Scheiß klären, Helen.«

Sie sah mir forschend in die Augen, aber ich meinte es ernst. Es war mir wirklich wichtig, das alles irgendwie hinzubiegen und die Missverständnisse aus der Welt zu schaffen.

»Bitte!«, fügte ich hinzu.

Helen sah mich aufmerksam an, schien mit sich zu hadern, und schließlich nickte sie.

»Wenn ich herausfinde, dass du eine Frau hast, bring ich dich um.«

»Ich bin nicht verheiratet, habe keine Frau und keine Ex-Frau und auch kein Kind. Das waren meine Schwester und meine Nichte.« Ich sah ihr direkt in die Augen. »Ich schwöre es dir.«

Wieder betrachtete sie mich, schien in meinem Gesicht nach Anzeichen zu suchen, dass ich Scheiße laberte, aber … ja, das war die Wahrheit. Einfach nur die Wahrheit.

Statt einer Antwort drückte sie auf den Stopp-Knopf und nickte.

»Ich warte im Wagen auf dich«, erklärte ich und sah ihr hinterher, als sie den Fahrstuhl vor mir verließ, um in ihr Büro zu gehen und hoffentlich ihren Kram zu holen.

Helen Bradley war ein ganz eigener Charakter und irgendwie reizte sie mich so sehr, dass ich verwirrt dem Klopfen meines Herzens lauschte, während ich im Inneren meines Wagens auf sie wartete.

24

JOHN

Sie. Trieb. Mich. In. Den. Wahnsinn.

Sie tat nichts Spezielles, aber ihr Duft, ihre Erregung, die Hitze ihrer Mitte trieben mich so dermaßen in den Wahnsinn, dass ich kaum mehr atmen konnte.

»Nach Hause, Sir?«, fragte mich Alister, mein Chauffeur, den ich für Geschäftsfahrten oder spezielle private Anlässe buchte.

Schwer räusperte ich mich, denn ich war sicher, dass meine Stimme ansonsten heiser geklungen hätte. »Ja, nach Hause, Alister.«

Helen lenkte mich ab. Sie tat eigentlich nichts, schloss nur die Lider mit den langen schwarzen Wimpern, die auf ihren hohen Wangenknochen lagen und lange dunkle Schatten warfen. Sie waren so dicht, dass ich das sogar in der Dunkelheit des Wageninneren ausmachen konnte. Ihre Beine, die sie mit jeder meiner Berührungen noch ein wenig weiter auseinanderfallen ließ. Helen war bereit für mich und ich war verflucht noch mal bereit für sie.

Als wir schließlich vor meinem Apartment hielten, hatte ich es sehr eilig, aus dem Auto zu kommen. Wir mussten endlich in der Abgeschiedenheit sein, dass ich all das, was ich mit ihr ausleben wollte, auch wirklich tun konnte. Helen folgte mir auf wackligen Beinen zum Fahrstuhl. Ich hämmerte mehrmals auf den Knopf, als würde es so schneller gehen, aber ich konnte es einfach nicht erwarten. Und sie auch nicht. Ihr Blick sprach Bände. Endlich –

endlich öffneten sich die Türen des Lifts, ein älteres Pärchen, das ich nicht kannte, stieg aus und wir beide betraten den engen Raum. Sofort durchzuckten mich Erinnerungen an das, was vorhin noch in einem anderen Fahrstuhl geschehen war.

Sobald sich die Türen vor unseren Gesichtern schlossen, gab es kein Halten mehr. Ich umgriff ihr Gesicht, drehte sie ruckartig an die Wand und keilte sie mit meinem Körper ein. Mein Mund presste sich auf ihren und sofort öffnete sie ihre Lippen. Helen schien es auch nicht mehr erwarten zu können, denn ihr Unterleib presste sich an meinen und ihre Hände krallten sich in meine Haare. Ein tiefes, ehrliches Stöhnen entwich ihrem Mund, als ich kurz von ihr abließ, sie herumdrehte und genoss, wie sie ihre Kehrseite gegen meinen Schwanz rieb.

»Du bist ganz schön unanständig!«, brummte ich und biss sanft in ihr Ohrläppchen. Zur Bestätigung seufzte sie kehlig, lehnte ihren Kopf nach hinten und gewährte mir so Zugang zu ihrem Hals.

»Das sagt der Richtige!«, keuchte sie, als ich meine Hand an ihre süße Pussy legte.

»Ich will dich endlich. Ich will dich so dringend, dass ich wahrscheinlich gleich in meinen Shorts komme.«

»Das wäre ja dann fast das zweite Mal heute … und das wollen wir doch nicht«, erklärte sie sexy, und genau in diesem Moment öffneten sich die Türen des Aufzuges.

Atemlos verließen wir ihn und ich bekam vor lauter Geilheit den Schlüssel kaum ins Schloss. Helen lehnte neben mir, grinste mich an. Das Glitzern in ihren tiefblauen Augen verriet mir, dass sie es ebenso wenig erwarten konnte wie ich.

Ja, ich wollte sie. Eigentlich wollte ich nichts dringender, als meinen scheißharten Kumpel in sie zu schieben … aber was ich noch mehr wollte, war, sie vollkommen willenlos zu machen. Und genau das war der Grund, weshalb ich plötzlich kühler wurde und sie in die Wohnung führte, statt sie hineinzuzerren, sofort an die nächstbeste Wand zu schieben und sie zu ficken. Außerdem hatte ich ihr in meinem Nebel der Lust versprochen, dass wir mit den Missverständnissen aufräumten.

Schwungvoll warf ich Schlüssel, Geldbeutel und Jackett neben mich auf den kleinen Tisch und tippte mit der anderen Hand auf meinem Handy herum. Ich hielt ihr ein Foto unter die Nase.

»Wer ist das?«

Als keine Antwort kam, sagte ich mit deutlichem Nachdruck in der Stimme: »Meine Schwester Eva, mit ihrem Mann Jim und meiner Nichte Louisa.«

Ihre Augen wurden groß und sie biss sich schuldbewusst auf die Unterlippe. Ich klickte ein Bild weiter. »Und das ist meine andere Schwester Gloria mit meiner Mutter und meinem Vater.« Ich lächelte sie an. »Damit es hier nicht auch noch zu Missverständnissen kommt.« Ihr Blick zeigte mir, dass sie gern etwas dazu sagen wollte, aber sie hielt die Klappe und kniff nur die Lippen zusammen.

»Ich dachte …«, begann sie schließlich und schluckte schwer. »Es tut mir leid, dass ich dir Unrecht getan habe. Ich war mir sicher, dass …«

Ich rechnete es ihr hoch an, dass sie sich ehrlich entschuldigte, denn das war das größte Problem der meisten Menschen, dass sie genau das eben nicht konnten. Die wenigsten hatten die Eier, zuzugeben, wenn sie falschlagen. Dennoch, auch wenn ich ihr diese Worte glaubte, war ich mir fast sicher, dass es noch etwas anderes gab, das ihr auf der Seele brannte – so sah sie zumindest aus. Ich wollte sie nicht drängen. Sie würde es schon ausspucken, wenn es so weit war, oder mir halt wieder eine runterhauen. Langsam gewöhnte ich mich daran.

Schwer schluckend, meine Lust kaum mehr kontrollierend, formte sich ein Bild vor meinem geistigen Auge, das ich heute unbedingt erfüllt haben wollte. Ich war ein Mistkerl in ihren Augen, das hatte sie mir klar vermittelt … also würde ich ihr den Mistkerl geben, den sie vermutete. Und gottverdammt, ich war ein Bastard, was Sex anging. Aber sowas von!

»Du wirst«, erklärte ich bestimmend und schaltete die kleine Lampe im Flur an, »erst einmal für mich strippen.« Draußen war es bereits dunkel, das könnte im Zwielicht echt heiß werden.

Helen riss die Augen auf. Sie setzte zu einer Antwort an, aber ich kam ihr zuvor: »Widersprich mir nicht! Du wirst dich für mich ausziehen, während ich ein Glas Whiskey genieße.«

»So?«, kam es letztendlich doch von ihr, als sie mir ins Innere meiner Wohnung folgte. »Hier werde ich also für dich strippen?« Auf den hohen Schuhen, die sie nachher unbedingt anlassen musste, ging sie zu einem großen Ohrensessel vor der Fensterfront, von der aus man den Central Park sehen konnte. Sie legte eine Hand an die Fensterscheibe und ich war mir sicher, dass nicht nur bei mir Erinnerungen wach wurden. O nein … definitiv nicht.

Langsam und lächelnd schüttelte ich den Kopf. Ich goss uns beiden ein Glas vom guten *Macallen-Whiskey* ein und hob es ihr entgegen. Sie nahm das Glas, wir stießen an und ich genoss das sanfte Brennen der bernsteinfarbenen Flüssigkeit.

»Komm mit!«, sagte ich, griff nach ihrer Hand und führte sie aus dem Wohnzimmer.

»So schnell gehen wir in dein Schlafzimmer?«, scherzte sie nun, aber ich lächelte nur milde.

Wenn du wüsstest, was ich mit dir vorhabe. Wenn du wüsstest, welche Fantasien mich seit Tagen heimsuchen, wenn ich an deinen weichen und biegsamen Körper unter mir denke.

Helens Augen weiteten sich, als ich sie in *mein* Zimmer führte. Sie sah mich an, öffnete den Mund und schloss ihn wieder, trank einen Schluck aus ihrem Glas und fragte: »Hier hast du Sex?«

Wieder schmunzelte ich. »Wo hast du denn Sex?«

»Na ja, in meinem Bett? Zum Beispiel?«

»Vielleicht ist das ja mein zweites Schlafzimmer.«

»Niemals!«, erklärte sie und betrat den Raum. »Außer du stehst drauf, zwischen all den … Dingen hier zu schlafen.«

»Du hast recht«, gab ich zu, drückte ein paar Knöpfe und ließ leise Musik den Raum fluten. Helen sah sich neugierig um. Das war mir klar gewesen … allerdings, dass ich sie hierherbrachte, war mir nicht im Entferntesten in den Sinn gekommen. Ich wollte sie ficken, ich hatte mit ihr in ein Hotel fahren wollen und doch hatte ich Alister im Auto wieder bestätigt, dass wir zu mir nach Hause fuhren. Auch dort, verfickte Scheiße noch mal, hätte ich sie wieder einfach in mein Bett verfrachten, auf das Sofa oder den Küchentresen heben können, aber nein, hatte ich nicht. Wieder nicht! Stattdessen brachte ich sie tatsächlich in diesem Raum, den ich bisher nur mit meiner langjährigen Freundin Caty genutzt hatte. Ja, ich stand auf diese Spielchen, ja, ich fand es extrem heiß, die Kontrolle und vor allem die Macht zu haben … und ich wollte verflucht noch mal über Helen Bradley Macht haben. Mit allem, was dazu gehörte.

»Das hier«, erklärte ich ihr, als ich sie vor einem der dunkelgrauen Schränke mit Sextoys stehen sah, »sind Liebeskugeln.«

Sie warf mir einen Blick zu, der Bände sprach. »Ich weiß, was Liebeskugeln sind.«

Meine Finger angelten nach einem Paar in Silber und ich ließ sie durch meine Finger gleiten. »Hast du so etwas schon einmal getragen?«, fragte ich mit einem Zeigefinger unter ihrem Kinn und hob ihren Kopf. Fast hätte ich glauben können, dass sie schüchtern war, auch wenn ich es besser wusste, hatte sie es mir doch eben im Fahrstuhl deutlich gezeigt.

»Nein«, erwiderte sie, »habe ich nicht.«

»Möchtest du solche Liebeskugeln denn gern mal tragen?«, stellte ich die Frage anders. Eigentlich war es mir egal, wie ihre Antwort lautete, denn ich hatte bereits beschlossen, dass sie es heute erfahren würde.

»Dann wirst du dich jetzt schön langsam für mich ausziehen«, erklärte ich ruhig, aber bestimmt. »Und anschließend zeige ich dir, was Liebeskugeln in dir auslösen können.«

»Du bist so dominant heute«, sagte sie und das Selbstbewusstsein war in ihre Stimme zurückgekehrt. »Der Raum ist … Wahnsinn.«

»Wahnsinn?«

Helen ließ meine Frage unkommentiert. Sie öffnete die andere Seite des Flügelschrankes, fand diverse Glasdildos und Vibratoren, nahm einen extra großen in die Hand und betrachtete ihn von allen Seiten.

»Nach so etwas sehnst du dich?«, flüsterte ich, drehte sie herum und sah ihr ins Gesicht. »Ich will, dass du dich jetzt für mich ausziehst, Helen!«

Es machte sie an. Und da es *sie* anmachte, turnte es *mich* an. Sie schien vollkommen unerfahren zu sein, was Sexspielzeug anging … und ich wollte nichts lieber tun, als ihr diese Welt zu zeigen. Auf meinem Weg zum Sessel dimmte ich das Licht und ließ mich nieder.

Helen stand in der Mitte des Raumes, registrierte, dass ich sie an den stabilen Pfosten vom Bett anbinden konnte und schluckte sichtbar bei dem Gedanken. Ich wusste, dessen war ich mir vollkommen sicher, dass es sie kitzelte, all das mit mir zu erleben. Aber auch wenn viele dominante Männer es liebten, Frauen zu brechen, war das nicht meins. Sie sollte Lustschmerzen empfinden, aber nicht leiden. Nicht im negativen Aspekt, nur im positiven. Egal, wie kitschig das klang, ihr emotionaler Frieden war mir wichtiger als alles andere.

Helen schien sich etwas unbeholfen und doof zu fühlen, denn es dauerte mehrere Takte der Musik, bis sie schließlich zu mir herüberkam, ihr Whiskeyglas auf einem der Sideboards abstellte und sich traute, mit den Hüften hin- und herzuschwingen. Ihre Finger angelten nach einem Flogger. Unter Adleraugen beobachtete ich sie, ließ sie mit ihren Händen das weiche Leder der Striemen spüren. Sie sollte sich vertraut machen, das war umso besser für mich.

»Das ist ein Flogger.«

Sie warf einen kurzen Seitenblick auf mein Gesicht und ließ ihre Finger wieder durch die diversen schwarzen Lederstreifen gleiten.

»Man kann seinen Spielpartner damit entweder streicheln oder mit Klapsen auf den Arsch zeigen, wo es langgeht.«

Ihre Augen glänzten.

»Möchtest du das einmal ausprobieren, süße unschuldige Helen?«

Statt einer Antwort legte sie auch dieses Teil zurück an seinen Platz.

»Und jetzt ist die Rundschau beendet. Ich will dich nackt sehen!«

Sie erschrak, als ich aufstand, den kurzen Abstand zwischen uns überbrückte und ihr Gesicht etwas unsanft zu mir zog. »Zieh dich für mich aus, damit ich dich ficken kann.«

Ruckartig ließ ich von ihr ab und setzte mich wieder. Wenn sie jetzt nicht bald begann, das zu tun, was ich ihr sagte, würde sie Ärger bekommen.

Besser für Helen, dass sie schließlich anfing zu tanzen. Ihre Hände strichen über ihre vollen Brüste mit den steifen Nippeln, fuhren weiter über die schmale Taille und schließlich drehte sie mir wieder den Rücken zu, als sie über ihre prallen Pobacken streichelte. Ihre Hände hoben sich und sie zog langsam, mit einem konstanten Geräusch, den Reißverschluss ihres Kleides auf. Nacheinander streifte sie sich das Etuikleid über die Schultern und legte den BH ab. Ich wusste, dass es nicht so einfach war, aus einem solch engen Kleid mit einer sexy Pose zu schlüpfen. Aber Helen stellte sich alles andere als tollpatschig an. Sie reckte mir ihren Hintern entgegen und zog den roten Stoff darüber, bis er unterhalb ihrer Knie zu Boden fiel.

Heilige Scheiße! Diese Frau war der absolute Wahnsinn. Was ich sah, raubte mir buchstäblich den Atem. Oh, ich wusste, dass sie heiß war. Ich wusste, wie wundervoll sich ihr Körper anfühlte, und ich wusste, wie sehr ich sie wollte. Aber dass mich dieser Anblick jedes Mal aufs Neue überraschte und mir einen Hauch Angst einjagte, das wurde mir erst jetzt bewusst.

Ich räusperte mich und rückte meinen Schwanz zurecht.

Genau in dem Moment, als sich meine Eier voller Verlangen an meinen Körper zogen, kam sie auf mich zu und stand nur noch in hohen schwarzen Stiefeln und vollkommen nackt vor mir.

»Kein Höschen«, murmelte ich anerkennend, da sie meinem Wunsch diesmal gefolgt war. »Wo hast du es ausgezogen?«, fragte ich, erwartete aber keine Antwort. Im Fahrstuhl trug sie ihres nämlich noch. »Hast du es in deiner Schublade im Büro versteckt, damit du dich morgen daran erinnern kannst, was wir heute machen werden?« Wieder ließ ich ihr keine Zeit zum Antworten. Die Röte in ihren Wangen bewies, dass sie gar nicht antworten wollte.

»Braves Mädchen!«

»Oh!«, sagte sie schließlich und biss sich auf die vollen Lippen. »Das habe ich nicht für dich getan, Baker!«

»Ach nein?«, fragte ich und stand auf. Ruckartig beugte ich sie nach vorn, sodass sie sich an den Armlehnen des Sessels festhalten musste. »Für wen denn dann?« Mein Finger fuhr durch ihre Schamlippen. Sie war nass und weich und heiß. Am liebsten wollte ich mich jetzt sofort in sie schieben, aber anders als beim letzten Mal würde ich mir heute Zeit lassen. Sie schaffte es wirklich ständig, dass ich mich vergaß … ehrlich, sie machte aus mir ein Tier, das seine Lust mit ihr befriedigen wollte. Nur heute, das nahm ich mir fest vor, würde ich die Oberhand behalten. Definitiv!

»Sag mir, was du willst, Helen!«, wies ich sie ruhig an, griff mir eine Hand voll ihres blonden Haares und zog ihren Kopf nach hinten. Lustvoll schloss sie die Augen und ihr Rücken ging in ein Hohlkreuz. Ihr Arsch rieb über den Stoff meiner Hose. Sie stand mir in nichts nach, wenn man bedachte, wie sehr wir uns heute gegenseitig angemacht hatten, obwohl nur einer von uns beiden auf seine Kosten gekommen war.

»Wirst du wohl stillhalten!«, zischte ich und gab ihr einen ordentlichen Klaps auf den Hintern.

Ein lautes Stöhnen kam aus ihrer Kehle. »Mehr!«, wimmerte sie und schien sich ihrer Worte nicht zu schämen. Sie wirkte plötzlich ganz anders, als sie noch wenige Minuten zuvor den Eindruck vermittelt hatte. »Bitte!«

Wie ein Irrer grinste ich. Mir war klar gewesen, dass sie den Sex so mochte, aber ich war davon ausgegangen, dass ich sie etwas mehr dazu überreden, ihr aufzeigen musste, wie heiß es sein konnte. Mir war nicht klar, dass sie sofort dafür brennen würde.

Das war neu.

Und ich fand es erregend.

Ich sah mich um, griff mit meiner freien Hand nach dem Flogger und hielt sie mit der andern an Ort und Stelle. Natürlich würde ich nicht Vollgas geben, aber sie ein wenig reizen, das würde ihr und ihrer großen Klappe nicht schaden. Sie sollte, wenn sie auf harten Sex stand, auch dahinterstehen und es nicht verleugnen oder gar verdrängen. Ich ließ Striemen auf ihren Hintern regnen und wieder stöhnte sie laut.

»Du willst mehr?«, fragte ich und hatte große Mühe, mit meinem harten Schwanz irgendwie klarzukommen, ohne ihn sofort und ohne verfluchten Gummi in sie zu schieben. Helen trieb mich in den absoluten Wahnsinn.

»Ich … Ja!«, schrie sie, als ich den Griff des Floggers als Dildo benutzte. »Ich will mehr …« Ihr Betteln bescherte mir ein triumphales Gefühl.

»Dann sollst du mehr bekommen«, raunte ich in ihr Ohr, biss sie in die zarte Haut ihres Halses und umgriff grob eine ihrer Brüste. Ich knetete ihre Titte und deren Nippel so heftig, dass sie sich mir und dem Floggergriff willig entgegenreckte, mit dem ich ihr heißes Loch stimulierte.

Jetzt war sie bereit.

Ich ließ von ihr ab und führte sie hinüber zum Bett. Dort legte ich ihr Manschetten aus schwarzem Leder um die Handgelenke, verschloss sie und machte das gleiche mit ihren Füßen. Sie war nun so festgeschnallt, dass sie sich zwar noch ein wenig bewegen konnte, mir aber ausgeliefert war. Lust stand in ihren Augen.

»Vertraust du mir?«, fragte ich sie leise. Auch wenn ich das mit ihr machen wollte, auch wenn ich alle Anzeichen dafür hatte, dass sie es ebenso sexy fand, wollte ich doch ihr Einverständnis hören. Nicht nur sehen, sie musste es aussprechen.

»Deine intimsten Fantasien werden gleich real werden. Ich werde dich leiden lassen, dich an deine Grenzen treiben … dich anheizen und fallen lassen … ich werde dich so feucht werden lassen, dass du nicht mehr weißt, wie dir geschieht. Und dann werde ich dich zum Kommen bringen – so lange und so oft, bis du in meinen Armen zusammensackst.«

»Werde ich dir danach noch in die Augen sehen können?«, fragte sie mich, und ich erkannte den Schmerz, der dahinter lag. Den tiefen Schmerz von Dingen, die sie scheinbar bereits erlebt hatte. Jetzt war der falsche Zeitpunkt, sie danach zu fragen, aber etwas in mir trieb mich dazu, mir selbst das Versprechen abzunehmen, später in Erfahrung zu bringen, was genau sie durchmachen und wie sie ihre Welt wieder geradebiegen musste.

»Das wirst du können … und noch viel mehr, viel tiefer. Vertraue mir!«

Mir war klar, was ich von ihr verlangte – gerade, wenn ich im Hinterkopf behielt, dass sie gedacht hatte, ich hätte eine Frau und ein Kind. Mit Sicherheit war sie deshalb nicht an ihr Handy gegangen, aber das würden wir später klären. Nicht jetzt.

»Ich vertraue dir.«

»Wenn du denkst, dass du nicht mehr kannst, dann sag ›Kolibri‹! Ich werde dann sofort aufhören.« Mit voller Absicht wählte ich dieses Safe-Word, das ich heute in diesem seltsamen Meeting vorgeschlagen hatte. War es nicht der Kolibri, den sie absolut deplatziert fand und wir deshalb diese heftige Diskussion und diese Machtspielchen im Büro gehabt hatten? Ja, es war pure Absicht von mir. Ich wollte sie damit reizen.

Und sie wusste es.

25

HELEN

Niemals hätte ich vermutet, dass ich mich einmal an so etwas heranwagen würde. Ich wollte es nicht BDSM nennen, denn ich wusste schlicht und einfach nicht, ob das die richtige Bezeichnung dafür war. Aber ich wusste, dass ich vor Lust zerfließen wollte. Der Sex mit John war berauschend – wie eine Droge, deren Wirkung nicht nachlässt. Und ich wollte ihn.

Die Nacht, die wir aus dem Deal heraus erlebt hatten, reichte nicht. Ich wollte ihn noch näher, intensiver, tiefer … Ich wollte den süßen Schmerz bis an den Gipfel der Lust und darüber hinaus. Ich wollte fallen. Fallen und fallen und fallen. Und ich wollte, dass er mich auffing. Ja, ich war ihm verfallen. Und es war mir egal.

Hatte ich mir noch vor wenigen Monaten geschworen, dass ich mich nie wieder auf einen Mann einlassen würde, der vermutlich mehr Frauen in seinem Bett gehabt hatte, als es Nudeln gab, dann war ich jetzt selbst eine von diesen Eroberungen, vielleicht auch dummen Nudeln, die nicht genug von ihm bekommen konnten.

John nahm mir nicht nur die Bewegungsfreiheit … o nein, er nahm mir auch die Sicht, als er mit einem schwarzen Tuch meine Augen verband. Meine Wahrnehmung konzentrierte sich jetzt nur noch auf die leise Musik, die immer noch im Hintergrund spielte und eigentlich für meinen Strip gedacht gewesen war. Dass ich nicht richtig für ihn strippen konnte, lag daran, dass ich mir zum einen blöd vorkam, zum anderen lenkte mich dieses peitschenähnliche Ding ab. Ich fragte mich tatsächlich, wie es sich auf meiner Haut anfühlen würde, wenn er mich damit bestrafte … vielleicht für heute, weil ich so aufmüpfig im Meeting gewesen war oder weil ich seine Entscheidungen anzweifelte oder sagte, nie wieder mit ihm vögeln zu wollen.

Nun, es sah hier und jetzt ganz anders aus.

John strich mit dem Griff des Teiles, das er »Flogger« nannte, zwischen meinen Schamlippen entlang und lobte mich dafür, dass ich so feucht war. Natürlich war ich feucht, denn ich brauchte es. Ich brauchte ihn.

»Bitte!« wimmerte ich wieder, als er einen zarten Regen von Leder auf meinen Busen rasseln ließ. Ich konnte ihn nicht sehen, nur hören und fühlen.

»Du bist heute über die Ziellinie hinausgeschossen, Helen«, erklärte er. Seine Stimme war pure Autorität.

Es turnte mich an. Ja, es machte mich verfickt noch mal scheiße heiß, wenn er so mit mir sprach.

»Du hast mich beleidigt, meine Entscheidungen vor den anderen angezweifelt.«

Ich nickte und wurde dafür mit einem Schlag auf meine Vagina belohnt.

»Du hast mich dumm aussehen lassen und ich glaube …«, jetzt war er ganz nah, ich konnte die Wärme seines Körpers spüren, »dass du es mit Absicht getan hast.«

Meine Lippen öffneten sich einen Spalt.

»Weil du genau das hier willst.«

Abermals fuhr er mit dem Griff zwischen meinen seidigen feuchten Falten entlang und schob ihn dann mit einem Ruck in mich hinein. Ich stöhnte laut, wollte und konnte mich kaum mehr kontrollieren.

»Pssst!« Er hielt mir die Hand über den Mund. »Ich habe das Fenster geöffnet, es ist früher Abend, Helen Bradley … Willst du wirklich, dass jemand deine Lustschreie hört? Willst du wirklich, dass vielleicht dieser Mann gegenüber, der am Fenster steht und uns beobachtet, seinen Schwanz rausholt und zu wichsen anfängt? Bei allem, was ich mit dir mache? Willst du das?«

Ohne jegliche Vorwarnung entzog er mir die süße Folter der

Dehnung in meiner Pussy. Er hielt mir etwas vor den Mund und automatisch öffneten sich meine Lippen. Es war der Griff des Floggers, ich konnte mich selbst schmecken.

»O ja … du willst, dass man so mit dir spricht … dass man es dir besorgt.« Die Wärme seines Körpers verschwand, der Flogger ebenso und ich zitterte und wartete. Das Fenster schien wirklich geöffnet zu sein, denn über meine erhitzte Mitte wehte ein kühler Lufthauch hinweg. Dass es in diesem Zimmer Fenster gab, wusste ich, auch wenn sie von den bodenlangen Vorhängen verdeckt wurden.

»Sieht uns wirklich jemand zu?«, fragte ich und kassierte dafür sofort einen erneuten Schlag auf meinen Busen.

»Du sprichst, wenn du gefragt wirst! Verstanden?« Atemlos nickte ich. Dort, wo mich seine Hand getroffen hatte, schmerzte es … aber der Schmerz wurde sogleich von einem süßen Brennen und dem lustvollen Ziehen in meinem Unterleib abgelöst.

»O ja … der Herr Nachbar sieht uns zu … er würde dir gefallen. Ein trainierter College-Student mit einem riesigen Schwanz.«

O mein Gott! Jetzt stand ich also nicht nur darauf, wenn man mich irgendwo festmachte und erniedrigte … jetzt fand ich es auch noch erregend, wenn ein anderer Mann, einer, der nichts mit unserem Liebesspiel zu tun hatte, uns dabei beobachtete und sich einen runterholte.

Was war nur mit mir los?

Mir blieb keine Zeit, länger darüber nachzudenken, denn ich fühlte etwas Eiskaltes über meinen Körper streichen. Von meinem Ohrläppchen, über den Nacken zu meinem Schlüsselbein hinunter zu meiner Vagina. Der Eiswürfel tauchte in mich ein und ich meinte zu ersticken. John führte das kalte Etwas wieder nach oben und ich fühlte seine kalten Lippen, wie sie mich küssten und wir zusammen den Eiswürfel abwechselnd in unseren Mündern hielten.

Ein kehliges Stöhnen verließ meine Lippen, als er einen Finger in mich tauchte. »Du bist so verdammt feucht, Helen … Und da sagst du, dass du es nicht richtig heiß findest, wenn man dich dominiert?« Er lachte leise und ich fühlte das Vibrieren in seinem Körper. »Erzähle mir nie wieder so eine verfickte Scheiße! Verstanden?«

Ich nickte hektisch, biss mir auf die Lippe, da er nun mit kurzen, schnell aufeinanderfolgenden Schlägen das Leder auf mich niederrasseln ließ. Über meine Brüste und die empfindlichen Nippel, über meinen Bauch und meinen Venushügel. Mein Instinkt wollte die Beine zusammenpressen, meine Lust selbige noch etwas weiter spreizen, damit er mit jeder kleinen Spitze des Leders mein Lustzentrum traf.

Keuchend vor Erregung spürte ich plötzlich, wie er sich in mich schob. Ich genoss die Dehnung, wie er mich ausfüllte, wie er über mir leise stöhnte und dass ich ihm ausgeliefert war. Wimmernd kam mir immer wieder sein Name über die Lippen. Sein leises Lachen, der feste Griff seiner Hände an meinen Oberschenkeln, als er sich schnell und hart immer wieder in mich drückte. Ein Zittern kroch über meinen Körper, ein Schauer der guten Art und ich brauchte mehr. Es noch intensiver. Noch härter.

Als hätte er unser Leben lang nichts anderes getan, sorgte John dafür, dass sich unsere Körper auf die bestmögliche Art vereinten. Er las mich, kannte all meine intimen Bedürfnisse, er beherrschte das »Helen-Alphabet« mit all den verworrenen Details.

Ruckartig stoppte er die Bewegung, und wäre ich noch ich gewesen, hätte ich ihm jetzt einen Schwall Schimpfwörter entgegengebrüllt. Aber da war kein einziges in meinem Kopf. Nur noch die brennende Sehnsucht, über die Klippe in den Abgrund zu stürzen und zu fallen. Und zu fallen. Und zu fallen.

Die Manschetten um meine Fußgelenke lösten sich, er zog meine Beine nach oben, bis sie auf seinen Schultern lagen, und versenkte sich erneut in mir. Es fühlte sich so gut an. So wahnsinnig gut. Und er war tief in mir. So tief und hart, dass ich es kaum mehr aushalten konnte.

»O mein Gott, Helen«, seufzte er und riss mir die Augenbinde vom Kopf. Ich genoss den sinnlichen Ausdruck in seinem Gesicht. Jeder Muskel seines Körpers war angespannt, während er sich in mich schob, einem uralten Rhythmus folgend, tiefe Lust, entsprungen aus den Urinstinkten. Ich rüttelte an meinen Armfesseln, wollte meine Hände befreien, zumindest ein wenig Kontrolle haben, denn ich fiel … Fiel mit ihm gemeinsam über die Klippe, schrie seinen Namen, klammerte meine Schenkel fest um seinen Hals und fühlte, wie er sich heiß und wild in mir ergoss. Ich wollte mein Innerstes zusammenhalten, denn ich wusste, ich würde in Abertausende Teile zerfallen, wenn er mich losließ.

Ich wusste es einfach.

Und ich wusste, dass es mein Ende sein würde.

Über meine Gedanken verlor ich mich selbst.

Und ich fand ihn.

Ich sah ihn.

Ich sah mich.

Wie er über mir thronte.

Wie ich unter ihm die Geborgenheit seiner Stärke fühlte.

Wie er mich beschützte.

Wie er mich brauchte.

Wie ich ihn brauchte.

Wie er es schaffte, dass ich wie ein Mosaik zerfiel, welches sich durch die Melodie unserer Körper zu einem neuen, einzigartigen, wunderschönen Bild zusammensetzte.

Ich erkannte, noch während wir beide auf der Welle unserer Orgasmen dahintrieben, dass das hier tiefer ging als die reine Lust, als das Verlangen zweier Körper.

Ich erkannte, dass ich dabei war, mein Herz zu öffnen.

Ich erkannte, dass er den Schlüssel besaß.

26

HELEN

Wie in Trance nahm ich das warme Wasser wahr, in dem er uns platzierte. Er hatte die zahlreichen Deckenspots über uns gedimmt, zwei Gläser mit Wein gefüllt standen auf einem Beistelltisch neben der freistehenden Badewanne. Ich musste ehrlich zugeben, für einen Mann hatte er einen sehr guten Geschmack, was Einrichtung anging.

»Wie fühlst du dich?«, fragte er und ich sank etwas tiefer in das Wasser. Ich saß mit meinem Rücken an seinen Bauch geschmiegt, konnte mit den Zehen das Ende der Wanne nicht erreichen, aber er war groß und stark und konnte mich halten. An meinem Wein nippend, dachte ich darüber nach, wie genau ich mich fühlte.

»Wund?«, war das Erste, was ich dachte und aussprach. »Und nicht mehr wütend«, setzte ich vorsichtig hinzu und blickte nach oben, um sein Gesicht zu sehen.

»Da bin ich aber froh, also dass du nicht mehr wütend bist. Erstaunlich, was ein gutes Spanking mit einem anstellt, oder?«

»Sag das nicht!«, wisperte ich und schloss die Augen. Ja, ich hatte es genossen, aber die Scham über all das, was wir getan hatten, lastete schwer wie ein Dämon auf meiner Seele.

»Ist es dir peinlich, was wir getan haben?«, fragte er weiter und ich nickte unsicher. Mehr Hüllen konnte ich nicht fallen lassen, nicht noch mehr von mir preisgeben. Dachte ich zumindest.

John fuhr mit den Fingerspitzen über meine Brüste, bedeckte sie mit duftendem Schaum.

»Ich möchte nicht, dass dir irgendetwas peinlich ist, Helen. Das, was wir beide tun, hinter verschlossenen Türen, wenn wir allein sind, dafür sollst du dich nicht schämen. Solange es für uns in Ordnung ist und wir beide Lust empfinden, sollten wir es einfach genießen. Du gibst dich mir hin, mit vollem Herzen, dafür solltest du dich nicht schämen.«

»Ich weiß«, murmelte ich und nahm nochmals einen großen Schluck Wein. Mit Alkohol war das alles irgendwie nicht mehr so schlimm. »Da sind nur diese Dämonen.« Bewusst wählte ich diesen Begriff, denn auch wenn wir von einem Abenteuer ins nächste stürzten, hatte ich nicht vergessen, dass er mich an diesem Morgen rausgeworfen hatte.

»Jeder von uns hat sie, die Dämonen, die in der Dunkelheit auf einen lauern und ihre langen Klauen nach einem ausstrecken. Jeder von uns … aber es ist an der Zeit, sie zu bekämpfen, sich ihnen zu stellen.«

»Sagst du das zu *mir* oder sagst du das zu *dir*?«

»Ich sage es uns beiden …« Er sah in die Ferne und ich beschloss, den Moment nicht mit einem Witz zu zerstören. »Aber vorerst muss es genügen, wenn ich dir versichere, dass ich keine Frau und kein Kind habe. Hilft das?«

»Es ist ein Anfang«, erklärte ich mit einem Lächeln. »Du musst aber zugeben, dass es schon hätte sein können. Das Bild war eindeutig.«

»Ihr Frauen wollt immer sehen, was ihr eben sehen wollt, und dann ist es für euch eindeutig.«

»Du hast sie auf die Wange geküsst und die Kleine ist dir lachend in die Arme gesprungen, was hätte ich denn denken sollen?«

»Dass sie meine Nichte ist?«, sagte er und lachte. »Hältst du mich echt für so einen Scheißkerl?«

»Na, zumindest habe ich dich so bei meinen Freundinnen betitelt. Und noch schlimmer.«

»Da werde ich wohl einen schweren Start haben«, stellte er beiläufig fest und mein Herzschlag verdoppelte sich. Da wird er wohl einen schweren Start haben? Das würde ja bedeuten, dass er meine Freundinnen kennenlernen wollte. Das hieß ja, dass wir uns öfter sehen würden, dass er eine Art Zukunft für uns sah …

»Ich hoffe, wir wiederholen das und noch mehr.«

Seine dunkle Stimme, es war diese dominante, die er auch in seinem Erwachsenenzimmer benutzt hatte, fuhr mir direkt zwischen die Beine.

»Schon vergessen, dass ich kündigen will?«, scherzte ich, doch er konnte darüber offensichtlich nicht lachen.

»Ich akzeptiere die Kündigung nicht!«

»Na ja«, erklärte ich, »wirst du wohl müssen. Gerade, wenn ich dich wegen sexueller Belästigung anzeige.«

»Ich glaube, du spinnst, Fräulein. Du hast mich angebettelt!«

Ich lachte laut und schmiegte mich in seine Arme. Tatsächlich fühlte ich mich bei ihm geborgen. Aufgehoben. Geliebt. Beschützt.

»Sagen wir so, ich bin ziemlich willenlos, wenn du in der Nähe bist.« Ich grinste ihn wieder an. »Hingegen Mr. Peterson … Puh!« Im Grunde wusste ich gar nicht so genau, weshalb ich es laut aussprach, aber es fühlte sich richtig an, meine Gedanken hier mit ihm zu teilen. Wir waren kein Paar, aber wir hatten Sex gehabt und gemeinsam das widerliche Verhalten dieses Peterson erlebt.

»Der Wichser kommt besser nicht mehr in deine Nähe«, knurrte John. »Gut, dass ich ab jetzt bei den Meetings dabei bin.«

»Du hast im Meeting meine Autorität untergraben, das kannst du nicht machen! Gut, du bist der Chef der Chefs, aber meine Angestellten waren auch da und dann kannst du nicht einfach reinplatzen und einen auf Alphatier und Höhlenmensch machen, John. Das geht nicht!«

»Hat man es gemerkt?«, fragte er zwischen zusammengebissenen Zähnen.

Fragend hob ich eine Braue. »Was genau? Dass du Peterson eine reinhauen oder mich über den Tisch beugen wolltest?«

»Beides«, knurrte er wieder dunkel. »Ich wollte ihn töten – so, wie er dich angesehen hat.«

»Für mich war das auch nicht toll. Aber was denkst du denn, wie oft mir das in dieser Branche begegnet? Ja, Frauen sind genauso kreativ wie Männer, aber als Führungskraft wird nun mal der Mann gesehen, und das kotzt mich an. Sollte das nicht mittlerweile genderfrei sein? Sollten nicht sowohl Männer als auch Frauen zur Führung berechtigt sein? Und dann kommst du, der Boss der Bosse, und untergräbst meine Autorität. Das war echt scheiße, John.«

Ja, meine Worte waren sehr ehrlich … aber das war nun mal meine Meinung. Außerdem kämpfte ich schon mein Leben lang dagegen an, wie Frauen benachteiligt wurden, auch wenn es immer hieß, dass es das nicht mehr gab. Doch Herrgott noch mal, das gab es! Genauso war es und auch ich hatte Leute im Team, die eigentlich einen Mann als Vorgesetzten wollten. Ich kämpfte tagtäglich um Akzeptanz und Respekt und meistens gelang es mir auch, durch meine Leistung, meinen Fleiß und mein Können positive Resonanz zu erzeugen. Als Frau musste ich mich immer doppelt anstrengen und dann kam er … und machte alles kaputt.

»Du weißt, dass das so nicht angedacht war, dass ich das so nicht gemeint habe.«

»Das mag ja sein, das weiß ich jetzt, aber die anderen nicht. Bei denen bleibt nur hängen, dass der Boss da war, weil die kleine Agenturleiterin es nicht schafft.«

»Das war nicht das Ziel.«

»So kommt es aber an.«

»Dann werde ich das klarstellen, Baby«, flüsterte er in mein Ohr und gab mir einen Kuss hinters Ohrläppchen.

»Auf keinen Fall! Das wirkt ja noch armseliger.«

John holte tief Luft und atmete mehrmals durch. »Dann sag mir doch einfach, was du willst. Ich tue es.«

»Halte dich von meinen Meetings fern!«

»Tut mir leid, Helen, das kann ich nicht.«

»Wieso nicht? Bisher war es dir doch auch vollkommen egal.«

»Okay, Kompromiss«, begann er, und ich rollte die Augen, was er zum Glück nicht sehen konnte. »Ich nehme nur an den Meetings mit ›Dogs Life‹ teil.«

»Wieso?«, platzte es aus mir heraus. »Du tust so, als wüsste ich nicht, wie man den Job erledigt.« Ich distanzierte mich innerlich, konnte einfach nicht anders.

»Das ist nicht wahr. Das ist nur, was du sehen willst.«

»Ach! Was bezweckst du denn dann?«, fragte ich forsch und

wurde lauter. Eigentlich hatte ich überhaupt keine Lust zu streiten, aber ich wollte mich auch nicht mit so wenig Verständnis zufriedengeben, wie er scheinbar aufbringen konnte. Das war nämlich im Grunde nichts.

»Ich ertrage es nicht, wie dieser Wichser dich ansieht. Außerdem traue ich ihm so weit, wie ein Baby werfen kann. Nämlich gar nicht. Also, scheiße noch mal, Helen, werde ich da dabei sein. Ob es dir nun passt oder nicht. Dieser Bastard wird nicht mit dir allein in einem Raum sein. Nur über meine Leiche!«

»Du bist eifersüchtig!«, stellte ich fest und drehte mich in seinen Armen.

»Scheiße noch mal, JA!«, donnerte er wütend und nahm einen sehr großen Schluck Wein. »Dieser Wichser ist doch heute fast gekommen, als er dich in diesem engen Kleid gesehen hat.«

Ich lächelte stumm. Meine nassen Haare, das halb zerlaufene Make-up … das alles war mir egal. John war eifersüchtig – ein Gefühl, das weit tiefer ging als pure Lust.

»Und ich übrigens auch!«, fügte er hinzu. »Heilige Scheiße, Baby, du sahst einfach umwerfend aus!« Er klang verzweifelt.

»John Baker ist eifersüchtig auf einen widerlichen Fettsack, der mir auf den Busen starrt.«

Ich war amüsiert und fühlte mich geehrt. Egal, wie emanzipiert ich eigentlich war, dieses Gefühl, wenn ein Mann zugab, dass er auf einen stand und dass er es nicht leiden konnte, wenn ein anderer einen ansah, war berauschend. Bis dato war ich nicht so häufig in den Genuss gekommen.

»Verrate das bloß niemandem! Caty wäre echt sauer«, murmelte er mit frustriertem Unterton in sein Weinglas, ehe er es komplett leerte.

»Caty?«, erkundigte ich mich hörbar unschuldig, fühlte aber, wie sich mein Herzschlag beschleunigte.

»Meine Ex-Freundin«, erklärte er so, als wäre es das Normalste der Welt, einfach mal so seine Ex in unser Gespräch zu streuen. In das Gespräch mit der Frau, die er gerade in sämtlichen Positionen unter sich gehabt hatte. Was war nur mit den Männern heutzutage los? Hätte nicht ich jetzt jeden Grund, eifersüchtig zu sein? Es klang so, als hätte er noch Kontakt mit seiner Ex. War das normal? Was war da zwischen den beiden?

»Und was geht mich deine Ex an?«, fragte ich mit einer gewissen Schärfe in der Stimme. Ich kannte dieses Gefühl in mir, war allerdings erstaunt, dass ich es jetzt so intensiv empfand. Ob es nun daran lag, dass der Sex grandios war, ich im Grunde selten bis nie einen One-Night-Stand gehabt hatte oder weil er Besitzansprüche anmeldete? Im Grunde war es gleichgültig, denn die Tatsache, dass es überhaupt passierte, überforderte mich.

»Ich habe doch nur …«, begann er und seufzte. »Ehrlich jetzt? Muss das jetzt sein?«

Innerlich holte ich tief Luft. Was sollte ich denn machen? Das Gefühl der Eifersucht war einfach so viel schneller als ich, aber er hatte natürlich recht, es ging mich nichts an. Wir waren ja nur irgendwie Sexbuddys und keine … keine zwei Menschen, die Verpflichtungen einer Beziehung eingingen.

»Sorry, geht mich ja auch nichts an.«

»Was auch immer du denkst«, murmelte er, strich mir die nassen Haare über die Schultern und platzierte einen Kuss auf meinem Nacken. »Lass uns doch einfach den Moment genießen.«

»Das mache ich. Du etwa nicht?«

»Doch! Und es überrascht mich, wie leicht das mit dir ist. Obwohl du so eine verfluchte Zicke bist.«

»Bin ich gar nicht!«

»Wenn ich sage, dass du eine Zicke bist, wird das schon so sein, meine Liebe!«

Augenrollend beschloss ich, mich nicht weiter darüber aufzuregen und schmiegte mich enger in seine Arme. Das Wasser wurde langsam kalt und er ließ warmes nach. Sehr aufmerksam. Aber sicherlich war es für ihn nicht das erste Mal, dass er mit einer Frau in der Badewanne lag.

»Was ist das hier?«, fragte ich ihn also vorsichtig. Ja, das mochte etwas zu schnell und zu weit nach vorn geprescht sein, aber ich war eben auch nur eine Frau, und Frauen definierten Dinge nun mal gern, gaben ihnen einen Namen.

»Ich weiß es nicht«, antwortete er ehrlich und sammelte in seiner Handinnenfläche immer wieder warmes Wasser, um es über meinen Körper rinnen zu lassen. »Aber ich mag es.«

»Wenn du nicht gerade in ein Meeting kommst und einen auf dicke Eier machst, dann mag ich es auch.«

Er lachte leise und ich fühlte, wie er den Kopf schüttelte. »Können wir uns drauf einigen, dass wir einfach mal sehen, wohin das führt?«

»Du bist immer noch mein Boss.«

»Und darum darf ich keinen Sex haben?«, fragte er nach.

»Na ja, doch … aber vielleicht nicht mit einer deiner Angestellten.«

»Aber wenn die Angestellte verdammt heiß ist?«

»Dann sollte man sich trotzdem professionell benehmen, Mr. Baker.«

»Das sagt ja die Richtige. Du konntest doch den Blick keine Sekunde von meinem Schritt abwenden.«

»Das stimmt doch gar nicht!«

»Dir fällt das nicht einmal mehr auf, oder? Interessant, Miss Bradley.«

»Du hast mir ein unmoralisches Angebot gemacht«, schoss ich ihm entgegen.

»Du hast es angenommen«, spielte er den Ball zurück. »Du hättest mich auch anzeigen können.«

»Das wollte ich.«

»Was?«, fragte er und versteifte sich merklich, allerdings nicht auf die gute Art und Weise.

»Ich war bei meiner Freundin Scarlett und habe mit ihr darüber nachgedacht, dich zu verklagen.«

»Wieso?«

»Echt jetzt? Das hast du doch gerade selbst ins Feld geführt.«

»Eher als Scherz.«

»Ich war sauer über dein Angebot und wie dreist du warst. Da wollte ich dich anzeigen wegen Nötigung und sexueller Belästigung und allem, was wir hätten finden können.«

»Wir?«, fragte er und knurrte dunkel. »Du warst bei einem Anwalt?«

»Geht es jetzt um den Anwalt oder um einen anderen Mann?« Auch wenn ich noch nicht lange mit ihm zu tun hatte, war mir vollkommen klar, dass er ein Höhlenmensch und besitzergreifendes Wesen war … Ihn ein bisschen zu quälen, würde also sicher nicht schaden. Zu leicht wollte ich es ihm ja auch nicht machen.

»Ich fasse es nicht! Du hast mit einem anderen Mann über mich gesprochen?«

»Falsch! Mit einem Anwalt.«

»Das macht es nicht besser.«

»Ja, und wir waren uns eigentlich einig, dass eine Klage vor Gericht standhalten würde.«

Er brummte unverständliche Worte und ich grinste vor mich hin. Dass es sich bei diesem Anwalt – übrigens, sah ich das Wort als genderfrei – um eine Frau und eine meiner beiden besten Freundinnen handelte, verschwieg ich einfach weiterhin. Ich liebte es, ihn zu reizen. Das würde mir wohl ewig Spaß machen.

»Ich kann es echt nicht fassen, dass du einem anderen Kerl von mir … von uns erzählt hast.«

»Nun«, bohrte ich weiter in der Wunde. »Dann komm besser mal ganz schnell damit zurecht, Baby.«

»Ich gebe dir gleich einen anderen Mann!«

»Ein Dreier?«, provozierte ich weiter. »Wie lieb von dir. Das habe ich mir schon immer mal gewünscht.«

Er griff nach meinem Nippel und spielte mit ihm. »Du denkst wirklich, ich könnte dich teilen?«

»Hast du doch eben vorgeschlagen.«

»Verabschiede dich davon! Lieber früher als später. Ich teile nicht, was mir gehört.«

»Ich gehöre also dir?«, erkundigte ich mich. Interessant, wie mutig ich sein konnte, wenn ich von Endorphinen des Orgasmus geschüttelt wurde. »Ich kann mich nicht erinnern, dass ich eine Urkunde zum Übergang des Besitzes unterschrieben habe.«

»Reiz. Mich. Nicht. Helen!«, knurrte er heiser. Ich fühlte an meinem Hintern, wie er wieder hart wurde. Schon wieder. Dieser Mann war unersättlich.

Und es machte mir nichts aus.

»Wer wird uns denn bei diesem Sexabenteuer begleiten?«, erkundigte ich mich gespielt aufgeregt. Ein Dreier würde für mich niemals infrage kommen, aber das brauchte er ja nicht zu wissen.

»Es reicht!«, donnerte er, stand auf und hob mich hoch. Pitschnass stieg er ungeachtet meines Protestes mit mir aus der Wanne, tappte über die Fliesen und warf mich schließlich auf sein Bett, als wäre ich seine Beute. Trotz der Kälte, die der Temperaturunterschied ausmachte, war meine Haut erhitzt.

John thronte über mir wie ein Racheengel … Er vereinnahmte mich, wollte mir zeigen, dass er der Mann war, dass er sexuelle Macht über mich hatte. Und wenn ich ehrlich war, wenn ich zugeben durfte, dass ich es genoss, dann waren mir sämtliche Ratgeber scheißegal, die von Emanzipation oder Selbstbewusstsein sprachen. John Baker schaffte es, dass ich mich vollkommen und zu hundert Prozent weiblich und wie eine Frau fühlte.

Und das war ein unwiderstehliches Gefühl für mich.

Ein Gefühl, das ich vermisst hatte.

Dieser Mann schaffte es, mich zum Leben zu erwecken.

War es dann nicht vollkommen gleichgültig, dass er mein Chef war?

27

JOHN

Seit Jahren war der erste Gedanke nach dem Aufwachen: Damals. Immer. Jeden Morgen. Daran führte kein Weg vorbei und ich war bereits so daran gewöhnt, dass ich mich heute wunderte, weshalb dieses *Damals* erst der zweite Gedanke war.

Helen lag neben mir.

Anders als letzte Woche war sie heute nicht aufgestanden. Im Gegenteil. Ihr nackter Körper lag an mich gepresst, die Wärme, welche von ihrer weichen Haut ausging, hüllte mich irgendwie in Sicherheit. Das leise Seufzen, das ihre süßen Lippen verließ … die schmale Hand, welche unter ihrer Wange ruhte …

Ihre Anwesenheit und dass ich nicht in vollkommene Panik verfiel, lenkten mich so sehr ab, dass sich mit dieser Erkenntnis das schlechte Gewissen einstellte.

Ich durfte nicht vergessen!

Ich hatte es ihr versprochen, dass ich niemals vergessen würde. Nicht sie und nicht ihre Worte, die sie damals gesagt hatte.

Ich hatte es ihr verdammt noch mal geschworen, während sie in meinen Armen starb.

Und daran würde ich mich halten.

Wenn sich niemand an einen erinnerte, wenn niemand einen vermisste, wenn niemand auch nur einen kleinen Gedanken daran verschwendete, dann war man für immer verloren.

Ja, ich hatte sie nicht gekannt. Wusste nicht einmal ihren Wohnort oder warum sie dort unterwegs gewesen war oder wie sie geheißen hatte. Zumindest nicht in jenem dunklen Augenblick, aber ich hatte ihr etwas versprochen. Und wenn ich etwas versprach, dann hielt ich mich daran. Ein Schwur, der kurze Moment zwischen zwei Menschen, die einander brauchten, füreinander da waren, auch wenn sie sich vollkommen unbekannt in die Augen sahen, war etwas Besonderes. Jede Begegnung in unserem Leben hatte einen tieferen Sinn. Bis heute wusste ich nicht, welchen Sinn es hatte, dass ich eine fremde Frau in meinen Armen sterben lassen musste, aber in exakt diesem Moment hatte ich es angenommen. Für nichts hätte ich sie alleingelassen, denn ich war der Meinung, dass kein Mensch auf der Welt es verdient hatte, einsam zu sterben.

Sie hatte mich in ihren letzten Atemzügen darum gebeten, dass ich sie in Erinnerung behielt – auch wenn ich nicht wusste, wer sie war.

»Menschen leben nur dann ewig, wenn man sie nicht vergisst. Ich habe niemanden und ich will nicht vergessen werden.« Das waren ihre Worte gewesen, die gerade heute in meinem Kopf deutlicher widerhallten als all die letzten Jahre zuvor. Ihre größte Sorge war nicht das Wissen darum gewesen, das sie sterben würde, nein, ihre größte Sorge war es gewesen, vergessen zu werden. Und ich hatte ihr versprochen, als ich mit blutverschmierten Händen auf ihre Bauchwunde drückte, dass ich dafür sorgen würde, dass man sie nicht vergaß, dass ich sie nicht vergaß.

Und ich hielt mich daran.

Komme, was da wolle.

Also setzte ich mich in meinem Bett auf, holte mehrmals tief Luft und weckte Helen.

»Du musst gehen!«, platzte ich heraus – getrieben von der Loyalität einer Frau gegenüber, die ich nicht kannte. Aber so, genau so, war das eben mit Schuldgefühlen. So und nicht anders.

»Das kannst du jetzt nicht ernst meinen«, begann sie, setzte sich auf und zog die Decke um ihren wunderschönen nackten Körper.

»Du weißt, ich mache dieses Morgen-Ding nicht. Das wusstest du von Anfang an.«

Helen sah mir lange in die Augen. Niemand von uns sprach ein Wort. Und plötzlich schwang all das Unausgesprochene, all das, was gesagt werden sollte, mir aber nicht über die Lippen kam, zwischen uns. Sie wollte den Grund wissen, weshalb ich am Morgen allein sein musste. Ich sah es ihrer Körperhaltung an, dass sie nicht verstand, weshalb ich das tat, sie jetzt wieder rausschmiss. Aber sie würde es verstehen.

Irgendwann.

Würde sie doch, oder?

Musste sie einfach!

Und Helen überraschte mich.

»Ich sag dir was: Ich stehe jetzt auf, mach mir einen Kaffee in deiner überteuerten und niemals genutzten Küche, ich werde ihn in Ruhe trinken und du machst das, was du morgens machen musst, damit du … dieses, was auch immer, das da in dir ist, mit dem du kämpfst, für den heutigen Tag bezwingen kannst.«

Meine Augen weiteten sich. Mein Herz pumpte in meiner Brust. Ich bekam kaum mehr Luft. Ich *musste* morgens allein sein. Ich musste es wieder und wieder durchleben, damit ich den Tag überstehen konnte. Ich musste einfach. Es war meine Pflicht, mich zu erinnern. Wieso verstand sie das nicht?

»Ich frage dich nicht, wieso das so ist oder weshalb du jetzt wieder versuchst, mich rauszuschmeißen, und dich abschotten willst, aber das wird diesmal nicht passieren. Das wird verdammt noch mal nie wieder passieren, solange das hier …«, sie fuchtelte mit den Händen zwischen uns herum, »… läuft. Du kannst nicht erwarten, dass wir all diese intimen Sachen miteinander teilen und ich es akzeptiere, dass du mich dann zur Seite schiebst, weil du glaubst, irgendwas nicht ertragen zu können. So läuft das nicht, John! Dafür bin ich mir zu schade und dafür bin ich auch zu alt. Okay?«

Stumm sah ich sie an.

Sprachlos.

Vor den Kopf gestoßen.

Vollkommen überfahren.

»Also, nimm dir die Zeit, die du jetzt brauchst, geh duschen, joggen, verkrieche dich in der Dunkelheit der Laken – was auch immer, aber wenn das hier laufen soll, und sei es nur für Sex, dann wird es so sein wie bei zwei erwachsenen Menschen, die sich trotz all dieser intimen Sexsachen respektieren.«

Sie beugte sich in meine Richtung, gab mir einen Kuss auf die Wange und ich war viel zu perplex, um auch nur irgendwie reagieren zu können. Ich tat nichts. Gar nichts. Denn ich hatte keine Ahnung, wie ich hätte reagieren sollen.

Helen warf das Laken zurück. Nackt, wie sie war, stand sie auf, griff nach einem Shirt, das auf der Kommode neben ihr lag, und verließ auf leisen Sohlen ohne ein weiteres Wort mein Schlafzimmer.

Sie ließ mich allein.

Zurück in der Kälte der Dunkelheit.

Meine Gedanken rasten. Aber sie rasten nicht zu dieser einen Sache. Sie rasten voller Erstaunen, Gefühl und Verlangen nach dieser besonderen, einzigartigen Frau.

Ich fragte mich, ob ich das verdient hatte oder ob ich einfach nur gottverdammtes Glück besaß. Eine Portion Glück, die mir nicht zustand.

Es war still um mich herum, es war absolut ruhig, und das war eine Seltenheit. Seltenheit deshalb, weil ich mir die größte Mühe gab, so wenig allein zu sein, wie nur möglich.

Nachdenklich stand ich auf und versuchte, mein Ritual, das ich jeden Morgen vollzog, heute ebenso über mich hinweggleiten zu lassen. Und trotz dessen, dass dort draußen eine Frau saß, die in meiner Küche *morgens* Kaffee trank, ging ich duschen und genoss, wie das warme Wasser über meinen Körper spülte. Dadurch, dass sie verstand, wie dringend ich morgens allein sein musste, rührte sie etwas in mir an, von dem ich nicht wusste, dass ich es besaß. Ich verstand es nicht.

Man schätzte sich ja immer irgendwie selbst ein und ich war bisher davon überzeugt gewesen, dass ich stets mit beiden Beinen auf dem Boden stand, aber das heute hatte ich einfach nicht kommen sehen. In keiner Weise. Eigentlich war ich darauf vorbereitet gewesen, dass sie sich aufführen würde, zickig und grantig sein würde, aber nichts von alldem war geschehen. Es war einfach nichts geschehen. Sie hatte davon gesprochen, dass ich mein Ding machen sollte und sie weiterhin hier wäre, bis ich so weit war. Und ganz ehrlich? Es imponierte mir, dass sie es nicht zulassen würde, nachdem wir letzte Nacht so intensiv miteinander umgegangen waren, sich jetzt von mir vor den Kopf stoßen zu lassen.

Und bei Gott, sie hatte recht. Sie hatte verdammt noch mal recht, es wäre nicht fair von mir.

Helen hatte mir mehr als deutlich und mehr als nur einmal gesagt, dass diese Art der Intimität mit einem Mann neu für sie war, und sie hatte mehrmals erwähnt, dass sie sich eigentlich dafür schämte. Und jetzt, heute, sagte sie so etwas.

Wenn ich also ehrlich zu mir selbst war – und fuck, das versuchte ich immer zu sein –, dann hatte sie recht. Es stand mir nicht zu, sie jetzt einfach so rauszuschmeißen – außer ich war der größte Bastard ever. Was war so schwer daran, gemeinsam eine Tasse Kaffee zu trinken, bevor jeder seiner Wege ging?

Moment einmal! Wollte ich überhaupt, dass sie ihrer Wege ging? Wollte ich das? Oder wollte ich sie nicht viel lieber bei mir haben? Heute und morgen und …

Scheiße! Woher kamen diese Gedanken? Ich war nicht so weit. Ich war für die Einsamkeit und das schnelle Leben geschaffen. Von Verpflichtungen aller Art hielt ich mich fern, vor allem von jenen, die irgendwann eine Heirat und Familie beinhalteten.

Und jetzt?

Was zur Hölle richtete diese Frau in mir und mit mir an?

Wie schaffte sie es, mit diesen simplen Sätzen, mit ihrer eindeutigen Ansage, Normalität einkehren zu lassen?

Ruhe und Frieden. Das war für mich absolut neu. Und verstörend. Und irgendwie auch wunderschön.

Schnell duschte ich zu Ende, drehte das Wasser ab und schlang mir eines der flauschigen Handtücher um die Hüften. Nasse Sohlen, die Tropfen der Haare, die auf meine Brust fielen … es war alles so egal.

Ich spurtete in die Küche, stellte dann erleichtert fest, dass sie wirklich noch da war, und ging mit großen Schritten auf sie zu. Helen hielt in der einen Hand ihre Kaffeetasse, wie sie es mir angekündigt hatte, und in der anderen ihr Handy. Sie las einen Artikel.

Ruckartig drehte ich sie auf dem Stuhl zu mir herum. Das Kratzen der Stuhlbeine über den Küchenboden hallte in meinen Ohren nach. Helen erschrak und verschüttete sogar ein wenig Kaffee.

»Wow!«, murmelte sie und ihr Blick heftete sich auf meinen nackten Oberkörper. »Alles okay?«

»Alles bestens!«, brummte ich, beugte meinen Kopf zu ihr nach unten und küsste sie. Ich küsste sie, als hinge mein Leben davon ab. Alles, was mir unter der Dusche durch den Kopf gegangen war, wie ich mich fühlte, wie ich mich die letzten Jahre morgens verhalten musste … all das, von dem ich glaubte, dass ich es niemals in mir halten konnte, kam jetzt heraus und entlud sich in diesem Kuss. Meine Hände umgriffen ihr Gesicht und ich zog sie nach oben, stieß meine Zunge zwischen ihre Lippen und schmeckte den Kaffee. Sanft umkreisten sich unsere Zungen. Helen hob die Hände und legte sie um meinen Nacken. Ich hielt sie, ich wollte sie nicht loslassen – sie und ihren Körper, der so viel Wärme ausstrahlte. Ihre Hände, die mich hielten. Meine Lippen, welche die ihren mit dem perfekten Druck massierten.

Ich war am Leben. Ich war so was von am Leben! An diesem ersten Morgen … danach. Dann, wenn ich glaubte, dass die dunkelste Stunde der Nacht auf mich wartete, obgleich es Tag war. Dann, wenn die Sonne bereit war, am Himmel zu stehen. Dann, wenn die Dämonen über mich hereinbrachen … kam Helen aus dem Nichts und erledigte das für mich.

Hätte mir jemand gesagt, dass mein Held einmal eine Frau sein würde, dass ich weibliche Hilfe annahm und brauchte, hätte ich mir einen Scherz daraus gemacht. Doch genauso war es, und es fühlte sich toll an.

Frei.

Himmlisch.

Ich löste mich von Helen. Sie sah mich unter halb gesenkten Lidern an. Sie war wunderschön. Ungeschminkt, pur, die Lippen vom Küssen rot. Geschwollen durch mich. Das Haar zerzaust, die Wangen gerötet … Sie war perfekt. Perfekt für mich.

»Ich glaube, ich bin dabei, mich in dich zu verlieben, Helen Bradley«, flüsterte ich, ohne diesen Satz sagen zu wollen oder geplant zu haben. Aber jetzt schwebte er zwischen uns.

Es war die Wahrheit.

Das erkannte ich jetzt.

Es war die verstörende und doch so wunderbare Wahrheit.

Ich war dabei, mich zu verlieben.

Ich, der Oberboss, der Kerl, der nie wieder eine Beziehung wollte. Ich, der es bis vor zwanzig Minuten nicht einmal geschafft hatte, den Morgen mit einer Frau zu verbringen. Genau dieser kontrollierte, manchmal arrogante Mann stand jetzt tropfnass, unsicher, vollkommen überfahren, geleitet von seinem Bauchgefühl und seinem Herzen in der Küche und sagte einer Frau, dass er dabei war, sich in sie zu verlieben.

Es war die Wahrheit.

Heilige Scheiße!

Die gottverdammte, ungeschönte Wahrheit.

28

JOHN

»Das … kommt überraschend«, sagte Helen leise und räusperte sich. »Damit habe ich nicht gerechnet.«

»Denkst du etwa, ich?« Meine Stimme klang aggressiv, ich war noch nicht bereit, mich zurückzuziehen oder aufzugeben oder irgendwas. »Glaube mir, ich bin selbst am allermeisten davon überrascht.«

»Dass du dich in mich verliebst oder dass du dich überhaupt verliebst?«

»So aufmüpfig, wie du bist?«, fragte ich und stieg auf ihren angedeuteten Scherz ein. »Eher Ersteres.«

»Wie lustig, Baker. Wie lustig!«

»Ich meine das ernst, Helen. Ich habe keine Ahnung, wo das herkommt oder wie ich das verstehen soll oder warum es so ist, aber es ist so.«

»Du sagst mir also gerade, dass du dich in mich verliebst, aber nicht verstehen kannst, wieso das so ist?«

»Ja, Herrgott!«, rief ich viel zu laut und fuhr mir mit beiden Händen durch die Haare. »Genau das sage ich dir. Du … du widersetzt dich, du nervst mich in Meetings, wenn du so sexy vor mir herumwackelst, du beschließt einfach, dass es dir scheißegal ist, wie ich normalerweise meinen Morgen verbringen möchte … und dann trifft mich diese Erkenntnis wie ein beschissener Baseballschläger.«

»Hoppla!«

»Also bitte, wie wäre es, wenn du mich ernst nimmst?«

»Ich nehme dich ernst!«, flüsterte sie schließlich. »Ich würde niemals so etwas nicht ernst nehmen.«

»Ich bin doch selbst überrascht!«, redete ich weiter und fühlte mich wie ein Vollidiot. Aber es war auch ein gutes Gefühl, die Wahrheit zu sagen.

»Es geht mir auch so«, warf Helen ein.

Wumm!

Ich hörte ihre Worte, aber wollte sie nicht wahrhaben. Deshalb plapperte ich weiter wie ein gottverdammter Wasserfall: »Glaube mir, geplant war das sicher nicht. Ich will meine Ruhe. Sex – gern mit dir –, aber ohne Verpflichtung. Verstehst du?« Ich begann, unsicher vor ihr auf und ab zu laufen. Weiterhin nur mit dem Handtuch um meine Hüften geschlungen. Die Haare noch feucht. »Ich meine, wer will denn das? Zu Beginn ist alles perfekt und toll und mega und man hat diesen grandiosen Sex immer und überall und dann … dann kommen die Klauen des Alltags und man geht unter, und plötzlich hat man Kinder und die Frau … und die Frau lässt sich gehen, und man hat dann diese kleinen Dinger, die einem diesen schönen Körper wegnehmen, mit dem man vorher alles anstellen durfte, was man wollte … Nein, ich will keine Beziehung, und erst recht will ich mich nicht verlieben!«

»Findest du nicht, dass ich da auch ein kleines …«, sie gab einen minimalen Abstand zwischen Daumen und Zeigefinger an, »… Wörtchen mitzureden habe? Entspann dich! Nur weil man verliebt ist, heißt das a) nicht, dass das bisherige Leben vorbei ist, und b) bedeutet es nicht, dass man gleich stirbt. Komm runter, John!«

»Aber …«

»Sag mal, hast du mir zugehört?«, fiel sie mir ins Wort und sah mir eindringlich in die Augen. Dann lachte sie plötzlich kopfschüttelnd. »Nein, du hast mir nicht zugehört. Na, das geht ja gut los.«

»Was?«, fragte ich vollkommen überfordert. Ich konnte Poker spielen, mit schwierigen Kunden verhandeln, millionenschwere Deals an Land ziehen, aber das hier … So ein Gespräch musste ich noch nie führen! Heilige Scheiße, ich sollte meine Eier suchen gehen! Ich redete mich hier gerade um Kopf und Kragen. Das würde echt übel enden. Richtig, richtig abgefuckt und übel.

»Ich glaube, es geht mir auch so.«

»Wie?«, fragte ich und sah sie mit großen Augen an. Helen lächelte, und bei Gott, sie war wunderschön. Und so verdammt sexy. Ich wollte sie. Wieder einmal. Auch wenn der Zeitpunkt unpassend war.

»Ich glaube, ich bin auch dabei, mich in dich zu verlieben.«

»Bist du?« Meine Augen wurden noch größer. Ich war ein Mann für Sex und Geschäfte – keiner zum Verlieben. Das hatte meine Ex-Freundin Caty ziemlich auf den Punkt getroffen. Als bester Freund in der Kiste ziemlich heiß, aber als fester Freund eine Niete. Und ich glaubte, sie hatte damit recht. Vielleicht waren für heute meine Dämonen besiegt, aber was war mit all den kommenden Tagen? Helen würde jetzt öfter hier übernachten wollen. Sie würde davon ausgehen, dass wir zusammen frühstückten und all so etwas … Sie würde … sie würde irgendwann einsehen, dass ich abgefuckt war und ein Idiot. Sie war zu gut für mich. Ganz gleich, wie man es drehte und wendete: Helen war einfach zu perfekt.

»Dafür, dass du eines der größten Unternehmen Amerikas leitest, einen auf dicke Hose in jedem Meeting machst, als eiskalter Geschäftsmann verschrien bist und so tust, als wüsstest du genau, was Frauen im Bett brauchen, bist du gerade ganz schön unsicher.« Helen lief zum Küchentresen und stellte ihre Tasse ab. Sie war so verdammt cool.

»Hey!«, rief ich und gab ihr einen Klaps auf den Hintern, weil sie mir gerade ihre Kehrseite zeigte. »Natürlich weiß ich, was Frauen im Bett brauchen.«

»Frauen?«, fragte sie mit einer erhobenen Braue, als sie auf den Knopf der Kaffeemaschine drückte.

»Okay, okay«, lenkte ich mit einem schwachen Lächeln ein. »Vielleicht nicht unbedingt, was alle Frauen brauchen, aber definitiv, was du brauchst.«

»Das weißt du wirklich!« Grinsend stellte sie sich auf die Zehenspitzen, ihr Geruch stieg mir in die Nase und eine Gänsehaut überfiel mich, als sie die folgenden Worte in mein Ohr raunte: »Wollen wir nicht einfach mal sehen, wo das hinführt?«, sagte sie nach einem schnellen Seitenblick auf mich. »Denn nein, Baker, das endet nicht automatisch in einer Ehe oder mit Kindern. Keine Sorge! Wir können weiterhin heißen Sex haben, weißt du. Da gibt es keine Gesetze oder eine höhere Macht, die das verbieten.«

»Irgendwo bestimmt«, brummte ich, griff aber nach der Kaffeetasse, die sie mir entgegenhielt. Blitzartig durchfuhr mich ein Gedanke. Wenn wir das hier irgendwie versuchen oder auch nur herausfinden wollten, wo es uns hinführen könnte, dann müsste ich es ihr erzählen.

Alles.

Das, was ich verbrochen hatte.

Wenn sie mich dann immer noch ernsthaft kennenlernen wollte, dann …

»Würdest du heute Abend mit mir essen gehen?«, fragte ich also aus einem Impuls heraus und sie sah mich überrascht an.

»Wie jetzt? Kein Sex?« In ihrer Stimme lag Sarkasmus.

»Hör auf damit!«

»Was denn?«, stichelte sie weiter, schenkte mir dann aber ein breites Lächeln. »Wir können gern heute Abend essen gehen.«

»Das klingt gut, oder?«, rückversicherte ich mich und Helen grinste.

»Das klingt richtig gut.«

»Also haben wir ein Date?« Ich überbrückte den Miniabstand zwischen uns, stellte ihre und auch meine Kaffeetasse auf den Tresen und hob Helen hoch. »Ohne dass ich dir dafür zwei Millionen Dollar geben muss?«

»Darüber denke ich noch nach«, erwiderte sie leise und senkte den Kopf, um mich zu küssen.

Ich war noch nie verliebt gewesen und ich hatte immer geglaubt, es fühlte sich vollkommen anders an. Nicht schlechter oder besser … anders. Es ließ sich nicht genau benennen, aber es war keine Option, dieses Gefühl wieder zu verlieren.

Heute Abend würde ich ihr alles sagen. Ich würde ihr alles erzählen. Ich würde ihr meine dunkelsten Stunden zeigen. Sie daran teilhaben lassen.

Und wenn sie dann blieb, dann hatte ich es richtig gemacht.

Und bis dahin? Bis dahin würde ich versuchen, einfach glücklich zu sein. Alles, was ich jetzt wollte, war, sie jetzt auf meinem Küchentresen zu nehmen.

Okay, ein bisschen war ich tatsächlich nervös, das musste ich ehrlich zugeben. Aber davon wollte ich mich nicht einschüchtern lassen. Heilige Scheiße! Ich war einer der mächtigsten Männer im Land, wenn auch geerbt und nur in der Werbebranche, aber es war eine Tatsache, dass ich in schwierigen Verhandlungen über riesige Deals saß und mich niemals – wirklich niemals – kleinkriegen ließ. Das würde sich heute Abend, auch wenn es eine private Veranstaltung war, nicht ändern. Ja, in mir war dieser komische Kram, der irgendwie als *Gefühle* betitelt werden konnte. Und ja, es machte mir eine Scheißangst …

In der Highschool war ich in Caty verliebt gewesen, aber das war nicht zu vergleichen. Damals hatte ich einfach so drauflosgefühlt, ohne mir irgendwelche Gedanken über die Zukunft oder Verpflichtungen zu machen. Abgesehen davon war Caty bis heute niemals so wie Helen – so forsch und bestimmend, so klar und … Scheiße! Caty hatte immer Verständnis dafür gezeigt, wenn ich morgens meine Ruhe wollte, wenn ich ein Meeting anberaumte oder wenn ich einfach sagte, dass ich nach Hause musste. Caty hätte das niemals infrage gestellt. Das machte sie nicht zu einem schlechteren Menschen oder mich zu einem besseren, nein, die Sache zwischen Caty und mir war eben einfach anders. Sie war meine erste Freundin nach ›damals‹ gewesen und zum damaligen Zeitpunkt war ich mir ziemlich sicher, dass ich es niemals wieder verdient hätte, jemanden um mich zu haben, der einfach mehr als nur Sex bedeutete oder mehr als das, was ich mit Caty hatte.

Wieso ich den Gedanken nicht mehr loswurde, dass es mit Helen definitiv etwas Besonderes sein würde? Na ja, weil sie heute Morgen so ganz anders als alle anderen reagiert hatte. Und das war es, was mich beeindruckte, was mich erstaunte und was in mir das Gefühl auslöste, wir hätten eine Chance. Eine andere Chance als nur Sex.

Hätte ich Helen nicht von vornherein anziehend und extrem heiß gefunden, wäre ich gar nicht so weit gegangen, ihr dieses Angebot, unseren Deal, zu unterbreiten. Zwei Millionen Dollar für eine Nacht mit ihr. Waren wir einmal ehrlich, auch wenn sich unser Fokus gerade verschob, der Werbespot war einfach Schwachsinn. Veganes Hundefutter, ich meine … ernsthaft? Aber egal, dieser Spot hatte uns irgendwie zusammengebracht. Ob und inwiefern das moralisch verwerflich war, darüber wollte ich nicht weiter nachdenken.

Als sie dann das erste Mal über Nacht geblieben war, dass sie an unserem ersten gemeinsamen Morgen so reagiert hatte, hatte mich nicht weiter erstaunt. Sie war sauer gewesen, und das war okay, denn waren wir einmal ehrlich: Welche Frau der Welt wäre das nicht, wenn man sie mit so wenig Höflichkeit bat, nach einer heißen Nacht einfach abzudampfen, wie ich es getan hatte? Überhaupt war ich nicht davon ausgegangen, dass sie sich in irgendeiner Form auf mich einlässt … Und dann? Dieses Meeting mit dem Drecksack Mr. Peterson. In Gedanken machte ich mir eine Notiz, dass ich mit ihm noch ein oder zwei Takte zu sprechen hatte. Allerdings war es mir jetzt erst einmal wichtiger, mit Helen zu sprechen. Niemals hätte ich gedacht, je wieder eifersüchtig sein zu können. Helen hatte es geschafft. FUCK! Wann war ich das letzte Mal eifersüchtig gewesen? Als Teenager. Damals, als noch alles besser war, als es die Mauer um mein Herz noch nicht gegeben hatte. Jene Mauer, die Helen Bradley gerade zertrümmerte.

Und womit? Nicht wie Caty mit Gebrüll, Streit, Vorwürfen oder geheucheltem Verständnis. Denn natürlich hatte auch sie es mehrmals versucht. Vergeblich! Und Helen? Sie stand einfach auf, legte die Regeln fest und das war's. Einfach so, obwohl ich immer davon ausging, der dominante Part zu sein. Wie auch immer. Jetzt saß ich hier und ließ mich von Alister zu Helen nach Hause fahren, um sie abzuholen. Mein Magen krampfte sich zusammen. Ich war aufgeregt. Herrgott! Konnte das möglich sein? Normalerweise machte ich mir keine großen Gedanken darüber, wohin ich eine Frau zum Essen ausführte, aber heute wollte ich irgendwie, dass es etwas Besonderes war.

Nicht besonders, weil ein Sternekoch das Steak zubereitete, nein, besonders, weil es für *mich* besonders war.

Bevor ich auch nur ansatzweise an eine Zukunft mit Helen denken konnte, musste sie einen Einblick in mein Leben bekommen und lernen, was es bedeutete, mit mir zusammen zu sein. Auch mit meiner dunklen Seite, mit all den Dämonen, von denen niemand etwas ahnte. Natürlich wusste meine Familie von damals, mein Gott, ich war ja gerade mal einundzwanzig Jahre alt gewesen … Aber sie wussten nicht, wie sehr ich noch heute damit zu kämpfen hatte, wie sehr es mich beschäftigte und wie sehr ich darunter litt. Nein, das wusste niemand.

›Na, du Ratte?‹, leuchtete eine Nachricht von meinem Schwager Jim auf meinem Handy auf. ›Wie geht's dem kleinen Penner?‹

Ich lächelte und tippte schnell ein paar Worte als Antwort: ›Geht dich einen Scheiß an. Was willst du?‹

Es war etwas Besonderes, dass wir so miteinander sprechen konnten. Ungekünstelt und doch, so es das Thema verlangte, auch ernst und voller Verständnis.

›Bier?‹, war alles, was von ihm kam.

›Date.‹

›Ich dann wohl auch. Mit deiner Schwester.‹

›Du wolltest sie, jetzt hast du sie. Also komm damit klar!‹

Jim schickte noch einen Smiley, der einen Mittelfinger ausstreckte. Und ich beendete unseren Chat. Auch wenn er gerade so tat, als hätte er keine Lust, wusste ich doch, dass Eva seine große Liebe war. Überhaupt waren die beiden ein sehr gutes Beispiel, dass man auch mit seinem besten Freund oder seiner besten Freundin verheiratet sein konnte. Na gut, über das Sexleben der beiden wollte ich keine Details wissen, aber ich wusste, und das gönnte ich ihnen von Herzen, dass sie einander liebten – auch wenn sie hin und wieder Stress hatten. So musste doch eine Beziehung sein, oder? Genauso bekamen wir es doch eigentlich auch von unseren Eltern vorgelebt, und trotzdem war ich verkorkst, was die Liebe betraf.

Durch diese eine Sache.

Diesen einen Morgen.

Verdammte Scheiße!

Ich sah aus dem Fenster und stellte fest, dass wir bei Helen vor dem Haus standen. Natürlich stieg ich aus. Ich war ein Bastard, das mochte stimmen, aber ich war ein gut erzogener Bastard.

»Hey!«, rief sie und kam mir lächelnd entgegen. Direkt vor mir blieb sie stehen und schaute sich unsicher um.

»Warum so schüchtern?«, fragte ich, legte meinen Zeigefinger unter ihr Kinn und hob ihren Kopf an. Wir waren auf offener Straße, es war nichts geklärt, und es war mir scheißegal.

Ich küsste sie.

Küsste sie, als hätte ich sie nicht erst heute Mittag ins Büro gehen lassen. O nein, ich küsste sie, als wäre es unser erster letzter Kuss. Ich küsste sie, als würde ich ohne sie ertrinken.

Als wir schließlich im Wagen saßen, plauderten wir. Mir fiel das schwer, denn plaudern lag absolut nicht in meiner Natur. Aber ich merkte, dass sie es brauchte. Und irgendwie brauchte ich diesen Smalltalk heute auch. Denn, heilige Scheiße, ich gab es ungern zu, aber ich war nervös. Wirklich und ehrlich nervös, denn ich würde in wenigen Minuten einer Frau, die ich in meinem Leben behalten wollte, erzählen, was genau ich verbrochen hatte.

»Mr. Baker«, begrüßte mich mein Studienkumpel Tiny, der Inhaber eines kleinen chinesischen Restaurants, das irrerweise gar kein chinesisches Essen servierte, sondern Burger und Steaks. Vor einigen Jahren hatte es Tiny beim Pokern gewonnen und quasi ehrlich von einem chinesischen Kumpel erworben. Wettschulden waren Ehrenschulden, so lag es nun einmal auf der Hand.

»Lass den Scheiß!«, begann ich und wir lachten laut los.

»Du warst ewig nicht hier, also dachte ich, dass du den alten Tiny längst vergessen hast. Außerdem trägst du einen Anzug!«

»Ich komme aus dem Büro«, erklärte ich, legte meine Hand auf Helens unteren Rücken und zog sie an meine Seite. »Das hier ist Helen.«

»Uh!«, rief Tiny und sah sich dann um, weil einer der Kellner seinen Namen rief. »Neue Freundin? Dass ich das noch erleben darf!«

Helen lächelte, sagte aber nicht mehr als »Hallo«. Ich hingegen polterte los: »Alter, versau mir das nicht, ehe es richtig begonnen hat! Okay?«

Tiny nickte lachend und griff nach zwei Speisekarten, die

jeweils in einer dunklen Ledermappe verborgen waren. »Kommt mit!«, forderte er uns auf, und wir schlängelten uns durch den engen Raum. Er wies uns einen Platz direkt an seinem großen Salzwasseraquarium zu. Das war Tinys Leidenschaft. Fische, Korallen und alles, was in der bunten Meereswelt dazu gehörte.

»Wow!«, sagte Helen, als wir uns setzten. »Das sieht ja fantastisch aus.«

»Jepp, ist sein Hobby. Ich schätze mal, dafür hat er mehr übrig als für den Laden hier.«

»Wieso hat er ein Restaurant, wenn er das gar nicht so sehr mag?«, fragte Helen irritiert.

»Da war dieser Pokerabend«, erklärte ich – wohlwissend, dass es der Beginn einer Geschichte war. Meiner Geschichte. Vielleicht war genau das der Grund, warum ich mit ihr hierher gehen wollte. Nicht nur, weil das Essen gut schmeckte, nein, ich verband mit diesem Restaurant hier einiges, und das wollte ich heute mit ihr teilen. Ich musste.

»Lass uns bestellen«, schlug ich vor. Erstaunlicherweise war ich relativ ruhig für das, was gleich passieren würde. »Und dann erzähle ich dir die Story.« Ich hoffte, dass wir überhaupt Gelegenheit bekommen würden, das bestellte Essen auch zu genießen, denn mein Zweifel blieb, ob sie bei mir bleiben wollte, nachdem sie wusste, was ich getan hatte.

Wie auch immer. Sich darüber jetzt Gedanken zu machen, brachte nichts. Jetzt gab es kein Zurück mehr.

Wir bestellten also jeder ein Steak mit klassischen Pommes und eine Flasche Rotwein dazu. Mein Fahrer wartete draußen, der Alkohol war also nicht das Problem. Und wenn sie schlimmstenfalls gleich das Restaurant und mich verließ, wusste Alister, dass er sie dorthin bringen sollte, wohin auch immer sie wollte.

Geduldig wartete Helen, sprach nicht, bevor wir anstießen und einen Schluck des vollmundigen Merlots zu uns nahmen.

»Also?«, fragte sie vollkommen gebannt, was das wohl für eine Story sein würde. »Leg los! Ich bin gespannt, wie man einen Laden bei einem Pokerspiel gewinnen kann.«

»Na ja, also vorweg, das ist in dieser Geschichte nur eine kleine Nebensache, aber ich habe mir vorgenommen, dir zu erzählen, weshalb ich … weshalb ich in der Früh allein sein muss. Allein sein *musste.*«

»Das klingt irgendwie sehr ernst.«

»Es ist auch eine ernste Geschichte«, erwiderte ich und drehte das Weinglas zwischen meinen Fingern. »Es war einer der Abende, an denen wir noch nicht so oft Alkohol getrunken haben. Tiny und Chang, das ist der ehemalige Besitzer des Lokals, waren schon zweiundzwanzig, ich war einundzwanzig und durfte schon ein paar Jahre Auto fahren. Wir waren ständig unterwegs. Klar, wir waren Studenten und genossen das Leben. Jim – mein heutiger Schwager – und Aaron, einer meiner besten Kumpels, waren damals auch dabei. Es war der letzte Sommer, in dem wir es noch krachen lassen konnten, bevor Jim meine Schwester heiratete.«

»Das klingt noch nicht so aufregend. Das klingt nach ganz normalen Collegestudenten«, kommentierte Helen und lächelte.

»Warte ab!«, erklärte ich weiter. Auch wenn sie die Geschichte bisher einfach nur als eine Erinnerung aus der Jugend abtat, wusste ich, wie bald es mich in ein beschissenes Licht rücken würde. »Es war also einer dieser Abende, an denen ich dummerweise der Fahrer war, wir durch die Clubs zogen und schließlich, so wie Jungs eben sind, ein Wort das andere gab. Also entstand dieses Pokerspiel. Die Einsätze waren … na ja, von Bargeld waren wir alle ziemlich weit weg, also hatten wir andere Einsätze. Das Restaurant, also eines der Restaurants von Changs verstorbenen Eltern, ein von Michael Jordan unterschriebener Basketball, den Jim beisteuerte, Tinys Einsatz war ein Auto und ich hatte ein paar Aktienanteile einer kleinen Firma. Wie auch immer. Jeder hatte seinen Einsatz und jeder gewann etwas davon. Ich habe in dieser Pokerrunde das Auto von Tiny gewonnen. Selbstverständlich wollte ich mit diesem Auto sofort fahren, und da ich nichts getrunken hatte … klar, wieso nicht.«

Unser Essen kam und Helen sah mich mit großen Augen an. Sie sprach kein Wort, sie unterbrach mich nicht, und genau das machte mich irgendwie noch ein bisschen nervöser. Als hätte sie das Ende bereits erahnt.

»Lass es dir schmecken!«, murmelte ich leise, konzentrierte mich aber auf meine Geschichte, bevor ich den Mut verlor und einknickte. »Jedenfalls, lange Rede – kurzer Sinn, wir waren sehr aufgeregt und am Feiern, vollkommen überdreht, wie junge Menschen eben so sind. Klar, die Pokerrunde heizte uns ordentlich an. Und während wir es krachen ließen, klingelte Jims Handy. Es war seine Mutter, die darüber klagte, dass sein Vater wieder mal betrunken zu Hause war und er bitte kommen sollte. Weshalb sie uns anrief anstatt der Polizei, das wussten wir nicht, aber natürlich fuhren wir los. Alle gemeinsam.«

»Moment!«, warf Helen ein und schnitt sehr konzentriert ein Stück ihres Steaks ab. »Du warst aber nüchtern.« Aufmerksam betrachtete sie mich.

»Das war ich. Das war das Glück, das ich hatte, auch wenn das … Lass mich zu Ende erzählen, dann verstehst du.« Das Geklapper von Besteck, das Lachen am Nachbartisch … all diese Dinge blendete ich aus, denn ich musste mich jetzt darauf konzentrieren, was ich sagte und dass ich nicht hyperventilierte. »Diese Nacht damals war eine der genialsten und gleichzeitig schwersten meines Lebens.« Weshalb ich das vollkommen aus dem Kontext gerissen einwarf? Keine Ahnung. Aber ich tat es. »Wie auch immer. Sie rief an und wir ließen alles stehen und liegen, stiegen ins Auto und fuhren so schnell es eben ging zu Jim. An der letzten Kreuzung, wir konnten sein Elternhaus schon sehen, fuhr ich dem Auto vor mir zu nah auf. Jims Handy klingelte in einer Tour, seine Mom hatte Angst, was natürlich nachvollziehbar war, also drängelte ich den Volvo vor mir ein wenig. Wir hatten es eilig, wollten Jims Mutter helfen und dann dieser Volvo, der die Straße entlangschlich, als gehörte sie ihm allein. Na ja, auf jeden Fall war es mir zuzuschreiben, dass der Wagen vor mir über eine dunkelorange Ampel fuhr und …«

Das war der schwerste Teil der Geschichte, den ich eigentlich noch nie mit jemandem geteilt hatte – außer mit diesem Psychologen, der vom Gericht und der Fürsorge abgestellt worden war. Helens Gesichtsausdruck veränderte sich, ihr Lächeln war verschwunden, ihre Augen blickten skeptisch. Ich bemerkte, dass sie die Gabel und das Steakmesser ablegte und beide Hände neben ihren Teller auf die weiße Tischdecke sinken ließ. Ihre Finger zitterten, das war deutlich zu sehen, auch wenn sie versuchte, es vor mir zu verbergen.

»Er … er verletzte eine Frau, eine Fußgängerin, die gerade die Kreuzung überqueren wollte. Und dieser Drecksack fuhr einfach weiter. Er hatte sie angefahren, sie lag auf der Kreuzung und wimmerte. Wir blieben stehen, die drei Jungs rannten den letzten Block zu Jims Eltern und ich kümmerte mich um die Frau. Ihr Gesicht war so bleich und …« Ich brach ab, nahm einen Schluck aus meinem Weinglas und verabscheute mich innerlich. Nach all den Jahren. Ich wollte eigentlich gar nicht darüber sprechen. Das hier war eine echt blöde Idee gewesen.

Helen betrachtete mich aufmerksam, ihr Steak war genauso vergessen wie meines. Sie blinzelte nicht einmal, und müsste ich ihre Mimik beschreiben, würde ich sagen, dass sie schockiert wirkte. Ja, sie war schockiert. Vollkommen fassungslos. Als wüsste sie, was ich ihr gleich erzählen würde.

»Ich glaube, sie wusste, dass sie sterben würde, denn sie sah mich an … mit diesem Flehen in den Augen. Sie flüsterte schwach, bettelte, dass ich sie in den Arm nehmen sollte, denn ihr wäre so furchtbar kalt. Ich gewährte ihr diesen Wunsch. Was sollte ich sonst tun? Ich hatte den Krankenwagen gerufen und war mit ihr auf dieser Kreuzung ganz allein. Dankbar lächelte sie mich an, als ich mich neben sie setzte und ihren zitternden Körper an mich zog.«

Innere Kälte flutete mich – wie immer, wenn ich diese Nacht durchlebte. Helens Blick war leer. Vollkommen leer. Ihre Lippen einen Spalt geöffnet, als ringe sie nach Luft … und mit sich. Ich hatte es von Anfang an gewusst, dass sie mich verurteilen würde, ich wusste es einfach.

»Schuldgefühle fluteten mich heute wie damals, auch wenn nicht ich die Frau angefahren hatte, so war ich doch maßgeblich dafür verantwortlich. Die Polizei griff den Mann, der Fahrerflucht begangen hatte, einige Stunden später in seinem Taxi betrunken auf. Während ich Britany, eine mir vollkommen fremde Frau, in meinen Armen hielt, war dieser Scheißkerl in die nächste Kneipe gegangen und hatte sich volllaufen lassen. Das alles erfuhr ich erst später. Auch, dass Britany schwere innere Verletzungen hatte. Der Krankenwagen ließ sich Zeit. Und so saßen wir auf dieser Kreuzung und waren ganz allein. In den umliegenden Häusern sah ich Menschen hinter ihren Fenstern stehen, doch niemand half. Ich fühlte mich hilflos und schuldig. Das Einzige, was ich tun konnte, war für diese arme Frau da zu sein. Britany erzählte mir, dass sie niemanden hatte, der sich je an sie erinnern würde, dass sie ohne Familie und Freunde war, dass sie kein Kind und keinen Mann hatte. Ihre Stimme war leise und ihre Atmung rasselte. Ihr Körper war schwach und sie hing in meinen Armen. Ich wusste mir nicht zu helfen, konnte nichts tun, außer mit ihr dort zu sitzen, ihr immer wieder über das blutgetränkte Haar zu streichen und ihr zu versprechen, dass ich an sie denken und dafür sorgen würde, dass man sie nicht einfach so vergaß.«

All das Geplänkel der anderen Gäste um uns herum verschwamm in meiner Wahrnehmung. Wie immer bekam ich einen Tunnelblick und meine Kehle schnürte sich zu. Helen lief eine Träne über die Wange und ich war nicht einmal fähig, sie wegzustreichen. Bevor ich irgendetwas anderes tun konnte oder doch noch abbrechen würde, musste ich zu Ende erzählen.

»Britany starb an diesem Morgen in meinen Armen. Sie tat ihren letzten Atemzug, als der Krankenwagen um die Ecke bog. Ich hielt sie. Ich hielt diese mir fremde Frau und begleitete sie in ihren letzten Minuten. Wusstest du, dass ein Krankenwagen in New York im Schnitt siebzehn Minuten braucht? Nein? Ich auch nicht. Genauso wenig, wie es sich anfühlt, wenn ein Mensch stirbt. Aber das ist sie. Britany. Bis ihr Herz aufhörte zu schlagen, vergingen endlose Minuten. Während ich also dort saß, Britany in meinen Armen hielt und ihr versprach, dass ich sie niemals vergessen würde, versicherte sie mir, dass ich keine Schuld trug. Aber in dem Moment, als sie die Augen schloss, ihr Körper das letzte bisschen Spannung verlor, als ihr Brustkorb damit aufhörte, sich zu heben und zu senken … genau in dem Moment, als die Sonne aufging, überkam mich eine Ruhe. Eine Ruhe, in der ich mir selbst versprach, nie, wirklich niemals wieder den Morgen in einem anderen Licht zu sehen, als ich es an diesem Tag tat.«

Helens Augen waren mit Tränen gefüllt. Sie wischte über ihre Wangen und schluckte schwer – vollkommen konzentriert auf mich, alles andere ebenso ausblendend. Ihr Gesicht war eine Maske.

»Bist du verurteilt worden?«, fragte sie zögerlich.

»Nein, ich habe nichts getan. Laut Polizei war es nicht mein

Fehler gewesen. Der Fahrer vor uns hatte über ein Promille Blutalkohol und trug die alleinige Verantwortung.«

»Er hat sie dort liegen lassen.« Bitter klangen diese Worte in meinen Ohren nach.

»Hm.« Ich räusperte mich, fühlte mich plötzlich furchtbar müde und versuchte, meine schwitzigen Hände zu ignorieren.

»Du hast dich um sie gekümmert«, sprach sie stockend weiter. »Sie ist in deinen Armen gestorben.«

»Ja, das ist sie. Und …« Ich fuhr mir über das Gesicht. Wie immer, wenn ich an diesen Morgen dachte, war meine Kehle eng. »Und ich habe es ihr versprochen, immer an sie zu denken. Auch wenn Britany oder die Polizei oder der Richter mich von sämtlicher Schuld freigesprochen hatten, war es in meinen Augen dennoch meine Schuld.«

Helen starrte mich an. Tiny wollte sich gerade auf den Weg zu uns machen, doch ich schüttelte den Kopf. Er drehte sofort ab und ließ uns in Ruhe.

»Wie, sagtest du doch gleich, hieß die Frau?« An ihrer leisen Stimme hätte ich die Warnungen hören müssen. Ich hätte es merken müssen. Ich hätte … ich hätte es wissen müssen. Entgegen meiner Annahme flippte sie nicht aus oder verurteilte mich – nicht offensichtlich zumindest – aber sie war kühler. Distanzierter. Anders.

»Britany. Britany Fuller.«

Es stand deutlich in ihren Augen, was sie von mir hielt. Von mir … und diesem Morgen vor vierzehn Jahren.

»Alister wird dich nach Hause bringen, wenn du das möchtest. Ich kann verstehen, wenn du …«

»Wenn ich nicht mit einem Mörder am Tisch sitzen will?«

Geschockt weiteten sich meine Augen. Helen stand auf, griff nach ihrer Handtasche und der Jacke, die über der Stuhllehne hingen.

»Britany Fuller hatte vielleicht keine Freunde, die immer um sie herum waren, die immer in ihrer Nähe waren, aber sie hatte Studienkollegen. Sie hatte mich. Und ich hatte sie. Und meine Freundin ist gestorben, weil sie ein betrunkener Mann angefahren hat, der eine Ampel bei Rot oder Orange oder wie auch immer überquert hatte. Sie erstickte, weil sich ihre Rippen in ihren Lungenflügel gebohrt hatten.«

Nun war es an mir, geschockt zu sein. Sprachlos und … Die Gedanken schwirrten in meinem Hirn, dann durchfuhr mich eine endgültige Gewissheit. Wie Meeresrauschen brach sich der Schmerz in mir. Helen hatte diese Frau gekannt. Wie beschissen konnte das Schicksal sein?

»Sicherlich kannst du verstehen, dass das alles – wirklich alles – zwischen uns ändert und beendet, bevor es wirklich angefangen hat.«

»Helen!« rief ich und sprang auf. Panik durchfuhr mich. »Ich …«

»Nein, John!«, erklärte sie kühl. »Deine Ehrlichkeit in Ehren, aber das zwischen uns ist vorbei. Ich kann das nicht.«

Sie sah mich traurig an, umklammerte ihre Lederhandtasche, schluckte schwer und die Tränen sammelten sich jetzt ungehindert in ihren Augen. »Vorbei, ehe es begonnen hat.«

Nach einem weiteren intensiven Blick ließ sie mich stehen.

Sprachlos.

Schockiert.

Eingeholt von der Vergangenheit.

Von einem Versprechen.

Von einer Geschichte, die ich nicht hinter mir lassen konnte, auch wenn sie schon so viele Jahre zurücklag.

Verloren im Strudel der Gegenwart.

Vergessen im Rad der Zeit.

Hätte Helen mich angeschrien, wäre es leichter gewesen. Wäre sie ausgeflippt, hätte mir vielleicht wieder eine gescheuert wie in ihrem Büro, dann wäre es mir möglich gewesen, damit umzugehen. Normalerweise war sie aufbrausend, selbstbewusst und nahm kein Blatt vor den Mund … aber jetzt? Jetzt war sie ruhig. Enttäuscht und in ihren Gefühlen gefangen.

Ihr reserviertes Verhalten war viel schlimmer für mich als Wut.

Stiller Schmerz.

Tiefe Trauer.

Eingeholter Morgen.

Wie in Trance setzte ich mich und trank mechanisch meinen

Wein. Ich versuchte, mir nichts anmerken zu lassen, konzentrierte mich darauf, meinen Herzschlag zu beruhigen. Genau in dem Moment, als sie mich stehen ließ, weil sie mit dem, was ich ihr offenbart hatte, nicht umgehen konnte, war da dieser Drang in mir, irgendwie weiterzumachen.

Ohne sie.

Doch ich wusste, das würde ich nicht können.

29

HELEN

Das Gefühl, von jemandem enttäuscht zu werden, ließ sich manchmal nicht in Worte fassen. Es ließ sich nicht beschreiben, nicht erklären, aber es fühlte sich im Innersten so an, als hätte irgendwer den Stecker gezogen, das verdammte Kabel aus der Wand gerissen. Und dann ist da nur noch Leere, bis man irgendwann wieder Vertrauen fasste, nur um erneut enttäuscht zu werden.

Ein Teufelskreis.

Niemand konnte es sich abtrainieren, enttäuscht zu sein, sich zu fragen, was man besser … anders … hätte tun sollen. Genau das war es, was nach jeder Enttäuschung blieb: Selbsthass. Und das musste aufhören. Es musste aufhören, dass ich mir Gedanken um etwas machte, wofür andere – John – keinen einzigen Atemzug verschwendeten.

Heute hatte mich erst eine Dame aus der Personalabteilung von ›Baker Advertising‹ und kurz darauf ein Headhunter angerufen. John wollte mich ersetzen, er suchte bereits jemand anderen für meinen Job. Keine Nachricht von ihm. Kein Wort der Erklärung oder des Bedauerns. Nichts! Und genau dieses Nichtstun tat verdammt weh. Es glich eine Missachtung all dessen, was er mir vor unserem Restaurantbesuch gesagt hatte, und brannte sich in mein Herz.

Es gab Erinnerungen, die hielten uns ein Leben lang aufrecht. Von diesen zerrte man lange Zeit, wenn nicht sogar für immer.

Und dann gab es die Erinnerungen an all die Arschtritte, die Einsamkeit und jene Enttäuschung, die uns hoffnungslos und leer zurückließen.

Seit gestern Abend bewegte ich mich wie ein verfluchter Zombie. Ich hatte nachts kein Auge zugetan und meldete mich heute Morgen krank. Das war normalerweise gar nicht meine Art, aber ich konnte nicht anders. John hatte binnen Sekunden nicht nur mein berufliches, sondern auch mein privates Leben zum Einstürzen gebracht. Ich konnte nicht länger dort arbeiten, wollte nicht mehr für den Mann Geld scheffeln, der das Leben meiner Freundin und damals auch meines zerstört hatte.

Britany und ich. Ja, wir waren Studienkollegen gewesen, aber auch Freunde. Sie hatte tatsächlich keine Familie gehabt und auch sonst niemanden. Außer mich. Ich war ihr Notfallkontakt gewesen, die einzige Freundin, die sie gehabt hatte. Britany war ein scheues Mädchen gewesen, eine Vollwaise, die viele Jahre in diversen Heimen leben musste. Selbst für mich war es damals schwer gewesen, an sie heranzukommen. Ich war überzeugt, dass sie als Kind großes Leid hatte ertragen müssen, obwohl Britany nie darüber gesprochen hatte. Wir waren Zimmergenossinnen gewesen und ich hatte dieses schweigsame Mädchen gemocht, das fleißig lernte, aber zu niemandem Kontakt hatte – außer zu mir. Zwangsläufig. Wir hatten Bett an Bett geschlafen. Offensichtlich hatte sie nicht daran geglaubt, dass wir Freundinnen waren. Vielleicht war es auch so. Im Grunde war sie eine Fremde bis zu jenem Tag gewesen, als ich diesen Anruf aus der Notaufnahme erhielt.

Frieden. Einfach nur Frieden.

Ein Stück vom Glück.

Aber dieses verdammte Stück vom Glück war mir nicht gegönnt. Immer wieder lag mein Leben in Scherben. Niemand half mir, es wieder zusammenzusetzen. Ich war allein. Allein wie Britany. Hatte ich mir nicht nach dem Desaster mit meinem Ex-Mann geschworen, dass das nie wieder passieren würde?

Ich hatte doch versucht zu lernen, wie man sich abschottete, wie man es schaffte, sich nicht mehr enttäuschen zu lassen, von Menschen fernzuhalten, die einem das Herz brachen. Und doch fiel ich jedes verfickte Mal wieder in dieses tiefe Loch. Hatte ich nicht genug Herzschmerz hinter mir? Hatte ich es immer noch nicht verstanden, dass ich mit anderen Menschen nicht kompatibel war? Hatte ich es immer noch nicht kapiert, wie wenig man sich heutzutage umeinander kümmerte. Der eigene Vorteil. Nichts als der eigene beschissene Vorteil. Das war es, was zählte. Das war es, was gelebt wurde. Menschen wurden ersetzt – wie John mich ersetzte. Wahrscheinlich vögelte er auch schon mit irgendeiner anderen oder mit seiner Ex.

Hätte er sich denn wirklich einen Zacken aus der Krone gebrochen, mir persönlich zu sagen, dass es vorbei war?

Warum zog er so plötzlich und radikal den Schwanz ein? Weil ich ihn gestern Abend hatte stehen lassen? Wenn jemand hinter meinem Rücken genau wusste, wer ich war, wer Britany war … nun, dann machte mich das eben sprachlos.

Ach, verdammt! Ich musste endlich lernen, dass sich jeder selbst der Nächste war und sich Menschen einen gottverdammten Scheiß um irgendjemanden außer sich selbst kümmerten.

Wann begriff ich das nur endlich?

Wieder klingelte mein Handy, sein Name leuchtete auf. Fuck! Nein, ich würde nicht abnehmen. Ich würde nicht antworten. Auch wenn ich wie eine Ertrinkende das Display anstarrte. Es wurde schwarz. Das Licht des Displays erlosch wie auch der letzte Funken Hoffnung in mir. Ich hatte keine Kraft mehr, ihn mit all dem zu konfrontieren, was mir das Herz brach. Ich musste endlich abschließen mit Hoffnung auf ein bisschen Glück. Es war mir nicht bestimmt, geliebt zu werden. Also musste ich jetzt stark sein für mich und dieses letzte bisschen meiner Ehre, meiner Selbstliebe und den Respekt aufrechterhalten. Tränen rannen mir über das Gesicht. Ungehindert. Ungesehen. In der Stille meiner Wohnung, allein mit meinen Gedanken, erlaubte ich mir, den Schmerz zu empfinden und zu leiden. Heute wollte ich weinen und mir die verschmierte Wimperntusche erlauben, bevor ich morgen aufstand und der Welt gegenübertrat.

Und zwar so, als wäre niemals etwas geschehen.

Morgen würde ich wütend sein.

Stark.

Selbstsicher.

Morgen.

Aber heute …

Heute wollte ich den Schmerz zulassen, der sich tief in mir bündelte und mich zu ersticken drohte.

Heute.

Heute wollte ich sterben.

30

JOHN

Das, was in meinen Schädel brummte, war kein Kater. O nein! Es war die Ausgeburt der Hölle. Die wahrhaftige Ausgeburt, und es war mir egal.

Seit gestern Abend wollte ich die Vergangenheit und die Realität in billigem Scotch ertränken. Es gelang mir nicht. Keine Ahnung, wie lange ich noch einsam an diesem Tisch gehockt und mich sinnlos besoffen hatte. Zeit war nicht mein Problem, denn ich konnte sie sowieso nicht zurückdrehen, selbst wenn das mein innigster Wunsch war. Deshalb wollte ich einfach meine beschissene Ruhe. Tiny hatte nicht weiter nachgefragt, wofür ich ihm dankbar war.

Ich hatte Helen verloren, ehe es richtig begonnen hatte, und das war einfach … die Hölle. Nach so vielen Jahren hatte ich das erste Mal wieder das Gefühl gehabt, am Leben zu sein, ehrlich zu sein, echt zu sein. Und jetzt war sie weg. Alles war weg. Ich war weg.

Das hatte man nun also von dieser beschissenen Ehrlichkeit. Meine Mutter predigte es uns immer, selbst heute noch. Ihre Stimme hallte laut und unheilschwanger in meinem Kopf wider: *›Ehrlichkeit ist der Mühe Lohn. Vergiss niemals, ehrlich zu sein, mein Junge.‹*

Irgendwie hatte sie wohl recht. Oder eben nicht.

Ich sah ja jetzt, was ich von meiner megageilen Ehrlichkeit hatte. Einen Scheißdreck! Absolut gar nichts, und das nervte mich unfassbar.

Frustriert schmiss ich mein Handy neben mich. Es war fast Mittag und Helen schien nicht vorzuhaben, mit mir zu sprechen oder zurückzurufen. Fuck! Wäre Alister ihr nicht gefolgt – denn natürlich wollte sie sich nicht von ihm nach Hause fahren lassen –, dann wüsste ich nicht einmal, ob sie gut nach Hause gekommen war.

Ich war auf der einen Seite so dermaßen wütend, auf der anderen so enttäuscht. Warum hatte sie so krass reagiert? Ja, ich hatte seit verdammten vierzehn Jahren Schuldgefühle, die mich jeden beschissenen Morgen erdrückten, aber es war trotzdem nicht so, als hätte ich ihre Freundin angefahren und sterbend auf der Straße liegen lassen. ICH hatte daran zu knabbern, aber das sie jetzt MEINE Geschichte zu ihrer machte, erfüllte mich ehrlich mit Wut. Einer verdammt großen Menge Wut.

Noch nie in meinem Leben hatte mich ein Mensch so enttäuscht. Ich war ehrlich und hatte ihr gesagt, was passiert war. Alles, die ungeschönte Wahrheit. Ich hatte mich nicht von irgendeiner Schuld freigesprochen, wollte keine Absolution von ihr, sondern Verständnis. Verständnis für meine Dämonen, mit denen ich tagtäglich kämpfte. Denn ohne Verständnis funktionierte keine Beziehung – das wusste sogar ich. Doch die Hoffnung auf eine Zukunft mit ihr hatte Helen zerstört. Nicht nur, weil sie gestern Abend aufgesprungen und davongerannt war, sondern weil sie jetzt nicht mit mir sprechen wollte, sich und die Chance auf Glück verleugnete. So sah es doch aus! Warum hatte sie so heftig reagiert? Wenn sie und Britany damals tatsächlich so enge Freundinnen gewesen waren, warum hatte diese sterbende Frau mir dann gesagt, dass sie allein war? Das passte doch nicht zusammen.

Ich kippte einen weiteren Shot in mich hinein. Der Scotch betäubte wenigstens, was ich gerade kaum ertragen konnte. Wut. Schmerz. Enttäuschung. Scheiße!

Vielleicht sollte ich das alles aufschreiben – für jene Zeit, wenn ich meine Realität und mich selbst wieder nüchtern ertragen konnte. Bisher waren meine Dämonen, die hellen Stunden des Sonnenaufgangs, meine einzigen Sorgen gewesen. Und jetzt? Jetzt lag ich hier, wie ein Häufchen Elend, mit Kopfschmerzen und einem trägen Körper, der zum Himmel stank, und bemitleidete mich selbst, weil Helen mich verlassen hatte.

Heilige Scheiße! Das sollte ich mal jemandem erzählen. Die würden ja alle denken, dass ich vollkommen behämmert wäre. Ein Weichei! Jims Stimme hallte in meinem Kopf wider, dass ich meine Eier suchen und aufhören sollte zu heulen wie ein Mädchen. Im Stillen gab ich ihm recht. Auch wenn alles in mir danach schrie, den Schmerz zuzulassen, wollte ich mich nicht verkriechen wie ein angeschossenes Tier. Nein, ich war ein Kerl. Ich hatte Eier und sollte tatsächlich endlich aufhören, wie ein Mädchen zu heulen.

Scheiße noch mal! Ja, ich hatte ihr alles erzählt, und ja, ich hatte mich nicht mit Ruhm bekleckert, da musste man auch nicht weiter drüber nachdenken, aber ihre Reaktion gestern und das Verhalten heute … nein, das war nicht fair.

Aber okay, was genau war schon fair? Beinahe nichts mehr im Leben. Träge stand ich auf, schlurfte in die Küche und bereitete mir einen Kaffee zu. Dann wühlte ich in der Schublade auf der Suche nach dem Aspirin. So würde es nicht weitergehen. Ich musste mit Helen reden, damit sie nicht sofort kündigte.

Aus falschem Ehrgefühl. Während ich an meinem Kaffee nippte, fiel mir wieder ein, dass ich heute Morgen in der Personalabteilung angerufen hatte. Heilige verdammte Scheiße! Nur vage konnte ich mich daran erinnern, wie ich meiner Mitarbeiterin aufgetragen hatte, schnellstmöglich für Ersatz zu sorgen. Hatte ich sie noch alle? Ich musste dringend nüchtern werden. Und ich musste Helen erreichen. Aber wie? Vielleicht sollte ich einfach in ihrem Büro vorbeischauen, oder? Das wäre wohl das Beste und Effektivste.

Mein Handy gab einen Ton von sich und ich las mit verschwommenen Augen die Nachricht. Es war eine Erinnerung meiner Schwester, dass das Abendessen von Donnerstag schon heute Abend stattfinden würde.

Ätzender Scheiß! So sehr ich meine Familie liebte, so sehr nervte sie manchmal auch.

Helen hätte mir das alles ein wenig leichter machen können. Familienfeiern mit einem kleinen Spaßstündchen in einem dunklen Kämmerlein … Außerdem hätte meine Mutter endlich aufgehört, mich verkuppeln zu wollen. Das war der verlockendste Grund aller Zeiten gewesen … abgesehen davon, dass ich ehrlich zugeben musste, in Helen verliebt zu sein.

Immer noch.

Ich verstand nicht, wieso.

Sie war stur, zickig und total herrisch. Sie wusste alles besser, fühlte sich sofort angegriffen, was ihre Arbeit betraf … und doch war sie es, die ich wollte. Und keine andere.

Dieses Gefühl, tief in mir, durch die Dämonen der Vergangenheit wieder in den Vordergrund gerückt, war echt. Ich musste sie dazu bringen, mit mir zu sprechen. Wir mussten diese falsche Moral irgendwie aus der Welt schaffen. Wir mussten … heilige verfickte Scheiße, wir mussten uns vertragen.

Vertragen, bevor wir uns verloren.

Oder hatten wir das schon?

Waren wir wieder an dem Punkt, an dem es kein Zurück gab?

War es aus, ehe es begonnen hatte?

Ich wusste es nicht, aber ich wusste, dass mein Bett einsam ohne sie war, dass ich ihren Geruch vermisste, obwohl ich ihn noch gar nicht lange genug kannte, um daran gewöhnt zu sein.

Nein, es brachte mir gar nichts, mich jetzt in Selbstmitleid zu suhlen. Ich sollte mich endlich zusammenreißen, meine Eier finden und verdammt noch mal diesen Mist klären.

31

HELEN

Sicher war ich kein Feigling und ich scheute keine Konfrontation. Oder etwa doch? Scarlett und Cynthia fanden meine Reaktion völlig übertrieben und es mochte ja vielleicht sein, dass sie das war, ich trug immerhin auch Geheimnisse mit mir durch die Gegend … aber nicht so ein schwerwiegendes. Ich war nicht maßgeblich an einem Unfall beteiligt gewesen, bei dem ein Mensch gestorben war. Britany. Ohne seine beschissene Drängelei wäre sie jetzt noch am Leben. So sah es doch aus! Okay, wir waren vielleicht nicht so enge Freundinnen, sondern vielmehr Zimmergenossinnen gewesen, aber ihr Tod war mir trotzdem nahegegangen. Ihr Tod, für den der Mann verantwortlich war, mit dem ich gestern noch all meine Ängste, enttäuschten Hoffnungen und auch mein Schamgefühl bekämpfen wollte. Gemeinsam. Scheiße!

Und jetzt? Das Thema John Baker war erledigt und die Anstellung beim Mutterkonzern wäre ebenso bald Geschichte. Ich war lieber arbeitslos und lebte von meinen Ersparnissen, anstatt mich mit ihm weiter einzulassen.

Reiß dich zusammen!, schallte ich mich innerlich. Es brachte mir absolut nichts mehr, wenn ich mich in meinem Selbstmitleid suhlte. Das hatte ich die letzten Tage zu genüge getan. Jeder Mensch hatte seinen eigenen Schutzschild, sein Sicherheitsnetz. Meines war, dass ich mich professionell auf die Arbeit und nichts weiter konzentrierte. Das war mein Netz. Das war meine Art, weiterzumachen und zu ignorieren, dass ich nicht nur enttäuscht, sondern auch mein Herz gebrochen war. Es wurde Zeit, dass ich mich damit abfand.

Ich griff noch einmal nach dem MAC-Lippenstift in knalligem Rot und zog mir die perfekt geschminkten Lippen nach. Wenn es mir innerlich beschissen ging, dann sorgte ich dafür, dass mein Äußeres passte, und zwar bis ins letzte Detail.

Die schwarze fließende Taillenhose, welche elegant und trotzdem sexy wirkte, die hohen schwarzen Louboutins, die ich ansonsten wirklich nur zu exklusiven Anlässen herausholte … Ja, das war mein Leckt-mich-am-Arsch-Outfit. Der Tag heute war kühler als sonst, deshalb hatte ich mich für ein figurbetontes Langarmshirt aus Satin entschieden. Es hatte denselben Rotton wie mein Lippenstift. Sinnlich aggressiv. Sorgfältig waren meine Augen dunkel geschminkt und mein Haar frisiert. Ich hatte meine langen Locken zu einem hohen Zopf gebunden und die Längen geglättet. Um ehrlich zu sein, sah es ein wenig so aus, als würde ich in einen Nachtclub gehen wollen und nicht am hellen Vormittag ins Büro.

Die Sonne strahlte am Himmel und warf lange Schatten über die Bäume auf den Weg. Normalerweise würde ich nicht laufen, aber heute hatte ich mich dazu entschlossen. Meine Füße schmerzten in den hohen Schuhen, während ich über die Brooklyn Bridge lief. Ich nahm mir einen Moment, um auf das Wasser zu blicken. Die letzten Wochen waren eine Achterbahnfahrt gewesen – geprägt von Aufs und Abs. Als ich aus Spanien zurückgekommen war, wollte ich nichts weiter als arbeiten. Arbeiten und zurück zu meiner Kreativität finden. Ich wollte all das, was ich in Spanien erlebt hatte, hinter mir lassen und endlich anerkennen, dass das Alleinsein für mich das Beste war.

Und dann? Dann war ich mit meinen Freundinnen in dieser Bar gewesen, wo mich dieser unverschämt gutaussehende, bestimmende Mann angesprochen hatte. An jenem Abend war ich stark genug gewesen, der Versuchung zu widerstehen. Aber jetzt? Jetzt fragte ich mich ernsthaft, wie ich jemals einen tiefen und befriedigenden Atemzug tun sollte, wenn er nicht in meiner Nähe war. Meine Arbeit, meine Kreativität lief auf Hochtouren … zumindest bis vor ein paar Tagen. Bis wir in diesem Restaurant gesessen hatten und ich dachte, wir hätten eine Chance. Während er von dieser Sache erzählt hatte, hatte ich zunächst geglaubt, es stünde irgendwie im Zusammenhang mit einer Jugendliebe oder so. Aber dass gerade er Britany während ihrer letzten Atemzügen begleitet hatte, war irgendwie zu viel für mich gewesen.

Ich hatte damals ihre persönlichen Dinge entgegengenommen, nachdem ich als Notfallkontakt ins Krankenhaus gerufen worden war. Neben all dem Scheiß, den ich schon erlebt hatte, war dieser Tag einer der furchtbarsten überhaupt gewesen. Ich hatte um Britany getrauert, auch wenn ich als Studentin nicht in der Lage gewesen war, mich um ihre Beerdigung zu kümmern. Ich war doch noch so jung gewesen. In unserem gemeinsamen Zimmer auf dem Campus war ich diejenige gewesen, die ihre Sachen in die Altkleidersammlung gegeben hatte, das Bett abgezogen und ihre Bücher zurück in die Universitätsbibliothek gebracht hatte. Ich war es gewesen, die alle Erinnerungen an Britany quasi ausgelöscht hatte. Und dann stellte sich heraus, dass der Mann, den ich zu lieben glaubte, derjenige war, der ebendiese Erinnerungen aufrechterhalten sollte.

Seufzend holte ich Luft, zog meinen Trenchcoat, den ich beim Verlassen meiner Wohnung über mein Oberteil gezogen hatte, enger zusammen. Sobald die Sonne hinter den Wolken verschwand, war es wirklich kühl. Erträglich, aber kühl.

Der East River unter mir floss in einer ruhigen Beständigkeit vor sich hin. War es nicht so, das Wasser sich immer einen Weg bahnte? War es nicht so, dass es dem Wasser – der Naturgewalt schlechthin – vollkommen egal war, ob sich ihm irgendwann einmal ein Stein in den Weg legte? Es kümmerte das Wasser nicht weiter, denn es floss eben einfach so lange außen herum, bis der Stein durch stetiges Vorwärtsbewegen abgeschliffen worden war und kein Hindernis mehr darstellte.

Was war also, wenn John genau das tat? Vielleicht langsamer als das Wasser und nicht mit ganz so einer strengen Gewalt, aber was, wenn er versuchte, damit zurechtzukommen, was ihm auferlegt wurde? Man suchte nicht freiwillig nach Situationen, denen man sich stellen, durch die man gehen musste … nein, irgendjemand oder irgendetwas dort draußen – vielleicht das Schicksal oder das Leben selbst – erlegte sie einem auf. Und man musste so lange und immer und immer wieder hindurchgehen, bis es zu einer zufriedenstellenden Lösung für alle Parteien kam.

Ich griff in meine Mary-Kay-Tasche und holte die übergroße Sonnenbrille heraus, wie es momentan modern war. Ich versteckte das Gesicht dahinter und blinzelte meine Tränen weg, die sich gerade lösen wollten.

Jeder hatte seine Aufgabe … Puh! Seit wann glaubte ich denn an solchen mystischen und übersinnlichen Scheiß?

Jeder hatte zur Arbeit zu gehen und irgendwie das Leben zu meistern. Alles andere war persönlicher Kram, der das Leben leichter oder eben schlimmer machte. Wir mussten damit klarkommen. So sah es doch aus! Es gab keine höhere Macht, die für einen bestimmte, was richtig war oder falsch. Das entschieden wir selbst, indem wir etwas taten oder eben nicht taten. So ein Scheiß! Jeder hatte seine Aufgabe?

Dann war es meine, hocherhobenen Hauptes diesem Lügner entgegenzutreten, ihm meine Kündigung auf den Tisch zu knallen und mit geradem Rücken zu gehen – in der Gewissheit, dass ich nicht mehr für ihn arbeitete, dass sich unsere Wege nicht mehr kreuzen würden. Nie mehr!

O Gott! Der Gedanke trieb mir einen imaginären Pfeil ins Herz. Die Suche nach einem geeigneten Job auf dem New Yorker Arbeitsmarkt war schon schwer genug, aber wie sollte ich ohne ihn leben, wie sollte ich all das, was wir in dieser kurzen Zeit erlebt und gefühlt hatten, einfach ausblenden?

Ich hatte keine Ahnung.

Aber ich wusste, so sicher wie man sich nur sein konnte, dass nach jeder dunklen Nacht ein heller Morgen folgte.

Ironie des Schicksals.

Nicht die Nacht, sondern der beschissene Morgen war unser Problem.

»Ich bin jetzt weg, Jennifer!«, hörte ich ihn genau in dem Moment sagen, als ich das Vorzimmer seiner Sekretärin betrat. John Baker und alles, was mit ihm zu tun hatte, holte mich ein. Ich zerriss innerlich, als ich seinen Duft wahrnahm. Nicht nur, weil ich wirklich in diesen Mann verliebt war, sondern auch, weil ich mir nicht vorstellen konnte, dass er …

»Helen!«, sagte er überrascht und hängte seinen Mantel wieder an die Garderobe. »Ich wollte gerade zu dir.« Wie auch schon zuvor ließ er die Form vollkommen unbeachtet und ich dankte Jennifer innerlich, dass sie sich räusperte, ihre Kaffeetasse nahm und das Vorzimmer verließ.

Ich nahm mir einen Augenblick, betrachtete ihn und versuchte, mein schmerzendes Herz zu ignorieren. Es brach erneut, als ich die dunklen Schatten unter seinen Augen wahrnahm. Normalerweise war er ein Mann, der strahlte und einen Raum dominierte, aber nichts von all dem passierte. Nichts. Er wirkte einfach nur ausgelaugt und fertig. Müde. Ja, er sah unfassbar müde aus.

»Lass uns in mein Büro gehen.«

»Ich«, begann ich und räusperte mich. Es schnürte mir die Kehle zu, wenn ich ihn nur ansah. »Ich wollte dich nicht stören.«

»Tust du nicht!«, erklärte er und bedeutete mir mit einer galanten Geste, dass ich vor ihm in sein Büro gehen sollte. »Komm rein!«

Nacheinander betraten wir den Raum. Ich legte meine Handtasche auf den Stuhl vor seinem Schreibtisch, und als er mir helfen wollte, den Mantel abzulegen, lehnte ich die Hilfe ab. Erstens, weil ich es nicht ertragen würde, wenn er mich berührte, und zweitens, weil ich nicht lange genug hierbleiben würde, damit es sich lohnte.

»Du siehst wunderschön aus, Helen«, kam es vorsichtig von ihm und ich sah, wie er mich hungrig betrachtete.

Es ging mir ähnlich. Seine große Statur, heute wieder in einen dieser Maßanzüge gehüllt. Das Dunkelblau passte perfekt zu seinem gebräunten Teint, das helle Blau des Hemdes, dessen Kragen sich an seinen Hals schmiegte, als wäre es exakt dafür geschneidert worden. Die Hände tief in die Taschen seiner Anzughose vergraben.

»Ich bin hier …«, riss ich mich am Riemen und räusperte mich erneut. In einem vollkommen verzweifelten Versuch, mich innerlich abzuschotten, hielt ich meine Stimme kühl und distanziert. »Ich bin hier, um dir meine Kündigung zu geben.«

Für einen Moment schloss er gequält die Augen.

»Du kündigst?«, fragte er rhetorisch.

Ich nickte erst zögerlich, doch dann entschlossen. »Das habe ich doch eben gesagt.«

»Und du … Also, du kündigst, weil?«

Wumm! Okay, damit hatte ich jetzt nicht gerechnet. »Das ist doch wohl offensichtlich, oder?«

»Finde ich nicht, Helen«, murmelte er und verschränkte die Arme vor der Brust. Er hatte die Ärmel seines Hemdes bis über die Ellbogen aufgerollt. Seine muskulösen Unterarme erinnerten mich daran, wie er seine Handflächen neben meinem Kopf abgestützt hatte, während er mich fickte.

»Ich finde schon«, erwiderte ich ausweichend und legte den unbeschrifteten Umschlag auf seinen Schreibtisch. »Wenn du mir jetzt den Empfang der Kündigung bestätigen könntest?«

Nachdenklich sah er mich an, legte den Kopf schief, in seinen dunklen Augen tobte ein Sturm. So ein heftiger Sturm, dass ich mich fragte, ob er jemals kampflos aufgeben würde. Nein, er könnte nicht einfach so damit aufhören, mich zu quälen und seine verdammte Unterschrift auf das Schriftstück setzen.

»Nein, Helen«, sagte er schließlich langsam. »Wenn du kündigen willst, dann wirst du mir deine Gründe jetzt und hier ins Gesicht sagen, dann unterschreibe ich.«

Was? Wieso? Nein! So lief das nicht. Ich konnte ohne Angaben von Gründen kündigen. Ich musste ihn nicht darüber informieren.

»Nein.«

»Dann betrachte ich dieses Gespräch so, als hätte es nie stattgefunden, und erwarte dich morgen Früh an deinem Schreibtisch.«

»Einen Scheiß!«, platzte es aus mir heraus. »Warum ich hier nicht mehr arbeiten will, ist ja wohl mehr als klar und darüber hinaus einzig und allein mein beschissenes Problem.« Ich wurde immer lauter, aber es war mir egal. Vielleicht musste es auch einfach raus, vielleicht musste ich auch einfach damit herausplatzen, warum ich absolut keine Lust mehr auf ›Baker Advertising‹ und John Baker hatte. »Nicht nur, dass du mich sexistisch behandelt hast …«

»Ehrlich jetzt?«, unterbrach er mich. »Damit kommst du mir? Jetzt!?«

Augenrollend tat ich seine Frage ab und konzentrierte mich darauf, was ich ihm sagen wollte. Lange genug überlegt hatte ich ja. »Okay, dann los! Ich kündige, weil du meine Meetings und meine Arbeit kontrollierst und mir nicht vertraust und weil du mich meine Arbeit nicht in Ruhe machen lässt. So! Da du so viel Zeit in meine Arbeit investierst, kannst du sie auch gleich selbst erledigen.«

»Ach!«, murmelte er spöttisch und presste seine Kiefer aufeinander.

»Abgesehen davon hast du meine Freundin auf dem Gewissen.«

»WOW!«, reagierte er ruhig, viel zu ruhig. Obwohl sein Äußeres im Grunde dasselbe war wie vor einer Woche, wirkte er jetzt müde und … ja, auch irgendwie zerbrechlich. Ich wusste, wie sehr er damit kämpfte und wie schwer es ihm gefallen war, sich mir gegenüber zu öffnen und darüber zu reden. Und ich? Ich war jetzt so dreist und verwendete es gegen ihn.

Felsenfest davon überzeugt, dass ich – zumindest nach außen hin – richtig lag, sah ich ihn mit vorgerecktem Kinn und trotzigem Blick an. »So sehe ich das, ja, und deshalb möchte ich kündigen. Wenn du unbedingt einen Grund willst, dann kennst du ihn jetzt!«

Ich spürte ganz genau, dass er in diesem Augenblick resignierte. Er gab tatsächlich auf, indem er beschloss, dass ich es nicht wert war, zu kämpfen oder etwas richtigzustellen. Ich fühlte den Moment, in dem er den Vorhang wie einen Schleier über sein Gesicht fallen ließ und sich vor mir verschloss. Jetzt wirkte er wie damals, als ich ihm hier das erste Mal gegenübergestanden hatte. Genauso kühl und abweisend, als wäre ich ein Störenfried, der beseitigt werden musste. Ja, genau so sah er mich an. Kein Laut verließ seinen Mund, kein Wort, das mich davon abhielt zu gehen oder das meine Aussage revidierte oder das die Umstände geraderückte.

Es kam von ihm einfach nichts.

Die Zeit verging, Sekunden verstrichen.

Es schien eine Ewigkeit zu dauern, bis ich spürte, wie das

Band, welches uns verband, mit einem heftigen, allumfassenden Ruck zerriss.

John umrundete seinen Schreibtisch, griff nach einem Füllfederhalter und zog meine fristlose, außerordentliche Kündigung aus dem weißen Umschlag. Schwungvoll setzte er seinen Namen auf die dafür vorgesehene Linie. Er las sich das Schreiben nicht einmal durch. Ohne den Blick von mir zu wenden, hob er es mir entgegen, achtete darauf, meine Hände nicht zu berühren, und gab mir das Blatt zurück.

Sobald ich es zwischen meinen Fingern hielt, drehte er sich um, stützte sich mit den Handflächen auf dem Regal unter seinem Fenster auf und sah mich nicht mehr an.

Ich blieb noch ein, zwei, drei Augenblicke – in der Hoffnung, dass er irgendetwas sagte, hinterfragte oder erklärte … Aber es kam nichts. Es kam einfach … nichts. Wortlos griff ich nach meiner Handtasche, schulterte sie und ging zur Tür. Mein Herz brach, meine Seele weinte und ich konnte nichts dagegen tun.

Absolut gar nichts.

Es fühlte sich weit schlimmer an als jeder Schmerz, den ich jemals empfinden musste. Weit schlimmer als alles, das ich bisher durchgemacht hatte.

»Ich habe sie nicht getötet, Helen. Ganz im Gegenteil, ich habe ihr alles gegeben, damit sie nicht allein sein musste.«

Die leisen Worte drangen zu mir. Wie in einem Traum. Hatte ich sie mir nur eingebildet? War es reines Wunschdenken oder … Tränen schossen in meine Augen. Tief in meinem Herzen wusste ich, das er womöglich recht hatte, aber dass er nichts, rein gar nichts unternahm, um mich zu halten, ließ mich innerlich zerbrechen.

In zwei verdammte Teile.

In zwei Teile, von denen ich einen bei ihm ließ.

In Gedanken flüsterte ich: *Leb wohl, John Baker!*

Laut sagte ich nichts. Wortlos, ohne Abschied, ohne ihm zu sagen, dass er recht hatte, ohne mich bei ihm zu entschuldigen, dass ich überreagiert hatte … und ohne mir einzugestehen, dass ich aus vollkommen falschem Antrieb handelte, verließ ich sein Büro.

Und sein Leben.

32

JOHN

Ich war auf dem Weg zu meinen Eltern. Während Alister mich fuhr, betrachtete ich die vorbeiziehenden Häuser. Lichter blitzten, Freunde trafen sich auf den Straßen und betraten Bars oder Restaurants. New York bebte, so wie immer. Alles war, wie es immer gewesen war.

Und doch fühlte es sich anders an.

Die letzten Tage waren richtig beschissen gewesen, aber ich riss mich am Riemen, stürzte mich in die Arbeit, musste mich ablenken und konnte drei Mega-Deals genehmigen, deren Prüfung ansonsten vermutlich noch ein paar Wochen gedauert hätte. Es geschah gestern sogar das, was seit Monaten reinste Utopie war: Mein Postfach war aufgeräumt und alles so weit bearbeitet und sortiert, wie es eben ging.

Vermutlich lag es daran, dass der Arbeitstag für mich gerade nicht aus fünfzehn Stunden, sondern zwanzig bestand.

Ich war zum Zerreißen angespannt, als stünde ich unter Strom. Eigentlich kannte ich das nur von mir, wenn ich mich motiviert auspowerte, aber jetzt war es anders. Alles war anders. Ohne Helen.

Frustriert wischte ich über mein Gesicht, fuhr müde durch meine Haare. Vielleicht sollte ich Urlaub machen oder einfach mal etwas mehr als drei Stunden schlafen. Aber ich hatte Angst, dass ich zum Nachdenken kommen würde. So wie jetzt.

Wieder sah ich nach draußen, gleich würden wir in die Straße meiner Eltern einbiegen und ich hatte überhaupt keine Lust auf happy Family. Außerdem war ich eine Stunde zu spät, meine Mutter würde ausrasten. Darauf hatte ich auch keinen Bock. Sie wusste natürlich nicht, was bei mir momentan los war, und das war gut so. Auf mütterliche Ratschläge oder mitleidsvolle Besuche konnte ich verzichten. Ich war fünfunddreißig Jahre alt, ich hatte schon andere Dinge überstanden. Da würde mir eine kleine Mitarbeiterin – egal, ob ich mich in sie verliebt hatte oder nicht – auf keinen Fall alles kaputtmachen. Niemals!

»Da bist du ja endlich!«, sagte meine Mutter tadelnd, noch bevor ich den Knopf der Klingel drücken konnte. Sie strahlte regelrecht, stützte aber sofort die Hände in die Hüften und schimpfte los: »Wir warten seit einer Stunde auf dich. Deine Nichte hat schon ein Loch im Bauch, wir alle haben Hunger. Warum hältst du es auf einmal nicht mehr für nötig, dich bei uns zu melden und Bescheid zu geben, dass du später kommst?« Sie holte kurz Luft und machte dann weiter mit ihrer Standpauke: »Dein Vater kam auch immer spät nach Hause, aber er hat wenigstens angerufen.«

»Okay, Mom«, warf ich müde ein. »Sorry!« Ich schenkte ihr ein schwaches Lächeln, mehr war nicht drin. Ich war so unglaublich fertig und wollte eigentlich einfach nur in mein Bett und meine Ruhe. Aber das war reine Illusion, nicht nur wegen meiner Familie. Ich würde heute Nacht sowieso wieder gegen drei aufstehen, um ins Büro zu fahren. Aber jetzt war ich hier und musste das wöchentliche Essen bei meinen Eltern irgendwie hinter mich bringen. Ich war aus reinem Anstand hier und wirklich nicht in Stimmung, mich belehren zu lassen. Ich hasste mein Leben, ich hasste das, was in jener Nacht vor vierzehn Jahren passiert war, ich hasste es, dass ich so weich war und dass ich mich verkroch wie ein Feigling, wie ein jämmerlicher Bastard, der sich ungeliebt und nicht gewollt fühlte.

So etwas waren doch normalerweise die Aufgaben von Frauen … nicht von erwachsenen Männern wie mir. Also, verdammt noch mal, dieses Gefühl musste aufhören, und zwar dringend. Ich wollte wieder zu meiner Kälte, meiner Arroganz und meiner Ruhe zurückfinden. Ich wollte meinen inneren Frieden zurück, auch wenn er nur ein mieser Kompromiss mit jenen Dämonen war, die mich begleiteten.

»Sorry, Mom«, entschuldigte ich mich noch einmal, denn auch wenn ich am Ende war, würde ich nicht so fies sein, es auf meine Eltern zu übertragen. Ich musste mich endlich zusammenreißen.

Aus dem Esszimmer hörte ich meine Familie lachen.

Hauptsache, ihr seid alle fröhlich und habt euren Spaß und ich bin der Idiot, der …

Langsam folgte ich meiner Mutter, setzte ein strahlendes Lächeln auf wie das, was für die Presse reserviert war, und wich erschrocken einen Schritt zurück.

»Was machst du denn hier?«, fragte ich völlig verdutzt, obgleich ich ihren Anblick in mich aufsog wie ein Ertrinkender.

Inmitten meiner Familie, zwischen meinen beiden dunkelhaarigen Schwestern, saß eine Frau mit langen blonden Locken. Ihr Anblick raubte mir den Atem. Sie sah wunderschön aus in ihrem sportlichen Outfit. T-Shirt, Jeans und Sneaker … Wow! Plötzlich war es so leise, dass man eine Stecknadel hätte fallen hören können.

Meine Schwester Eva grinste und nahm einen Schluck Rotwein. Ich sah von ihr zu Jim, der den Arm um sie legte, und anschließend sah ich wieder auf die Kehrseite von Helen. Ich hatte sie sofort erkannt. Die zierlichen Schultern, die blonden Locken, ihr Duft … Heilige Scheiße! »Möchte mir mal jemand sagen, was hier los ist?«

Langsam drehte sie sich um. Für mich blieb die Zeit stehen. Es war wie in einem dieser extrem kitschigen Frauenfilme. Zeitlupendrehung der Protagonistin, versteinerter Gesichtsausdruck des männlichen Darstellers.

»Deine Mom«, erklärte sie, »hat mich zum Essen eingeladen.«

»Was?«, fragte ich entsetzt und starrte in die Runde. Meine Mutter stand hinter mir und grinste von einem Ohr zum anderen, sagte aber keinen Ton.

»Ja, deine Mutter.«

»Und?« Mein Blick ruckte von Helen zu der Frau, die mich geboren hatte. Stumm formte ich die Frage: ›Was zur Hölle?‹

»Ich hielt es für sinnvoll, dass ihr ein paar Dinge klärt.«

»Du?«, fragte ich und fuhr mir mit beiden Händen durch die sowieso schon zerzausten Haare.

»Und am besten redet es sich bei einem Glas Wein und mit vollem Magen.«

»Aber nicht im Kreis der eigenen Familie!«

Meine Mutter starrte mich an. Ich starrte sie an. »O nein, Mom«, erklärte ich, »das ist mein Leben, da wirst du nicht einen auf Richterin machen und hier eine Verhandlung einberufen.«

»Das«, erwiderte sie mit plötzlich sehr guter Laune, »besprechen wir nach der Lasagne.«

Plötzlich kam wieder Leben an den großen Esstisch. Meine Mutter verschwand mit ihren Ofenhandschuhen in der Küche und kam mit einer riesigen Auflaufform zurück, aus der es herrlich duftete. Mir wurde von Jim ein Glas Wein in die Hand gedrückt. Endlich sah ich Helen ins Gesicht, sog gierig ihren Anblick in mich auf wie ein trockener Schwamm. Ihre blauen Augen hatten jeglichen Glanz verloren und ihre Wangen wirkten eingefallen, auch wenn sie wie immer perfekt geschminkt war.

»Hi!«, wisperte sie, als ich mich neben sie setzte, und wieder war es still im Raum. Ich war vollkommen unvorbereitet in diese Situation geworfen worden, in die ich gar nicht geworfen werden wollte. Also natürlich wollte ich mit Helen sprechen und jetzt, da ich neben ihr saß, wurde dieser Wunsch übermächtig … aber nicht so. Nicht hier! Nicht … nicht jetzt! Ich wusste doch gar nicht, was ich ihr sagen sollte. Die letzte Woche hatte ich im Selbstmitleid verbracht und keinen *Wie-kann-ich-mit-Helen-reden-Plan* ausgearbeitet.

»Hi!«, erwiderte ich und fühlte plötzlich, wie mein Herz brach. An ihrem Finger war ein schmaler goldener Ring mit einem Stein. Hatte sie am Ende schon jemand Neuen? Zuvor war mir niemals aufgefallen, dass sie Ringe trug. Aber jetzt funkelte da ein Stein, der mir ins Auge stach, mich blendete. Ich sollte ruhig bleiben und nicht wie ein eifersüchtiger Idiot auf diesen beschissenen Ring starren.

»Nimm es hin, Alter!«, sagte Jim und hob seine Tochter in die Höhe. »Helen ist jetzt hier und du hättest uns auch ruhig mal sagen können, wie großartig sie ist.«

»Was?«, fragte ich und nahm einen großen Schluck. Okay, ich

war überfahren und überfordert, aber es reichte. »Helen, können wir uns bitte unterhalten? Jetzt? Vor dem Essen?«

Sie sah mich an, erforschte meinen Blick und nickte schließlich. »Du hast recht, wir sollten uns unterhalten.«

Ich deutete auf die Tür und wir gingen durch das Esszimmer meiner Eltern in das antike Wohnzimmer, wo ich die große Tür zur Veranda öffnete.

»Was willst du hier, Helen?«, fragte ich ohne Umwege und sah ihr direkt in die Augen.

»Deine Mutter hat mich eingeladen.«

»Lass diesen Scheiß!«, fuhr ich sie plötzlich an. »Du weißt genau, was ich meine. Kommst in mein Büro, beendest deine Arbeit, das mit uns – vor allem das mit uns –, nennst mich einen Mörder und denkst jetzt allen Ernstes, du kannst hier bei meiner Familie sitzen und einen auf happy Wiedersehen machen? So läuft das nicht! Helen, bei aller Liebe, so läuft es verflucht noch mal nicht!« Ich sprach laut und schnell. Ohne Punkt und Komma. Ich musste es jetzt einfach sagen.

Noch einmal.

»Ich habe mich in dich verliebt und ich habe es dir gesagt. Normalerweise bin ich nicht der Typ Mann, der den Damen irgendwas erzählt, damit er sie flachlegen oder zum Essen ausführen kann. Ganz und gar nicht. Und ich weiß ehrlich gesagt gar nicht mal, ob ich jemals wirklich verliebt war … Also, ich gehe damit nicht leichtfertig um. Und noch niemals habe ich irgendjemandem erzählt, was ich an diesem Morgen damals erlebt und empfunden habe!« Ich raufte mir die Haare, lief nervös vor ihr auf und ab. Aber das alles, was ich jetzt sagte, musste einfach raus. Jetzt! Ich konnte es nicht noch länger für mich behalten. »Das war privat. Mehr als nur privat! Es war das Intimste, was ich jemals einem Menschen erzählt habe. Nicht mal meine Mutter weiß, wie es mir damit all die Jahre ging. Verstehst du? Ich habe dir mein Innerstes offenbart und du trittst es mit Füßen! Und jetzt bist du hier, brichst in mein Leben ein, aus dem du gegangen bist, und ich soll das alles einfach so vergessen? Ehrlich? Sorry, Helen, aber das ist zu viel. Auf so einen Scheiß habe ich auch keinen Bock. Also, wenn du nicht zufällig …« Ich deutete ins Innere des Hauses und nahm zähneknirschend wahr, dass dort meine ganze Familie im Wohnzimmer versammelt stand und zu uns nach draußen blickte. »Also, wenn du nicht zufällig die beste Freundin einer meiner Schwestern oder die Schwester meines Schwagers bist, dann bitte ich dich, jetzt zu gehen. Es reicht doch wohl, dass ich mich in meinen eigenen vier Wänden nicht mehr wohlfühle, seit du gegangen bist, also, lass mir doch zumindest meine Familie. Hier weiß niemand, zu was für einem beschissenen Weichei ich mutiert bin, und das soll auch so bleiben!« Flehend sah ich sie an. Helen sagte kein Wort, lediglich in ihren Augen tobte ein Sturm. Waren sie zuvor noch leblos und matt gewesen, blitzten jetzt Funken aus ihnen.

»Jetzt mach aber mal einen Punkt!«, rief sie dazwischen. »Du hast dich auch nicht sonderlich mit Ruhm bekleckert.«

»Bitte was?«, setzte ich entgegen und glaubte, ich höre nicht recht.

»Na ja, du hast jetzt die letzten sieben Tage nicht irgendwie versucht, zu mir Kontakt aufzunehmen.« Sie stützte wütend die freie Hand in ihre Taille. Ja, sie war eindeutig wütend. Warum? Sie hatte mich doch verlassen! Und jetzt tauchte sie hier auf und machte mir Vorhaltungen, als wäre ich der Arsch.

»Pass mal auf, Fräulein! Als du mein Büro verlassen hast, war dein Standpunkt sehr deutlich. Warum also sollte ich dir hinterherlaufen? Du hast gekündigt, mich als Mörder beschimpft und bist davongelaufen, als ich es dir erklären wollte. Also, wie kommst du auf die absurde Idee, ich würde mich auf ein weißes Ross schwingen und mit dir in den Sonnenuntergang reiten«, warf ich sarkastisch in mein Gebrüll ein, »nachdem du mir deine Kündigung auf den Tisch geknallt hast?«

Wie zwei Streithähne standen wir uns gegenüber, brüllten uns an und waren kurz davor, uns an die Gurgel zu gehen. Es war mir so was von scheißegal, dass meine Familie uns dabei zusah. Alles war mir scheißegal. Ich wollte nur, dass dieser Schmerz aufhörte, der in meinem Inneren wütete.

»Ich war überfordert!«

»Ach so! DU warst überfordert?«, rief ich sarkastisch und schlug mir mit der Hand gegen die Stirn, als hätte ich etwas Offensichtliches nicht erkannt. »Mein Fehler! Ich war natürlich völlig entspannt, weil ich ja ständig irgendjemandem erzähle, was vor vierzehn Jahren passiert ist, und ich verliebe mich selbstverständlich auch andauernd. Klar!« Frustriert vergrub ich beide Hände in meinen Hostentaschen und atmete tief durch. Urplötzlich war ich einfach nur noch leer. All die Wut auf sie und auf mich verpuffte in dem Schmerz, der durch mein Herz raste. Es tat weh, sie hier zu sehen. Es tat weh, dass meine Familie sie scheinbar mochte.

»Ich habe keine Ahnung, welches höhere Ziel du hier verfolgst, Helen, aber ich bitte dich, jetzt endlich zu gehen. Ich sehe keinen Grund, weshalb du hier sein solltest.« Bewusst hielt ich meine Stimme kühl, den Blick direkt auf ihre Augen gerichtet.

»Ich bin hier …«, begann sie schließlich und räusperte sich. »Ich bin hier, um dir zu sagen, dass ich einen Fehler gemacht habe.«

Skeptisch legte ich den Kopf schief und betrachtete sie. Was war das nun wieder für ein Schachzug? Kannte diese Frau denn kein Erbarmen?

»Ich habe dich für etwas verurteilt, an dem du keine Schuld trägst. Vierzehn Jahre lang habe ich den Mann gehasst, der Britany tödlich verletzte und dann auf der Straße sterben ließ. Das war meine Wahrheit. Ich wusste nichts von dir und ging an dem Abend, als du mir davon erzählt hast, davon aus, dass du die Fakten schönredest, mich belügst, weil du …« Helen schluckte schwer. Ich sah, dass sie mit sich rang. »Ja, ich war davon überzeugt, dass du mich belügst, weil du im Laufe des Gespräches bemerkt hast, dass ich das nicht lustig fand.«

»Ich erkenne verflucht noch mal keinen Witz an der Geschichte.«

»Und da dachte ich, du hast mir eine abgeschwächte Version der Wahrheit erzählt.«

Wut stieg wieder in mir auf. »Du denkst, ich hätte dich angelogen? DAS denkst du?«

»Nein, das denke ich nicht. Nicht mehr.«

»Aha! Und was denkst du jetzt?«

»Ich war irgendwie … ich war völlig vor den Kopf gestoßen, es fühlte sich falsch an, den Mann zu lieben, der das mit Britany durchlebt hat. Es war … Es fühlte sich nicht richtig an. Und dann war ich auf dem Dachboden, wo ich in einer Kiste ihren ganzen

Kram aufbewahre – und irgendwie … Es war, als würde sie mit mir reden, mich dafür verurteilen. Es … es waren meine Schuldgefühle. An dem Tag, als sie den Unfall hatte, waren wir im Streit auseinandergegangen. Ich … John, bitte! Es tut mir leid. Ich will … ich will mit dir zusammen sein. Auch wenn du mich abartig nervst und meine Gefühle mir Angst machen.«

Tränen liefen ihr über das Gesicht, verschmierten das akkurate Make-up, wuschen die Wut aus ihren Augen. Was ich jetzt darin sah, war Furcht. Dieselbe Furcht, die auch mich einnahm. Sie wollte mich nicht verlieren, wie auch ich sie tief in meinem Herzen nicht verlieren wollte.

»Bitte, John! Bitte lass uns nicht wegen einer Geschichte, die vierzehn Jahre her ist, etwas wegschmeißen, das in der Gegenwart stattfindet. Nur weil … weil ich mich von meinen Vorurteilen und Ängsten leiten ließ. Ich weiß es jetzt besser. Es tut mir leid, John. Es tut mir ehrlich leid.«

»Du glaubst also, ich bin ein Lügner?«

»Du willst echt nur hören, was du hören willst, oder?«, brüllte sie jetzt. Die Furcht wich der Wut, die ich so gut kannte. »Ich sage dir, dass es mir leidtut und du … Ach, Scheiße verdammt! John, ich liebe dich!«

Ich senkte den Blick. Zu viele Worte. Zu viele Gefühle. Was sollte ich jetzt tun? Wie benahm sich ein richtiger Kerl in einer solchen Situation? Fuck!

»Kannst du bitte aufhören, so eine Dramaqueen zu sein!«, schrie sie plötzlich, warf die Arme in die Luft und überschüttete sich so mit dem letzten Schluck Rotwein aus ihrem Glas. »Kannst du einfach meine Entschuldigung annehmen, mich in den Arm nehmen und mir vergeben?«

»Warum sollte ich das tun?«, erwiderte ich und hatte keine Ahnung, was ich da tat. Trotz regte sich in mir. »Du hast gedacht, ich würde dich zu meinem Vorteil belügen.«

»Weil ich verwirrt war, schockiert und viel zu impulsiv. So bin ich nun mal. Aber ich liebe dich, du arroganter, engstirniger, dominanter Kerl. Du treibst mich in den Wahnsinn, aber ich liebe dich. Was kann ich dafür?«

Wir starrten uns an.

Die Worte schwangen zwischen uns hin und her.

Auge um Auge, Zahn um Zahn. Es fühlte sich an, als würde ein Ballon mit Wasser gefüllt werden, bis er schließlich unaufhaltsam über uns zerplatzte.

Es gab keinen Halt mehr. Nicht für mich. Nicht für sie.

Ich umgriff mit meinen mittlerweile eiskalten Händen ihr Gesicht, zog sie an mich und küsste sie.

Helen ließ das Weinglas meiner Eltern fallen, krallte ihre Hände in mein Haar und gab mir all das zurück, was ich für sie empfand.

Alles.

Wirklich alles.

Mit dem ganzen Raum dazwischen.

Wir waren explosiv.

Wir waren Feuer.

Wir waren wir.

33

HELEN

2 Monate später

Einer der schönsten Momente im Leben ist wohl jener, wenn man in dem vollkommenen Zustand zwischen Wachsein und Schlaf schwebt. Wenn die schöne Realität allmählich zurück in den Verstand sickert und das Dunkle weiter in den Hintergrund treibt. Fast so, als würde man im trüben Wasser fischen, während sich im strahlenden Sonnenschein des Tages der Schlamm lichtet und auf den Grund des Sees sinkt.

Mittlerweile war der Morgen *unser* Morgen.

Wir hatten gemeinsam Rituale entwickelt, die es John in diesen Stunden leichter machten. Zum Beispiel achteten wir darauf, dass ich nie vor ihm aufstand; er schien die Erinnerungen besser unter Kontrolle zu haben, wenn er sich an mich schmiegen konnte. Manchmal träumte er von jener Pokernacht oder dem schrecklichen Ende, aber dann fühlte er mich und konnte sich wieder entspannen. Er brauchte meinen warmen Körper, wie er sagte, damit er spürte, dass er am Leben war.

Ich hatte ehrlich gesagt nichts dagegen, wenn aus seinen wandernden Händen nicht selten ein Orgasmus wurde. Wir waren beide sehr körperlich … aber das machte nichts, denn es war für uns in Ordnung. Und alles, was für uns in Ordnung war, ging niemanden etwas an. Er hatte mir beigebracht, mich niemals für etwas zu schämen, das ich ersehnte.

Niemals würde ich vergessen, was geschehen war, wie es sich anfühlte, etwas wegwerfen zu wollen. Aus falscher Moral. Falschem Stolz. Falschem Schuldgefühl.

In dieser einen Woche, in der ich durch die Hölle gegangen war, hatte ich zum Glück auf meine Freundin Scarlett gehört und die Eier in der Hose gehabt, mir Gewissheit zu verschaffen. Scarlett hatte Akteneinsicht beim Gericht verlangt. Als Anwältin war ihr das möglich. Sie hatte den Obduktionsbericht und die Gerichtsprotokolle gelesen. Tatsächlich war Johns Name nur in einem Zusammenhang aufgetaucht, dass er den Krankenwagen gerufen hatte und bis zu dessen Eintreffen bei Britany geblieben war. Und um sicherzugehen, dass hier nichts irgendeiner Täuschung unterlag, weil er nun einmal der Sohn der obersten Richterin von New York war, hatte meine Freundin Scarlett etwas getan, das sie die Anwaltslizenz hätte kosten können. Aber sie hatte es getan. Für mich.

Sie hatte Johns Mutter aufgesucht.

Mit samt der Akte und einer Liebesgeschichte im Gepäck. Im Nachhinein, auch wenn ich nicht alle Details wusste, die dort besprochen worden waren, hatte mir meine sonst so eisige Freundin Scarlett von einer überaus menschlichen und freundlichen Mutter berichtet, die eben zufällig auch Richterin gewesen war, vor der jeder kuschte, die aber den besten Limetten-Cheesecake auf der Welt buk. Nun … Nachdem sie mir also alles erzählt und diesen Vergleich präsentiert hatte und ich nicht mehr wusste, wo vorn und hinten war, hatte es an meiner Tür geklopft. Scarlett hatte sich ihre Jacke gegriffen und die Tür geöffnet. Sie war verschwunden, dafür hatte Johns Mutter Ana vor meinem Appartement gestanden. Adrett, mit einem freundlichen Lächeln und ganz offensichtlich mit ihm verwandt, denn er war ihr wie aus dem Gesicht geschnitten.

Völlig perplex hatte ich sie hereingebeten – ohne zu wissen, was ich da tat oder passieren würde.

Aber ich hatte es getan.

Und sie erzählte mir die ganze Geschichte. All das, was nicht in den Gerichtsakten zu finden war. Natürlich wusste sie, dass meine Freundin im Grunde ohne Anwaltsmandat gehandelt hatte und mir nichts darüber erzählen durfte. Aber die ehemals oberste Richterin war davon überzeugt, wie sie mir erklärte, dass es immer eine Zone zwischen Weiß und Schwarz gab, dass man nicht verbissen sein und aus Ehrgefühl handeln sollte. Sie sprach ihren Sohn nicht rein von jeglicher Schuld, denn sie war der Meinung – auch wenn die Akten etwas anderes sagten –, dass er sich nicht einwandfrei verhalten hatte, als er zu dicht auffuhr. Sie erzählte mir davon, wie sehr sich John mit diesem Wissen gequält hatte. Er war noch immer davon überzeugt, dass seine Mutter nichts von seinen Dämonen wusste, aber da täuschte er sich. Sie wusste sehr wohl, wie schlecht es ihm ging. Gerade jetzt, obwohl sie bis zu Scarletts Besuch nicht die Ursache kannte. Diese Frau liebte ihren Sohn, wie nur eine Mutter lieben konnte.

Das war der Knotenpunkt, der alles zum Platzen brachte.

Ich begann zu weinen und all das, was ich für mich behalten,. in mich hineingefressen hatte, erzählte ich ihr.

Gut, ich ließ winzige Details aus, wie etwa, dass ihr Sohn ein verdammt arroganter Bastard im Bett war, oder den Zwei-Millionen-Dollar-Deal, aber im Grunde erzählte ich ihr ansonsten von allem, was wir in der kurzen Zeit erlebt hatten.

Als ich ihr von dem Opernabend berichtete, war sie höchst erstaunt, denn scheinbar hatte John, außer mit seiner Mutter, nicht einmal mit seiner langjährigen Ex-Freundin Caty die Oper besucht.

Ich hielt mich bedeckt mit meinen Meinungen und achtete darauf, nicht zu persönlich zu werden, denn klar, sie war immer noch seine Mutter, und ich wollte John nicht in den Rücken fallen. Als es dann darum ging, wie ich jetzt weitermachen würde, dass ich gekündigt hatte und er mich sicherlich nie wiedersehen wollte, sagte Ana, ich wäre zum Essen eingeladen und könnte dort mit ihm reden. Sie sagte, dass er es sicher wollte – egal, wie oft ich diese Aussage von ihr dementierte.

Als ich an jenem Tag wieder allein war, nachdachte und stundenlang hin und her überlegte, erzählte ich schließlich Cynthia davon. Sie war zwar eigentlich eher auf Sex aus, und normale zwischenmenschliche Beziehungen, in denen man sich auch mal unterhielt, waren Mangelware, aber genau deshalb war es ihr möglich, mir einen vollkommen anderen Blickwinkel auf diese Geschichte zu gewähren. Cynthia wusch mir regelrecht den Kopf. Sie sagte zu mir: »Du hast gekündigt, seine Gefühle mit Füßen getreten, ihn sogar als Mörder beschimpft und jetzt erwartest du wirklich, dass er dir hinterherläuft und um deine Aufmerksamkeit bettelt?« Sie sah mich streng an, trank Wein und ließ mir die Zeit, über ihre Worte nachzudenken. Und tatsächlich wurde mir Folgendes klar: Niemand auf der Welt, wirklich niemand, hatte es verdient, dass man seine Gefühle missachtete, nur weil man selbst nicht klarkam.

Also beschloss ich, über meinen Schatten zu springen. Ehre, Selbstbewusstsein hin oder her, wenn ich die Person war, die ihm so hässliche Dinge unterstellt hatte, dann sollte auch ich die Person sein, die klarstellte, dass es ihr leidtat.

»Guten Morgen!«, flüsterte John an meiner Seite und angelte nach meinem Arm, mit dem er mich an seinen Körper zog. »Ich dachte, du wärst aufgestanden.«

»Nein, ich bin hier. Wie jeden Morgen.«

»Und das ist großartig.«

»Wie geht es dir heute?«, fragte ich und platzierte ein paar Küsse auf seiner nackten Brust. Ich liebte diesen festen, harten Körper. Die Haut so seidig und glatt, fast makellos. Und mittlerweile braungebrannt. Es war Sommer in New York.

»Wir müssen da heute hin, oder?«, fragte er gequält und ich lachte amüsiert.

Mit ›Wir müssen da heute hin‹ meinte er, dass wir nach Schottland fliegen würden. Seine Eltern feierten ihre goldene Hochzeit auf dem Familiensitz seines Schwagers Jim. Eine kleine Party. Mit einhundertzwanzig geladenen Gästen. Die Bakers definierten *klein* wohl anders als normale Menschen.

»Ich schätze schon.«

»Ich will dich nicht mit meinen Schwestern teilen.«

»Ich will dich auch nicht mit deinem Schwager teilen.«

»Jim ist cool.«

»Deine Schwestern auch.«

»Haha!« Die Ironie tropfte aus jedem seiner Worte. »Du könntest bei eurem Girls-Talk mit unserem grandiosen Liebesleben angeben«, schlug er vor und ich kicherte, während er sich auf mich rollte. Er roch so gut, war stark und doch gefühlvoll. Ich liebte diesen Kerl mit all seinen Stärken und Schwächen.

»Wer sagt dir, dass ich den Sex genauso grandios finde, dass ich darüber sprechen will?«

»Du bist eine miserable Lügnerin!«, brummte er und küsste über meinen Hals. »Du wirst diesen edlen schottischen Landsitz und seine alten Gemäuer zusammenbrüllen, Baby … und du weißt es.«

»Zumindest hoffe ich es«, wisperte ich an seinen Lippen. »Wenn du dir halt endlich mal Mühe geben würdest.«

Mit einem tiefen Knurren stürzte er sich auf meinen Mund und zeigte mir, wie er es mühelos schaffte, mich zum Schreien zu bringen.

Ich liebte diesen Mann.

Mit jeder Faser meines Seins.

EPILOG

JOHN

Irgendwo in Schottland

Meine Eltern hatten gerade ihr Ehegelübde vor einhundertzwanzig Menschen erneuert. Wir feierten ja nur im engsten Rahmen der Familie. Die Stimmung war ausgelassen, Gläser klirrten, Musik schallte durch die festliche Halle des eigentlich ziemlich modernen Familiensitzes. Okay, er war mitten auf dem Land, eingesäumt von Bergen, Wäldern und Wiesen mit dem sattesten Grün in sämtlichen Farbnuancen, die man sich nur vorstellen konnte. Es schien hier ein wenig so, als wäre der Alltag unendlich weit weg, als würde es ewig so weitergehen, als könnte man sich fangen, finden und als wäre alles möglich … in diesen wilden Tagen der untergehenden Sonne. Unser Zimmer war sehr gemütlich und sehr … schottisch. Wobei das egal war, denn Helen und ich waren glücklich. Das war alles, was für mich zählte.

Auch wenn ich niemals geahnt hätte, dass sich meine Mutter einmischen würde, war ich ihr jetzt dankbar. Okay, zugegeben, zu Beginn war ich sehr sauer auf sie gewesen, aber irgendwann, nachdem Helen mehrmals darauf beharrt hatte, war mir klar geworden, dass sie es aus Liebe zu mir getan hatte und weil sie wohl doch etwas mehr aus meinem Leben mitbekommen hatte, als ich gedacht hatte.

»Eine Mutter sieht alles, hört alles, weiß alles. Auch wenn sie nichts davon preisgibt.« Das waren ihre Worte gewesen, nachdem Helen und ich uns vertragen hatten. Wie es wirklich in mir aussah, das konnte sie wohl nur erahnen, aber sie war eben meine Mutter.

Natürlich hatte ich daran zu knabbern gehabt, denn es fühlte sich ein wenig so an, als wäre mir mein Schwanz genommen worden. Aber Helen belehrte mich eines Besseren.

Jeden Abend.

Und jeden Morgen.

Und manchmal auch in den Stunden dazwischen.

»Du wirkst weit weg«, sprach sie mich leise an und ich lächelte. Wir tanzten gerade zu einem langsamen Stück, das das Orchester nach der flotten Tanzrunde jetzt anspielte. Sie war so wunderschön. Sie war so sinnlich und sexy, dass ich praktisch mit einem Dauerständer herumlief, seit wir uns wiederhatten. Ich fand sie jeden Morgen neben mir im Bett, denn irrsinnigerweise schlief sie bei mir, seit dem Essen in meinem Elternhaus.

Jede verdammte Nacht.

Bald würde ich wohl ansprechen, dass sie ihre Wohnung aufgeben und ganz zu mir ziehen sollte. Nur … Helen durfte man nicht überfahren. Sie brauchte Zeit und ich musste es so hindrehen, als würde sie denken, dass es ihre Idee war. Praktisch ein Kinderspiel für mich.

Oder ich würde sie mal wieder in einem Meeting überraschen und nerven, das brachte sie immer so leidenschaftlich auf hundertachtzig. Noch besser war es, wenn ich sie gleich in der Früh nervte, dann würde sie sich den ganzen Tag über extrem aufregen und spätestens am Abend die Wut bei mir ablassen. Auf unsere ganz eigene Weise. O ja! Vielleicht auch mal wieder im Fahrstuhl. Ich liebte es, dass sie wieder bei mir arbeitete. Okay, nicht direkt bei mir, aber irgendwie für mich.

Es war einfach perfekt mit ihr. Jede Minute.

Auch all die Zeit, in der ich nicht in ihr war. Der Ausdruck ihrer wunderschönen Augen, die gelösten Haarsträhnen, welche aus ihrer lockeren Frisur hingen, ihr Schlüsselbein, das mich verlockend anstrahlte und stumm bettelte, dass ich es mit meiner Zunge nachfuhr … das zarte Rosa der schmalen Träger, die ihr Kleid an Ort und Stelle hielten. Gott, sie war so verdammt sinnlich. Auch wenn sie mich einfach nur ansah, weil sie auf eine gottverdammte Antwort von mir wartete.

»Ich habe gerade festgestellt, wie gut es mir geht. Wie glücklich ich bin.« Ehrlichkeit war eines der Dinge, die wir beide uns versprochen hatten. Egal, wie schlimm oder schön es war. Ehrlichkeit.

»Du siehst auch sehr glücklich aus.«

»Tatsächlich bin ich das.«

»Das ist doch etwas Gutes.«

»Etwas Gutes?«, fragte ich leise. »Gut wäre es, wenn diese Party endlich vorbei wäre, du nackt vor mir knien und meinen Schwanz lutschen würdest. Das wäre etwas Gutes.«

»… und du machst dir Sorgen, dass du verweichlichst?« Lachend legte sie den Kopf in den Nacken, sah mir in die Augen und genoss, wie ich sie noch etwas enger an mich heranzog. Ich spürte ihre Kurven überdeutlich.

»Also, um ehrlich zu sein«, begann ich und flüsterte leise in ihr Ohr, sodass sie eine Gänsehaut bekam, »dieses ganze Gefühlszeug kann ich mittlerweile doch ziemlich gut, oder?«

Sie kicherte. »Du findest es also romantisch, wenn du mir sagst, ich soll nackt vor dir knien und dir den Schwanz lutschen? Dein Ernst?«

Ich zuckte die Schultern und wirbelte sie im Takt der Musik über die Tanzfläche. »Ich finde es überaus wichtig, dass man in einer Beziehung sagen kann, was man will. Sieh dir meine Eltern an. Sie haben sich immer gegenseitig gesagt, was sie wollen, und heute feiern wir ihre Hochzeit.«

»Ihre goldene Hochzeit. Nicht, dass das eine Rolle spielt. Aufgezogen ist die Feier wie eine erste Vermählung.« Helen lachte.

»Das ist irre, oder?«

»Was genau meinst du?«, fragte sie erstaunt.

»Wie das alles gekommen ist und sich zum Guten gewendet hat. Und dabei hast du mir nur zwei Millionen Dollar abgeschwatzt.« Ich lachte herzhaft und fügte mit einem Augenzwinkern hinzu: »Quasi ein Schnäppchen.«

»Also, das kannst du jetzt nicht ernst meinen.«

»Klar meine ich das ernst. Wie denn auch sonst?«

»Ich? Ich habe dir zwei Millionen abgeschwatzt?«

»Jepp.« Ich grinste sie an.

»Dir ist schon klar, dass das eine Lüge ist!«

»Aber … aber!«, wies ich sie zurecht. »Du wirst doch wohl nicht sagen, dass ich ein Lügner bin?«

»Nein, du bist …«

»Das Beste, was dir je passiert ist?«, beendete ich ihren Satz.

»Aber natürlich ist er das.« Jim tanzte mit meiner Schwester neben uns. »Oder nicht?«

»Danke, Arschloch«, zischte ich und alle lachten.

»Ist es wahr, dass du ihm das Geld abgeschwatzt hast?«, fragte Eva neugierig, und während ich nickte, schüttelte Helen den Kopf.

»Klar hast du das«, erwiderte ich selbstsicher. »Hat sie«, fügte ich nun etwas leiser und vertraulich an. »Mit allem, was sie zu bieten hat, und das ist eine Menge.«

»John!«, rief Helen und schlug mir auf die Brust. »Spinnst du?«

»Ich wusste es«, rief Jim und feierte sich selbst. »Ich wusste, dass Helen mindestens genauso durchtrieben ist wie du, sonst hättet ihr euch niemals gefunden.«

Lachend über seine kindliche Euphorie schüttelte ich den Kopf. »Der Fairness halber muss ich sagen, wir kannten uns aus einer Bar. Natürlich bevor klar war, dass wir in derselben Firma arbeiten. Da begann alles. In dieser Bar, als sie mir ein Tablett voll Drinks abluchste.«

»Ja, nun … ein Mädchen muss eben sehen, wo es bleibt.«

»Ich bin froh, dass du wieder angefangen hast, auch wenn du den Sekretärinnen-Posten nicht wolltest«, scherzte ich und wusste genau, dass sie das keineswegs lustig fand. Helen hämmerte mit ihren kleinen Fäusten auf meine Brust und ich lachte wie schon lange nicht mehr.

»Ihr beide«, erwiderte meine Schwester, »seid von oben bis unten voller Klischees.«

»Was? Wir? Auf keinen Fall!«, setzte Helen dagegen. »Wir sind sowas von Nicht-Klischee!«

»Recht hat sie«, klinkte sich Gloria mit ihrem Mann ein. »Ihr beide seid wirklich voller Klischees!«

»Sagen die, die verheiratet sind, Kinder haben und ein Haus in Brooklyn.«

Alle lachten. »Du bist kleinlich«, entgegnete Gloria und nahm Helen in den Arm. »Versau es nur einfach nicht mit ihr, wir mögen sie. Endlich eine Frau, die dir nicht nur Zucker in den Arsch bläst!«

»Moment mal!«, sagte ich und bedachte meine Schwester mit einem gespielt ernsten Blick. »Mit wem bist du gleich nochmal blutsverwandt?«

Statt einer Antwort hakte sich Gloria bei Helen unter und führte sie von der Tanzfläche an die Bar. Aber das war für mich in Ordnung, denn ich hätte niemals gewollt, dass es anders wäre. Helen gehörte zur Familie – vom ersten Tag an, und genau das machte mich glücklich. Nichts anderes war wichtig. Am wenigsten, was die Leute über uns dachten. Wie wir uns liebten oder stritten, dass wir zusammen arbeiteten, all das hatte die Menschen dort draußen einen Scheiß zu interessieren. Was wir machten, oder wie wir lebten, wie wir unsere Zeit verbrachten, es konnte jedem egal sein, ob wir uns liebten, hassten oder die Köpfe einschlugen. Es konnte egal sein, ob der stille Abend, der Mantel der Dunkelheit unser Laster war, oder aber der Morgen. Jeder Mensch besaß seine eigenen Dämonen. Jeder von uns kämpfte mit ihnen, und möge der erste Eindruck noch so berauschend sein, hatte jeder von uns seine sprichwörtliche Leiche im Keller, einen wunden Punkt. Jeder hatte eine dunkle Stunde, auch wenn die Sonne hell am Himmel strahlte.

Doch nicht jeder sprach darüber.

Nicht jeder von uns hatte einen Menschen an seiner Seite, der ihn aus diesem Strudel riss und dafür sorgte, dass die Sonne wieder sein Gesicht wärmte.

Dieser eine Mensch, der dich versteht, auch wenn das, was du denkst oder fühlst, auf alle anderen knapp acht Milliarden Menschen lächerlich wirkt. Alles ist in Ordnung, wenn es für die beteiligten Menschen in Ordnung ist.

Ich hatte das Glück, genau diesen Menschen gefunden zu haben – genau dann, als ich eigentlich gar nicht damit rechnete. Auch unter widrigsten Umständen brachten wir den Mut auf weiterzugehen, auch als die düsterste aller Stunden auf uns wartete. Gemeinsam überwanden wir die Dunkelheit und hofften, dass wir unsere Dämonen besiegten. Denn irgendwann stand jeder vor dem Richter, egal in welcher Form man daran glaubte, und dieser Richter, diese Macht, würde anerkennen, wenn wir uns unseren Dämonen gestellt hatten.

Nach jeder Dunkelheit folgt Licht.

So wie auf jede Nacht ein Morgen folgt.

Immer.

Überall.

Man muss nur die Augen öffnen, auch wenn es schwer ist.

DANKSAGUNG

Oh wow.

Ich bin absolut sprachlos.

Ihr seid einfach so unfassbar fantastisch, dass ich ehrlich nicht mehr weiß, was ich noch sagen oder wie ich mich bedanken soll.

Das Feedback der Testleser hat mich so über den Haufen geworfen, so gefreut, dass ich quasi am Dauerheulen war. Dafür will ich euch ehrlich von Herzen danken. Rezensionen, auch wenn sie erst einmal nur per Nachricht kommen, halten einen Autor irgendwie … am Leben.

… und natürlich haben noch einigen Menschen mehr bei diesem Buch geholfen und diesen möchte ich nun DANKEN (ohne Wertung und Reihenfolge natürlich!)

Meiner Coverfrau, der lieben Sabrina, die einfach … grandios ist. Und ja, du hattest Recht. Da hast du es, schwarz auf weiß. Genieße den Moment.

Meinen Alphalesern, ohne die einfach nichts geht. Marion, Uschi, Steffi, Kathrin … ihr seid unersetzlich für mich. Ich danke euch von Herzen und eure ungeschönte Wahrheit.

Dem festen Bloggerteam und allen, die ich für eine Extrarunde ins Boot geholt habe und die tatsächlich mit mir gearbeitet haben. Egal ob Instagram oder Facebook oder anderweitig. DANKE! DANKE! DANKE!

Ich danke meiner Lektorin, Marion, für ihre Ehrlichkeit und ihren Weitblick. Der lieben Mia für das super gute Korrektorat und ihren Witz an der ganzen Sache. Irgendwann kommen wir schon drauf, wie das mit dem Spiegeln und den Lichtern und so geht.

Danke an Julia fürs Setzen und Infos teilen und zur Seite stehen, was das Print betrifft.

Danke an meinen Mann, der es irgendwie geschafft hat, zeitiger nach Hause zu kommen, damit ich in diesen schweren Zeiten, das Buch beenden und fertig machen kann. Du bist der Beste. Und ich liebe dich. Dich und die Mädchen … unendlich.

Außerdem will ich Emma, Sarah, Hannah und Freya danken, die mich immer unterstützen, wenn es Fragen gibt, oder wir einfach nur ratschen.

Und dann möchte ich noch EUCH dort draußen danken, für alles. Für eure Liebe. Euer Vertrauen. Euren Mut.

Nicht zuletzt all jenen, die in dieser schweren Zeit, die gerade auf der ganzen Welt, alles von uns verlangt, dort raus gehen und das LEBEN am laufen halten! Ihr seid die Wahren und EINZIGEN Helden in dieser Zeit.

Wir lesen uns beim nächsten Buch!

Bleibt gesund meine Hübschen und nie vergessen:

Mut ist der Stoff, aus dem Träume gemacht sind.

Dicke Bussis,

Eure Emily

ÜBER DIE AUTORIN

Emily Key wurde 1984 im schönen Bayern geboren, wo sie bis heute in einer Kleinstadt mit ihrer Familie lebt. Zum Schreiben braucht sie nicht viel. Nur guten, originalen Englischen Tee, Schokolade und Zeit. Denn hat sie einmal begonnen, kann sie nicht stoppen bis alles aus ihr herausgepurzelt ist. Sie liebt es in fremde Welten abzutauchen. Welten die, wenn man nur einen klitzekleinen Teil verändert, die Karten neu mischen. Weil jeder ein Happy End verdient hat und weil jeder gehört werden sollte. Da Emily Key an die Liebe glaubt, ist es genau das, worum es geht. Liebe, Leidenschaft und Lust.

WEITERE WERKE DER AUTORIN

Vanilla: Ms. Browns Versuchung
Chocolate: Ms. Harpers Verlangen
Room 666 (The Plaza Manhattan 1)
Diamondheart (The Plaza Manhattan 2)
Game of Souls (The Plaza Manhattan 3)
Forbidden Secret
Canadian Winter
Canadian Summer
Canadian Secrets: Sammelband
Hannah (Malibus Gentlemen 1)
Melissa (Malibus Gentlemen 2)
Malibus Gentlemen: Sammelband
Black Tie Affair
Whiskey on the Rocks
Bourbon on Ice
Scotch and Soda
Three Damn Nights: Für drei Nächte mein
Two glorious Mornings

Printed in Poland
by Amazon Fulfillment
Poland Sp. z o.o., Wrocław

71695845R00150